몸이 아프다고
삶도 아픈 건 아니야

몸이 아프다고
삶도 아픈 건 아니야

이명 지음

mujintree
뮤진트리

차례

제2부 밤의 여로

가슴에 그림이 생겼다. 아니다. 가슴에 지도가 그려졌다.
가야 할 곳을 뜻하는 동그라미.

제3부 고통의 변주곡

나는 아픈 산이다.
철따라 다른 향을 풍기는, 여전히 의연한 산처럼 살고 싶다.

제4부 불과 얼음의 이중주

통증을 물리치는 건
사람이 사람을 생각하는 마음이다. 살아나게 하는 마음.

제5부 모나리자와 문둥이

고통이 깊을수록 삶도 깊다.
골짜기가 깊을수록 풍경은 아름답다.

두려움으로 시작하다

앓는다는 것, 그것은 언제나 미지의 세계다. 좀처럼 접하지 못했던, 평상시와는 다른 세계가 그 안에 있다. 알지 못하는 세계, 혼란스럽고 컴컴한 그 세계로 들어서는 느낌은 아픔보다는 두려움이다. 그 세계는 전혀 다르다. 평상시에 알고 있던 것은 피상적일 뿐이라는 사실을 들어선 이후에야 깨닫는 것이다. 어찌 해야 좋을지 모르는 충격과 당황스러움이 우리를 사로잡는다.

모두가 두려워하는 암이라면 더더욱 그러하다. 우리가 접하는 암에 관한 정보가 부정적인 것이 대부분이기 때문이다. 불치병, 난치병, 그리고 그 고통들. 그래서 암에 걸렸다는 소식을 들으면 하늘이 노래지고 망연자실하기 마련이다. 나 역시 그랬다.

병 진단을 받는 순간 아득해졌고 전혀 실감이 나지 않았다. 두렵고 무서웠다. 수술 후 2년이 지난 지금까지도 그 물리적 실체는 여전히 막연하다. 사실 몸 안에서 일어나는 일을 어떻게 알 수 있겠는가. 의술이 내놓는 결과를 보고 들으면서 고개를 주억거릴 수밖에 없는 것이다. 그래서였을 것이다. 아픔을 적기 시작한 것은. 병을 알고 싶었고 나를 알고 싶었던 것이다.

적는다고 해서 모든 일이 해결되는 것은 아니지만 과정을 기록으로 남기는 동안 내 뒤에 따라올, 그리고 나와 같은 고통을 겪을 사람들에게 힘이 되리라는 생각이 들었다. 그동안 읽은 책들의 주인공들은 한결같이 씩씩했고 초인처럼 느껴졌다. 그들은 보통 사람이 아닌 유명한 사람, 혹은 그들의 세계에서 일가를 이룬 사람들이었다. 의학계에 아는 사람이 많았고 정보도 많았으며 아픔은 문제가 아닌 듯 보였다.

내 절망은 거기서 시작되었다. 더불어 희망도. 아, 저들과 나는 다르구나. 저들은 아픔 따위는 초연할 정도로 의지가 굳건하고 삶에 대한 희망으로 가득 차 있는 사람들이구나. 할 일이 많은, 모두가 기대하고 기다리는 사람들이로구나. 나같이 평범한 사람은 앓음에서조차 버림받는 것일까? 생명은 다 같이 귀중한 것인데 그 생사를 드나듦에 있어서조차 차별이 있는 것일까? 그것은 또 다른 절망이었다.

그러나 그건 또 다른 출발이기도 했다. 저들은 평범한 사람의 고통이 무엇인지 알지 못해. 저토록 초인적인 사람들은 우리가 겪는 또 다른 고통을 알지 못해. 우리들, 평범한 사람들은 홀로 혹은 가족과만 아파야 했다. 누군가의 관심 없이 이 과科에서 저 과로, 이 검사에서 저 검사로 떠돌아 다녀야 했고, 암에 관해 모르는 상태에서 수술을 받아야 했고 항암주사를 맞아야 했으며, 편의를 봐주거나 정보를 제공할 의사 혹은 의학계 사람들 없이 그 과정을 감내해야 했다.

매번 닥쳐오는 느낌은 혼란스러웠고 사람들에 대한 행동과 각종 검사 및 시술에 대한 대처는 서툴렀으며, 그 이후는 좌절, 분노, 슬픔이었다. 그래서 쓰기 시작했다. 시작부터 지금까지 줄곧. 외롭게 가는 길이 힘들어서, 안내하는 이 없이 겪는 투병이 혼란스러워서.

이 책은 유방암 진단을 받던 2010년 1월 21일부터 현대의학이 할 수 있는 치료의 끝(먹는 약은 제외한)이라 할 방사선 치료 마지막 날인 2010년 11월 5일까지의 기록이다. 뭐라 말할 수 없는, 표현하기 어려운 수술을 거쳐 길고 긴 항암주사의 터널을 지나 가슴 아픈 방사선 치료의 마지막 날까지 일어났던 일들을 세세히 적었다. 때로 비틀거리면서 때로 울면서, 그리고 간절히 기도하면서.

그동안 내 몸은 고통을 겪었고 변화를 겪었다. 물론 몸뿐 아니라 마음도. 병의 세계로 들어설 때 아득했던 마음은 어느 때부터인가 바뀌었다. 두려움과 막연함이 지금 이대로 좋다는 확신으로 바뀌기 시작한 것이다. 삶은 언제나 현재라는 순간에의 충실함으로 바뀌어가고 있었던 것이다. 그랬다. 몸은 아파도 삶은 아프지 않았다.

부디 이 글이 좋은 안내자가 되기를 빈다. 어디선가 앓고 있는, 나처럼 평범한 환자들, 혼란스럽고 두려워하는 그들에게 한줄기 빛이 되기를 빈다.

제1부
추위 속의 유영

조그만 진주처럼 빛나는 그것들.
내 안의 어떤 아픔들이 저런 결정이 되었을까?

1   몹시 춥다

밤새 내린 비가 얼어붙은 대지를 녹였다. 겨울이 녹는 냄새를 맡나 했는데, 오늘 아침 추위가 다시 세상을 얼린다. 길은 단단히 밀집되어 어떤 발자국도 받아들이지 않는다. 상도터널 위 언덕배기, 고구동산을 오른다. 본동초등학교를 지나자 경동아파트가 모습을 드러낸다. 해방 이후 북에서 내려온 사람들이 모여들면서 마을을 이루었다는 이 동네는, 거개가 낡은 단독주택들이어서 오래된 냄새가 난다. 차 한 대가 간신히 지날 정도로 좁고 가파른 골목이 이리저리 가지를 뻗고 있고, 단층의 붉은 벽돌집들은 70,80년대로 되돌아온 것 같은 착각을 불러일으킨다. 언덕 꼭대기 한 켠에 자리 잡은 놀이터 건너편 동양중학교를 지나면 흑석동으로 내려가는 계단이 나온다.

길갓집, 길로 면한 작은 문밖에 흰 페인트를 칠한 세탁기가 놓여 있다. 가난의 힘겨움을 온몸으로 풍기고 있는 낡은 세탁기를 한 번 더 돌아본다. 저 안에서 보이는 내 가난, 몹시도 어렵던 그 시절이 떠올랐기 때문일 것이다.

병원에 간다. 가방 속에 동네 가정의학과에서 끊어 준 진료의뢰서가 들어 있다. 두 번째 진료의뢰서. 재작년에도 같은 병원, 장소는 같되 이름과 주인이 다른 동네 병원에서 진료의뢰서를 받아 중앙대부속병원에 갔었다. 그때 내과부터 시작해서 산부인과·신장내과에 이르기까지 온갖 과를 섭렵했지만 끝내 원인을 찾지 못하고, 대장내시경을 찍으라고 하기에 그만두었다. 여러 날 계속된 온갖 검사에 너무 지쳤던 까닭이다.

그때는 어지럽고 진땀이 났다. 등허리가 아프고 숨이 찼다. 숨 찬 거야 운동을 안 해서 그러려니 했지만, 밤마다 속옷이 흠뻑 젖을 정도로 땀이 나는 증상은 마냥 무시할 수 없었다. 그 증상은 여전하다. 달라진 것이라면 가슴, 유두가 안쪽으로 쑥 들어간 것.

복잡한 골목을 곧장 내려가면 중앙대부속병원에 이른다. 언덕이 끝나 길과 맞닿은 곳에 작은 건널목이 있다. 좁은 일차선 도로인데다 다니는 사람이 많아 신호등은 없다. 건널목 앞에 선 병원 건물이 너무 우람해 차마 신호등으로 제지할 엄두가 안 났던 것일까. 올망졸망한 집들, 고만고만한 작은 집들이 빈틈없이 들어찬 흑석동 언덕과 상도동 언덕을 양편에 거느린 병원의 위용이 사뭇 대단하다. 없는 자들은 있는 자들의 언저리, 혹은 그들이 힘을 합쳐 이루어 낸 상징물을 보면서 꿈을 꾼다.

　주차 안내원들이 칼바람을 맞으며 드나드는 차들을 정리하고 있다. 그들의 등 뒤를 가로질러 본관 건물의 문을 밀고 들어선다. 언제나 그렇듯 병원은 부산하고 사람들의 움직임으로 가득하다. '하루 종일 이곳에서 일어나는 움직임들을 선으로 그려 보면 어떨까?' 쓸데없는 생각을 떨치고 '접수 수납'이라고 쓰인 카운터로 다가선다. 내 번호는 3381. 접수 직원이 소견서를 들여다보더니 예약 진료가 다 차서 접수할 수 없다고 한다. 지금 시간은 11시 30분. 그럴 법하다.

　"전화 해 보고 왔어요. 오면 된다고 해서 뛰어왔어요. 여기 이렇게 땀이 났잖아요."

　이마를 가리키며 말한다. 사실이다. 나는 소견서를 써 준 동네 가정의학과의 안내대로 전화를 걸었고, 그곳 의사가 추천한 전문의를 택했던 것이다. 진료비가 꽤 비싸다.

　"왜 이렇게 비싸요?"

　"여긴 3차 의료기관이라 그래요. 게다가 특진을 택하셨잖아요."

　"특진이요? 난 동네 의사가 권해 준 의사를 택했는데요."

　"그 교수님은 무조건 특진이에요."

　'특진'이라면 특별 진찰이란 뜻일 텐데, 특진을 하면 무언가 더 나은 게 있을까? 지난번 받은 특진은 일반 진찰과 크게 다르지 않았다. 의사의 지위에 따라 특진이라는 명칭이 붙는 것일 터이다.

　2층으로 올라가 갑상선·유방암센터 접수대에 가서 서류를 내민 다음 자리에 앉는다. 하염없는 기다림이 시작된다. 얼마나 걸릴까?

16

요즘 강의를 듣고 있는 들뢰즈를 펼쳤지만 내용이 쉽게 정리되지 않는다. 주변의 부산함 탓이다. 앞자리 여인네들의 이야기가 자꾸만 귀에 들어온다. 이러면 안 되는데……. 오늘은 겨울방학 기간에 보름 동안 진행된 들뢰즈 강의가 끝나는 날이다.

"나, 병원에 왔어. 지금 진찰하려고 기다리고 있는데 아무래도 시간이 오래 걸릴 것 같아."

"저녁식사에 오실 수 있는지 문자나 전화로 알려 주세요. 예약을 미리 해야 하니까요."

이번 들뢰즈 특강에서 조교 역할을 했던 학우에게 전화로 사정을 전한다. 오전에 프레젠테이션이 있고, 오후에는 시험을 치른 뒤 전체 수강생이 함께 저녁식사를 할 예정이다. 특강을 하기 위해 미국에서 날아온 그렉 램버트 교수에게 마지막 인사를 하는 자리인 것이다. 그동안 강의를 잘 들었으니 고맙다고 인사를 하는 것, 첫날부터 하루도 빠지지 않고 줄곧 참석했으니 당연한 예의일 터. 그런데 지금 나는 병원에 앉아 있다.

램버트 교수를 통해 처음 들뢰즈를 접했다. 그 덕분에 논문을 산더미처럼 쌓아 놓고 읽고, 목이 아프도록 들뢰즈를 이야기하고, 녹음된 강의를 되풀이해서 듣고, 강의가 끝난 지금도 들뢰즈를 붙들고 있다. 애초 강의를 맡기로 했던 압둘 잔 모하메드 교수의 사정으로 갑자기 강의를 맡았으니 머뭇거릴 만도 한데, 램버트 교수는 사뭇 열정적이고 격의 없는 태도로 강의를 이끌었다. 수강생들 모두 그를 좋아했고 들뢰즈에 흠뻑 빠져들었다.

간호사가 내 이름을 부른다. 진료실에 마주 앉은 의사는 많은 이야기를 하지 않는다.

"어떻게 오셨어요?"

"유두가 안쪽으로 들어갔어요."

"진찰대에 누우세요."

그의 시선이 가슴에 집중된다.

"언제부터 이랬어요?"

"글쎄, 잘 모르겠는데요. 작년 9월부터인 것 같네요."

사실은 더 오래되었을 것이다. 의사를 마주 보고 앉는다.

"나쁘네요. 엑스레이 찍고 초음파 검사 한 다음, 결과를 보고 조직검사 합시다."

의사는 시선을 들어 내 얼굴을 보더니 덧붙인다.

"중증 암으로 진단 받으면 국가에서 보조를 해 주니 치료비의 5프로만 내면 됩니다."

"나쁘네요" "중증 암" "5프로" 단어들이 머릿속을 빙글빙글 돈다. 병원 밖으로 나온다. 바람이 휩쓸고 지나가는 도로는 썰렁하고, 혼자인 나는 춥다. 도로를 건너 김밥 집으로 들어간다. 손님이 두엇 앉아 있다. 무엇을 시킬까 잠깐 고민하다가 김밥을 시킨다. 밖에서 혼자 먹는 밥은 쓸쓸하다. 습관 탓일 것이다. 검사는 늦게 끝났다. 걸어서 집으로 돌아온다.

춥다. 몹시 춥다.

짙은 안개

2

창밖을 내다본다. 자욱한 안개. 어제 내내 비가 내렸고 그 비를 보면서 '어쩌면, 어쩌면' 하고 중얼거렸다. 강변도로를 달려가는 차들이 멀리서 빛을 이을 뿐, 비가 불러온 안개가 강을 모두 감추어 버렸다. 방으로 들어와 머리맡에 둔 책을 펼치고 들여다보는데 남편이 문을 연다.

"오늘 병원에 가는 거 알지? 9시야."

검사 결과가 나오는 날이다. 진단받고 난 뒤 일주일 내내 머릿속이 복잡했다. 처음에는 전혀 실감이 나지 않았다. 시간이 흐를수록 의사의 말은 실체가 되어 마음속에 박혔다. 힘들었다. 단어 하나에 마음이 흔들렸다. 이만큼 살아오면서 내가 가장 귀중하게 여겨 왔던 것이 무엇인지 스스로 물어 보곤 했다. 답이 없었다. 귀중한 것, 시간과 삶을 소모해 가면서 쌓아 올려야 했던 그 무엇. 시간은 곧 생명, 내 생명을 소모해 가며 쌓아 올린 것이 무엇이었지? 내가 진정 원했던 것은 무엇일까?

책을 덮는다. 세수를 하고 옷을 입는다. 손가락만큼 열린 안방 문틈으로 남편이 보인다. 시계를 본다. 출근 시간이 지나고 있다.

"사무실 안 가?"

"병원에 같이 갈 거야."

"혼자 가도 돼."

남편은 단호하게 거부한다.

"걱정돼서 같이 가야겠어."

"병원 공사한다고 차 몰고 오지 말라고 했어."

"내려 주고 근처에서 기다릴게."

남편이 모는 차를 탄다. 본동초등학교, 경동아파트를 지나 언덕을 오른다. 방학이라 그런지 언덕 꼭대기에 있는 동양중학교 앞은 한산하기 짝이 없다. 왜 학교들은 죄다 언덕에 자리 잡고 있을까. 내가 다닌 학교, 상도여중이 그랬고 보성여고가 그랬다.

동양중학교에서 내려가는 골목길은 지금 보니 여러 갈래다. 한 블록 지나면 다섯 갈래 골목길이 나타나고, 또 한 블록 지나면 네 갈래 길이 나온다. 오래된, 아주 오래된 동네라는 것을 증명이라도 하듯 검은 기와를 얹은 대문이 나타난다. 지난번에 보았던 낡은 세탁기는 여전히 찌그러진 채로 문밖에 나와 있다. 대문도 없는 집,

문을 열고 들어가면 바로 부엌이 나오는 집. 부엌 겸 현관일 테지.

"오늘은 안 춥네."

처음 진찰받으러 가던 날에는 칼바람이 불었다. 그날 혼자였던 나는 몹시도 추웠다. 지하 주차장에 차를 세우고 엘리베이터를 탔다. 2층을 누르면서 문득 어제 갔던 가톨릭대학교병원 엘리베이터가 떠올랐다. 층별 버튼이 보통의 위치보다 아래쪽에 붙어 있어서 3층을 누르려면 몸을 굽혀야 했다. 1층을 누르려면 고개를 더 굽혀야 하리라. '몸을 굽히다', 거기에 어떤 의미가 담겨 있는 것일까?

2층에 내린다. 왼쪽에 긴 복도가 있고 중앙은 빈 홀이다. 중앙을 훤히 비워 놓으니 시야가 트여 건물이 널찍하고 커 보인다. 왼쪽 복도를 따라 갑상선·유방암센터로 향한다. 검은 빛에 가까운 군청색 바탕에 흰 글씨로 쓰인 팻말을 지나 입구로 들어서자 바로 접수 카운터가 나온다. 간호사 두 명이 카운터 뒤에 서 있다.

"9시 10분에 예약되어 있는데요."

지난번 밝아 보였던 간호사의 표정이 오늘은 무거워 보인다. 동그란 눈으로 주시할 뿐이다. 오늘은 혼잡하지 않다. 진료실은 셋, 그중 한 곳에만 불이 들어와 있으니 그렇겠지. 전광판에 환자 이름과 예약 시간이 적혀 있는 글씨가 끊임없이 흘러간다. 잠시 뒤 내 이름이 나타난다. 세 번째다.

책을 꺼낸다. 오늘 가져온 책은 김욱동 교수의 《미국 소설의 이해》. 이 선생님을 언제 보았더라. 그래, '문학과 환경학회'에서 일본 가나자와를 방문했을 때, 그때 보았다. 표지 사진과 달리 몸집이 넉넉해 보였다. 일행이었던 선생님은 당신 책을 읽었다는 나의 말에 시큰둥한 기색을 보였다. 이 책, 벌써 몇 번째 읽는데도 못 보았던 부분들이 연달아 나타난다. 책도 이러한데 삶은 오죽하랴. 감추고 싶은 부분, 내놓고 싶은 부분, 얼마나 많은 부분들이 기억 속에 묻혀 있을까. 내 안에는 무언가 있기나 한 것일까? 소음, 아니 옆에서 하는 말이 귀에 들어온다. 간호사가 옆에 앉은 여인에게 지시 사항을 설명하고 있다.

"3개월 뒤에 다시 오시구요. 1층에 가서 수납하시면서 3개월 치 약을 타 가세요. 지금이 1월이니까 4월에 오시면 되겠네요."

그 여자가 부럽다. 내가 지금 저렇다면 얼마나 좋을까. 다시 책으로 시선을 돌린다. 집중하려 한다. 윌리엄 힐 브라운의 《동정의 힘 The Power of Sympathy》이 몇 년도였지? 너대니얼 호손이 여성 작가들을 폄훼했다는 이야기는 전에도 들은 적이 있다. 호손이 18세기 후반에서 19세기 초반 무렵 미국 문단을 주름잡고 있던 여성 작가들을 질투하여 깎아내렸다는 이야기. 호손이 가장 질투한 여성 작가는 《톰 아저씨의 오두막》으로 미국 전역을 휩쓴, 그 유명한 스토 부인. 문학적 가치는 높지 않지만 스토 부인의 전략은 적중하여 미국인의 마음을 울렸다. 여성의 힘은 섬세함, 특히 가정 내 일에 대한 묘사에서 나온다. 사실 당시 여성에게 허락된 공간은 가정뿐이었다. 가정은 모두에게 공통된 일이고, 폭력에 의한 가족의 이별은 모두의 마음을 울리는 이야기이다.

문이 열리고 간호사가 나와 내 이름을 부른다. 일어선다. 남편도 따라 일어선다. 의사 옆에 내가 앉고 책상 앞에 남편이 앉는다. 기다린다. 의사가 검사 결과를 확인하기를, 그리고 말하기를.

'중증 암 환자 등록, PET-CT, CT, MRI, 침윤성 암, 폐나 위 혹은 다른 장기로의 전이 가능성……'

의사 입에서 줄줄이 말이 쏟아져 나온다. 아무 생각도 나지 않는다. 그저 그의 입을 바라보고 있을 뿐이다.

3

얼룩들

"갈게."

아들이 계단을 내려가다 말고 얼굴이 보이는 마지막 지점에서 돌아보며 손을 흔든다. 입의 형상이 '갈. 게.'라는 말을 만든다. 군복을 입은 아들은 시야에서 이내 사라진다. 돌아서서 에스컬레이터에 오른다. 하늘을 올려다본다. 노들역 에스컬레이터 위, 아크릴로 만든 투명 천장이 흐리다. 얼룩들, 눈이 내리고 비가 내리면서 만들어진 얼룩들이 투명 천장을 반투명하게 만들어 놓았다. 천장 위에 커터 칼날 하나가 누워 있다. 처음 역사를 개장할 때부터 그 자리에 있던 칼날이 비가 올 때마다, 눈이 녹아내릴 때마다 녹을 흘려보낸다. 붉은 얼룩이 칼날 주변에서 번지고 번져 칼날보다 훨씬 큰 흔적을 만들었다.

초록빛 보도를 밟고 비탈길을 오른다. 뉴스에서는 날이 추위질 거라고 했는데……. 청소부 아줌마가 큰소리로 전화 통화를 하고 있다. 그녀 뒤를 따른다. 파마를 새로 한 듯 머리칼이 유난히 구불거린다. 언제나 화장이 짙은 그녀, 검게 강조한 눈 화장 때문에 얼굴이 더 희게 보인다. 늘 부스스한 나를 보면서 어떤 생각을 할까. 오늘 아침 시장을 보러 갈 때, 그녀는 계단 청소를 하고 있었다. "안녕하세요."라고 인사를 건네기에 "수고하세요."로 답했다. 언제나 인사를 거는 쪽은 나였는데, 오늘은 그녀가 먼저였다. 올 때 박카스라도 한 병 사 와야지 생각해 놓고 아이 먹을거리를 챙기느라 잊었다.

집에 들어선다. 된장국과 닭볶음탕 냄새가 여전히 진하다. 아이는 맛있게 먹고 갔다. 식탁 가득 올려놓은 다른 반찬은 손도 대지 않고 닭볶음탕만 먹었다. 아이 방을 들여다본다. 벗어 놓고 간 양말, 자고 난 그대로인 이불, 두꺼운 솜이불이 담요와 엉켜 산처럼 솟아 있다.

저 이불, 알록달록한 저 이불을 아이는 군말 없이 덮고 잤다. 원래 아이가 사용하던 군청색 이불과 시트들은 후줄근해져서 버린 지 오래다. 버리지 않았다 해도 이 집은 추워서 그 이불로는 무리다. 목화솜을 넣은 무명 이불은 오래 간다. 결혼할 때 장만한 그 이불들을 여태 사용하고 있으니. 아무리 비싸고 세련된 이불도 햇살 가득한 그 느낌은 도무지 따라올 길 없다. 솜이불을 햇살에 종일 말려 덮어 주면서 얼마나 흐뭇했던가.

아들이 첫 휴가를 받아 집에 오기 전날, 이불을 꺼내 홑청을 벗겨 세 번 삶았다. 누런 홑청으로 감싼 이불을 내주고 싶지 않았다. 한 번 삶았는데도 홑청은 여전히 누랬다. 두 번을 더 삶고 나니 비로소 원래 빛깔을 되찾았다. 아이는 집에 온 다음날 아침에 토익 시험을 보았고, 그런 다음 종일 방을 치우더니 잠을 잤다. 실컷 자고 나서는 종일 게임에 몰두했고, 간신히 나와서 밥을 먹고 들어가 다시 게임을 했다. 그 와중에 외장 하드를 주문하고, 친구들을 만났다. 그게 벌써 일주일 전이다.

어제 저녁, 귀대 준비는 다 끝냈나 싶어 들여다보았다. 열린 서랍에 아무렇게나 구겨 박아 놓은 내의가 눈에 들어왔다. 아들답지 않았다.

"군대 용품은 아낄 필요가 없어."

왜 이렇게 두었느냐는 물음에 아이는 심드렁하게 대답했다.

"네가 입을 옷이잖아."

"군대와 관련된 거라면 뭐든지 지긋지긋해."

양말과 속옷들을 들고 나오자 아이가 툴툴거렸다.

"그거 안 빨아도 돼. 하루밖에 안 입었어."

"금방 마르잖아. 새로 빤 옷 입으면 기분 좋지. 엄마는 내일 아침 일찍 외할머니 입원하신 병원에 갈지도 몰라. 빨아서 건조대에 널어놓을 테니까 입고 가."

향내 나는 빨랫비누로 문질러 빨았다. 세제가 영 탐탁치 않았다. 건조대에 빨래를 널고 나니 밤 12시가 넘었다. 잠이 오지 않아 뒤척이다 보니 어느새 아침이었다. 연락이 왔다. 엄마는 괜찮아지셨다

26

고, 병원에 오지 않아도 된다고 했다. 아들이 귀대하는 모습을 볼 수 있어서 다행이다. 괜찮을까? 아들에게 내 상태를 말한 것이, 혹 아이 마음에 그늘을 만들지는 않을까?

의사는 그림을 그려 가며 설명했다.

"암 덩어리가 두 개 있습니다. 작은 덩어리 하나는 따로 떨어져 있어서 수술해서 떼어 내면 괜찮아요. 이쪽에 있는 큰 덩어리는 유두 쪽에 있어요. 안쪽에 암 조직이 생성되면서 유두를 잡아당겨서 유두가 안쪽으로 들어간 겁니다. 유방엔 10개의 방이 있고 모두 이쪽으로 통해 있어요. 지금 상태는 암 덩어리가 이곳을 파고들어가 있어요. 관 안에만 있으면 비침윤성 암이라고 하고 관 밖으로 번져 나와 있으면 침윤성 암이라고 해요. 비침윤성 암은 관만 잘라 내면 되니까 쉬워요. 침윤성 암은 이미 번진 상태라서 어려워요. 지금 환자분은 암이 밖으로 퍼져 나와 있는 상태입니다."

의사 얼굴에는 표정이 없었다. 늘 나 같은 환자를 봐와서일까. 해야 할 일을 담담하게 설명할 뿐이다. 의사는 남편을 보더니 숫자를 적었다.

"유방암은 다른 장기로 전이가 잘 됩니다. 간, 위, 폐 등을 검사해 봐야 하니까 PET-CT, CT, MRI를 찍어 봅시다. 그 다음 항암 치료를 하고. 검사 결과를 보고 결정하지요. 일단 중증 암 환자로 등록해 드릴게요. 중증 암 환자로 등록하면 진료비의 5퍼센트만 내면 됩니다."

아들에게 스치듯 말을 했다. 많이 고민한 끝이었다.

"엄마가 암이란다. 아까 아빠랑 병원에 갔다 왔어. 지난주에 조직검사 했는데 결과가 오늘 나왔어."

아이는 잠시 생각하는 듯싶었다.

"그럼 나는 어떻게 해야 해?"

"어떻게 하기는. 열심히 살아야지. 엄마 열심히 살 테니까 너도 열심히 살아."

그 외에 할 말이 뭐가 더 있을까.

"밝게 살아. 목소리도 밝게 하고 늘 웃어야 해. 그래야 네 마음도 밝아지고 너를 보는 사람들도 밝아져."

아이에게 마지막으로 건넨 말은 내게 하는 말이기도 했다. 아이들과 밥을 먹을 때도, 학교에서, 밖에서 사람들을 만날 때도, 늘 그러려고 노력했다.

뜻하지 않은 곳에서 베인다. 생각지도 못했던 곳에서 칼날에 베여 붉은 금이 생겨나고, 비가 올 때마다 눈이 올 때마다 붉은 얼룩이 마음으로, 삶으로 번져 간다. 스스로 녹슬면서 흘러내리는 그 얼룩들은 무너져 내린 마음의 기록이며 번져 가는 고통의 흔적이다. 삶이라는 애통함의 흔적이다.

고개를 든다. 아무도 없지만 나를 다스리기 위해, 빠져들지 않기 위해, 얼룩들이 만들어 낼 흔적을 애써 감추려고 헛기침을 한다. 이 얼룩이, 이 아픔이 헛되지 않도록 하소서.

모든 순간을 직면하리라　　　　4

피가 부글부글 거품을 내면서 빠져나간다. 검붉은 피가 튜브를
가득 채우는 동안 아무 생각도 나지 않는다. 아득한 어지러움을 느
낄 뿐. 두려움은 피에서 비롯된 게 아니다. 내 두려움은 어지러움에
서 온다. 그동안 나를 무척이나 괴롭혀 온 어지러움.

'생각일 뿐이야. 바보 같으니.'

두려움을 밀어낸다.

'아무것도 아니야. 단지 조금 어지러웠을 뿐이야.'

간호사가 바코드가 찍힌 스티커를 세 개의 튜브에 붙인다. '튜브
라니, 시험관이겠지.' 단어를 떠올리고 곧바로 교정하는 버릇. 내
가 나를 믿지 못하는 것은, 내 기억력의 얄팍함을 보여 주는 것이리

라. 간호사가 세 개의 시험관을 정리한다. 저 바코드는 곧 나다. 나의 현재가 저 안에 들어 있고, 그들은 바코드로 나를 구분해 낼 것이다. 오른팔 구부러지는, 피를 빼낸 곳에 간호사가 밴드를 붙인다.

"피가 흐르지 않게 누르고 계세요. 수고하셨습니다."

일어서자, 의자에 앉아 있던 남편이 외투를 건넨다. 내 가방을 든 남편의 뒤를 따라 채혈실을 빠져나온다. 병원 로비는 여전히 소란하다. 로비를 가로질러 검사실로 향한다. 6번 검사실 앞에 앉아 책을 꺼낸다. 예약된 시간에 검사를 하는 경우는 거의 없다. 무슨 이유 때문이든 시간은 늘 지연되기 마련이다. 오늘도 마찬가지다. 옆에 앉아 있던 남자는 마시던 물병을 놓아둔 채 사라져 나타나지 않는다. 전화기 건너편 누군가에게 큰 소리로 '유레카'의 철자를 불러주던 남자도 어느샌가 사라지고 없다.

종종걸음 치던, 통통하고 나이 든 간호사가 방에서 나와 내 이름을 부른다. 남편과 내 입에서 동시에 대답이 튀어나온다. 간호사가 남편을 제지한다.

"환자분만 들어오세요."

문을 열고 들어선 처치실에는 침대 하나가 놓여 있을 뿐이다.

"신발 벗고 올라가 누우세요. 주먹을 꽉 쥐세요. 혈관이 잘 나오게 주먹을 여러 번 쥐었다 폈다 하세요. 따끔할 거예요."

따끔하다. 간호사는 손등에 바늘을 꽂고, 마개를 돌려 잠근다. 여러 번 주삿바늘을 꽂지 않도록 고안된 이 도구를 독일에서 경험한 적이 있다. 1991년, 독일 뮌헨, 여름이 한창이던 때, 그 아름다운 날들을 나는 병원에서 보냈다. 구급차에 실려 갈 때의 기억이 지금도 생생하다.

들것에 실려 나무계단을 내려갔다. 앞뒤에서 들것을 든 두 젊은 이가 좁은 계단참에서 들것을 돌리느라 애를 쓰며 투덜거리는 소리를 듣고 무안했다. 내가 그렇게 무거웠나? 바싹 말랐었는데.

한밤중 뮌헨 거리를 달리는 구급차 안에서 열이 치솟아 혼곤하던 와중에도, 옷을 제대로 챙겨 입지 못해 수치심이 들어 괴로웠다. 병원에 도착해 엑스레이를 찍으려고 두 팔을 벌리고 판 앞에 섰을 때, 그 판은 얼마나 서늘했던가. 그때 이 도구를 팔에 꽂은 덕분에 링거를 맞을 때마다 주삿바늘을 찌르지 않아도 되었다.

병실 유리창 밖에서 빤히 쳐다보던 비둘기, 휠체어에 앉아 치료받으러 가며 지나던 지하 통로, 휠체어를 밀던 젊은이, 내 설명을 들으려 하지도, 듣지도 않던 인도 출신 여의사. 눈물방울이 떨어지던 그때……. 삶은 돌고 도는 것일까?

"바늘이 손목 쪽으로 들어가 있으니까 손목을 구부리지 않도록 조심하세요."

아까 앉아 있던 의자로 돌아와 앉는다. 검사실의 문이 열리고 젊은 의사가 물병과 종이컵을 들고 나와 나에게 내민다.

"지금 두 잔 마시고 50분에 두 잔 마시세요."

종이컵에 물을 따라 마신다. 주위에 있던 사람들이 모두 사라지고 나서야 내 차례가 왔다. 여의사가 다가와 내 목에서 목걸이를 빼낸다. 눕는다. 조영제가 주삿바늘을 통해 몸 안으로 들어간다. 온몸이 더워지는 느낌, 가슴이 아파 오고 뜨거운 기운이 머리로 올라가 타오를 듯 뜨겁더니, 이윽고 아래로 내려간다. 둥근 기계 앞, 내 몸이 밀려 동그라미 안으로 들어간다. 기계 안에서 연방 돌아가는 불빛이 보인다. 저 안 어디선가 회전하는 불빛의 띠, 기계.

기계 안을 몇 번이나 들락거렸을까. 눈을 뜬다. 눈을 감은 채 이 순간을 흘려보내고 싶지는 않다. 모든 순간을 마주하리라. 모든 순간을 직면하리라.

MRI 검사　　　　　　　　　　　　5

　집으로 돌아오는 길은 어수선하다. 병원은 여전히 공사 중. 병원 앞 네 갈래 길은 신호등이 없어서 늘 차들이 뒤엉켜 있다. 오른쪽에는 시장, 왼쪽에는 중앙대학교로 들어가는 길이다. 오가는 차는 서로 눈치를 봐 가며 자신이 끼어들 자리, 틈을 찾아내야 한다. 전후 맥락을 보고 자신이 설 자리를 찾아내는 일에는 직감과 통찰이 필요하다. 세상 모든 일이 다 그렇다. 차 흐름을 읽는 일 역시 마찬가지다. 모두 눈치를 보는 틈을 타서 사정없이 들이미는 이들도 있다. 시장 쪽은 수많은 노점이 거리를 점령하고 있다. 바람막이 비닐을 드리운 노점 안에서 튀김을 먹고 있는 아이들과 여인이 보인다. 튀김, 늘 눈을 유혹하던 먹을거리였는데.

"사랑하는 이 명 선생."

집에 돌아와 열어 본 교수님의 메일은 그렇게 시작되었다. 평소 한 줄, 아니면 두 줄, 지극히 간단하게 메일을 보내시던 분인데, 오늘은 '각별히 아끼는……'이라는 표현까지 덧붙이셨다. 평소 냉정하고 객관적인, 여장부 같은 그분답지 않았다. 그분 앞에 서면 늘 부끄럽고, 나의 부족함을 느꼈다. 일주일간 외국 출장을 다녀온 뒤에 하루도 쉬지 않고 연구실로 출근하는 분, 번역대학원의 잘못된 관행, 외국 대학에 질질 끌려다니는 관행을 통째로 뒤엎은 분이다. 뵐수록 가슴에서 존경의 염이 우러났다. 어려움을 정면으로 돌파해 온 자신감과 당당함. 그분의 흔들림 없는 당당함과 강력한 의지 앞에서 늘 부끄러웠다.

내 방 벽에는 예전에 교수님께서 써 주신 추천서가 붙어 있다. 언젠가 장학금을 타 볼 요량으로 서울시 장학 사업에 응모했고, 그 과정에서 추천서가 필요했다. 그때 교수님이 보내신 추천서를 보고 잠시 말을 잃었다. 칭찬을 받아 본 경험이 거의 없는 내게, 선생님은 소낙비 같은 칭찬을 아낌없이 부어 주셨다. 장학금은 타지 못했지만 그 과정에서 귀히 여겨 주신 교수님의 속내를 알게 된 것은 큰 수확이었다. 교수님은 그저 하신 말씀일지 몰라도, 나는 그랬다.

깜박 잠이 들었다. 낮잠이라니! 이 피곤은 대체 어디서 오는 것일까.

"갈 시간이야."

남편이 나를 깨운다. 이번에는 MRI 검사다. 다시 차를 타고 병원으로 향한다. 연이어 검사하면 좋으련만. 같은 장소로 가서 이번엔 옷을 모두 벗고 분홍색 검사복으로 갈아입는다. 끈으로 허리를 동여맨다. MRI 검사실은 몹시 시끄럽다. 기다리는 동안 연방 소리가 난다. 찰칵찰칵, 드르르르. 세 명의 의사가 책상 앞에 앉아 검사실 안쪽을 주시하고 있다. 저 안쪽에서 무슨 일이 일어나고 있는 것일까.

'자기공명영상MRI이란 자장을 발생시키는 커다란 자석 통 속에 인체를 들어가게 한 뒤 고주파를 발생시켜 신체 부위에 있는 수소원자핵을 공명시켜 각 조직에서 나오는 신호 차이를 측정하여 컴퓨터를 통해 재구성하여 영상화하는 기술이다. 자석으로 구성된 장치에서 인체에 고주파를 쏘아 인체에서 메아리와 같은 신호가 발산되면 이를 되받아서 디지털 정보로 변환하여 영상화하는 것을 말한다.'

MRI에 관한 설명을 읽으면서 소설 《링》이 떠올랐다. 비디오를 통해 바이러스가 전파된다는 내용의 공포소설. 주인공은 자신을 실험 대상으로 내놓는다. 그의 몸은 구석구석 샅샅이 영상으로 저장되고, 그는 흔적도 없이 사라진다. 현실이 아닌 그 세계에서 주인공이 자기 아버지의 성기를 본 순간을 묘사한 대목은 대단했다. 벌거벗은 채로 냉장고를 여는 아버지의 당당한 모습. 금방 어머니와 성교를 하고 나와 목이 말라 물을 찾는 아버지는 물컵을 든 채로 아들을 바라본다. 아버지의 성기 모습을 어찌나 생생하게 그려 냈던지 도무지 잊을 수가 없다. 무릇 소설가의 묘사는 그처럼 생생해야 하리라. 점점 조여 드는 스티븐 킹의 소설과는 또 다른 느낌이었다.

엎드린 자세로 가슴을 내놓고 자석 통 속으로 들어간다. 기다란 검사대는 세 부분으로 나뉘어져 있다. 가운데 부분에 구멍이 두 개 뚫려 있는 것을 발견한 순간, 설마 했는데 그 설마가 현실이 되었다. 가슴을 구멍에 댄 자세로 엎드렸다. 아무리 편한 자세도 45분 가까이 꼼짝할 수 없다면 절대로 편한 자세가 아니다. 엎드린 등 위로 간호사가 담요를 덮어 준다. 귀마개를 한 채 그 긴 시간을 견딘다. 자려고 노력한다. 아니 내 삶을 돌아보려고 노력한다. 내 생각이 얼마나 오락가락하는지 새삼 깨닫는다. 생각은 쉴 없이 흘러가고, 돌아가고, 또 흘러간다.

어깨가 아프다. 대고 엎드린 얼굴이 아프다. 위로 뻗은 팔이 뻐근하다. 온몸이 굳어 버린 건 아닐까? 차가운 손이 내 손을 건드린다. 그리고 몸 안으로 투입되는 액체의 느낌. 조영제를 투입하는 게지. 머릿속에서 어느 것 하나 결정짓지 못한 채, 어느 것 하나 깨닫지 못한 채 엎드리고, 엎드리고, 또 엎드려 꿈도 아니고 무의식도 아닌 회색 지대를 헤맨다. 하나가 다른 하나로 얽히고설켜 매듭짓지도 못한 채, 또 다른 생각을 물고 일어나는 그 순간.

프란츠 카프카의 소설 《성Das Schloss》에서 K는 가는 곳마다 얽히면서 그 어느 것에서도 시원한 결론을 내리지도, 받지도 못한다. '성城'은 도무지 알 수 없는 형체, 관념 속에서 끊임없이 꼬리를 물고 늘어지는 과정은 인간의 사고 과정을 연상시킨다.

무한으로 여겨지던 순간이 끝난다. 언제나 그렇다. 무한정 계속될 듯 지긋지긋하다가 이윽고 끝난다. 흐트러진 내 신발이 눈에 들어온다. 정리를 했어야 하는 건데……. 뭐 어떠랴. 지금 내 모습은 거의 부랑아 수준인데. 타인을 의식하는 것은 때로 자신을 다스리는 데 도움이 된다. 병을 핑계로 편한 것만 찾는 이즈음의 내가 부끄럽다.

6   "엄마 멋있니?"

"엄마 멋있니?"

환자복을 입고 나와 딸 앞에 선다. 병원 지하 1층, 핵의학센터, 아이가 카운터 앞 의자에 앉아 나를 기다리고 있다. 오늘은 PET-CT 검사를 하는 날이다. 환자복이 무겁고 벙벙해서 거울 앞에 서서 보니 영락없는 칠푼이다. 게다가 남성용 옷인지 단추가 반대쪽에 달려 있어 입느라 약간 애를 먹었다. 검사실 선생이 다가온다.

"체중계로 올라가실게요."

체중계는 벽 쪽에 붙어 있다.

"아니요. 그렇게 말고 뒤로 돌아서 올라가세요."

몸을 뒤로 하고 올라서니 이상하다.

"다 되었습니다. 내려오실게요."

병원에 오면 의아한 것 중 하나가 저 말투다. '하실게요.' '오실게요.' 분명 하라는 말인데, 왜 '하세요'가 아닌 '하실게요'일까? 이 병원만 그런 게 아니다. 내가 경험한 모든 병원의 간호사들과 검사 요원들이 저런 말투를 쓴다.

"이 물을 드실게요."

젊은 검사실 선생이 물을 한 컵 건넨다. 종이컵을 받아 물을 마신다.

"주사 한 대 맞으실게요."

링거 주삿바늘을 꽂느라 내 팔을 잡은 간호사의 팔이 유달리 붉다. 신경 쓰지 않는 척하면서 슬쩍 쳐다보니, 아뿔싸 붉은 점이 팔 전체에 번져 있다. 저 팔로 지금껏 살아오느라 얼마나 힘들었을까. 만져 주고 싶지만 행여 마음을 건드릴까 봐 내색하지 못한다. 검사실 선생이 나를 다른 방으로 안내한다. 좁은 방, 침대가 하나 있고 안쪽에 화장실이 있다. 벽에 걸린 난로에서 열이 번져 나온다.

"주사 한 대 맞으실게요. 링거는 45분간 맞으실 거구요. 소변 마려우면 저기 화장실을 이용하실게요. 링거 줄이 짧으면 벽에 거세요."

사방 벽은 연노란 색이고, 한쪽 벽면에 새와 나뭇가지 실루엣이 그려져 있다. 저 그림, 어디서 봤더라? 그래, 재작년 건강검진을 하러 갔던 병원에서 봤다. '더 와이즈'라는 이름의 그 병원에서는 내 암을 잡아 내지 못했다. 2008년 12월 말이니 1년 1개월 전이다. 이미 증상이 나타나 있었을 터인데. 더 와이즈wise라니, 뭐가 와이즈란

말인가. 그 병원 벽이 저랬다. 그림 덕분에 밋밋한 벽이 활기를 띠었는데, 그들은 보이는 것에만 치중했던 모양이다. 사람들은 보이는 것에만 의존해 살아가기도 한다. 그렇다. 생각과 외형은 크게 다르지 않다. 삶과 관념은 얼마나 밀접한 관계를 맺고 있는 것일까?

병원에 오기 전 PET-CT가 어떤 검사인지 인터넷에서 검색을 해보았다. 환자가 된 뒤 나날이 유식해져 간다. MRI는 자장을 이용한 검사 방법이고, PET-CT는 방사성 동위원소를 이용한 검사 방법이다. 생체 내에 양전자를 방출하는 방사성 동위원소를 붙인 방사성 의약품을 투여한 뒤(그게 포도당 링거 주사다) 양전자가 인체 내의 전자와 결합할 때 발생하는 511keV의 소멸 방사선을 체외에서 검출하여, 전산화 단층 촬영과 유사한 방법으로 360도 모든 각도에서 측정되는 방사능의 분포를 재구성하여 영상화한다. 즉, 체내의 기능 또는 대사 기능을 단층영상으로 검사하는 것이다. MRI, CT, PET-CT 각기 특징이 있어 서로 보완작용을 한단다.

지루해지기 시작한다. 책을 가져올 걸. 책은 가방 속에 있고 가방은 딸 무릎에 놓여 있다. 딸을 생각하니 안쓰럽다. 공연히 데려왔다. 혼자 와도 되는데. 병원에 오기 전, 준비를 하고 보니 9시 30분이었다. 딸은 샤워를 하고 있었다. 9시 40분, 열쇠를 챙기고 가방을 들고 나서자 아이가 따라 나섰다. 온통 젖은 채로.

"그냥 혼자 갈게. 그렇게 하고 가면 안 돼."

"모자 뒤집어쓰고 가면 돼."

아이는 모자를 쓰고 목도리를 칭칭 감고 있었다. 더 말하지 않았다. 얕은 잠이 들었던 걸까. 젊은 선생이 문을 열고 들어온다.

"이 물 두 컵 다 드실게요. 마지막으로 소변 한 번 더 보고 나오세요. 문이 무거우니 조심하세요."

검사실로 가면서 수납대 앞 의자에 앉아 있는 딸을 쳐다본다. 아이는 고개를 푹 파묻고 있다.

"유니야!"

"아까부터 자던데요?"

검사실 선생이 웃으며 말한다. 불편한 자세로 잠들 수 있는 것도 젊음의 특권이다. 이 검사실은 어제 CT실과 또 다르다. 왼쪽에 칸이 따로 있고 중앙에 계단이 있다. 그 계단 위에 검사대가 있고 오른쪽에 커다란 튜브들이 놓여 있다.

"엎드리세요. 가슴을 열고 엎드리세요. 편한 자세 잡으시고, 가슴을 가운데 놓으셔야 해요."

검사대는 엊그제처럼 세 군데로 구분되어 있다. 단추를 풀고 가슴을 연 다음 중간 우묵한 부분에 가슴이 가도록 하고 엎드린다. 시선을 피해 주는 그가 고맙다. 엎드려서 팔을 위로 뻗는다. 그가 내 몸 위로 담요를 덮는다. 내 몸은 앞으로 밀려간다.

내 안의 세포들, 나를 이루고 있는 세포들이 요즘 괴롭겠구나. 수소원자핵에, 양전자에, 엑스레이에, 생전 듣도 보도 못한 빛들을 쬐니 얼마나 힘들까. 그러고 나면 내 세포들이 좀 세련되어질까? 내 촌스러움도 사라질까?

튜브는 두 개, 검사대에 누워 하나의 튜브를 지나 다른 하나로 들어갔다가 나온다. 한동안 멈췄다가 다시 들어간다. 들들들들. MRI 검사 때와 달리 귀가 아플 정도로 소란스럽지는 않다. 다시 나오고 멈추고. 얼마나 지났을까. 그렇게 들어갔다가 나오기를 세 번 반복한 다음 일어나도 된다는 말이 떨어진다.

"어깨 아프시지요? 제가 주물러 드릴게요."

이런, 젊은 선생이 다가와 내 어깨를 거침없이 주무른다. 생각이 깊기도 해라. 어깨 뻐근한 것을 어찌 알았을까.

"고마워요."

인사를 하고 문을 열고 나선다. 링거를 빼고 옷을 갈아입고 나온다.

"결과는 다음 주 진찰받을 때 나올 거예요."

검사 센터를 나오는데 연방 하품이 터져 나온다. 한 일도 없는데 왜 이리 피곤할까. 정말이지 한 일이라곤 하나도 없는데. 먹고 자고, 먹고 자고. 그런데도 피곤이 온몸을 휘어잡고 하품이 끊이지 않는다. 긴장이 풀어진 탓일까. 병에 걸렸다는 생각이 이토록 몸을 무겁게 하는 것일까.

수술 날짜를 정하다 7

아침 일찍 서울대병원으로 향한다. 전날 중앙대병원에서 가져온 CD를 등록해야 한다. 검사 기록이 담긴 그 CD를 받는 데 어제 오후를 모두 소비해야 했다. 암 진단에 화들짝 놀란 남편이 서울대병원에 예약을 해 두어 오늘 병원에 가는 것이다. 여섯 가지 검사를 하는데 2주일이 지났다. 검사 결과가 모두 나온 것은 아니지만, 여태 껏 찍은 검사 기록들이 도움이 될 것이다.

로비가 무척 한산하다. 이렇게 한산한 서울대병원은 본 적이 없다. 서둘러 번호표를 뽑는다. CD 등록하는 곳으로 가서 주민등록번호를 불러 주니, 이내 종이쪽지를 내민다. 오늘 안에 CD를 찾아가라는 내용이 적혀 있다. CD 등록이 끝난 것이다. 걱정과 달리 너무 쉽게.

이제 내가 가야 할 곳은 암센터. 서울대병원 건물 구조는 미로다. 방사형으로 뻗은 건물들이 복잡하게 얽히고설켜 여기서 상주하지 않는 한 구조를 완벽하게 알기란 불가능해 보인다. 지난해, 지지난해 시아버님 병구완하느라 한동안 내 집처럼 드나들던 곳인데도 여전히 헤맨다.

암센터 3층, 9시 15분 전. 이미 의자는 절반 넘게 차 있다. 아무도 입을 열지 않는다. 책을 꺼낸다. 간호사가 호명하기 시작한다. 한번에 다섯 명씩. 이름이 불린 사람들은 일어나 안쪽으로 사라진다. 안쪽에 따로 대기하는 곳이 있는 게지. 한 번에 네 명씩 표시되는 전광판에는 8시 50분 예약환자를 보고 있다는 글귀가 흘러간다. 얼마나 기다렸을까. 다섯 명 중 마지막으로 내 이름을 부른다.

"네."

이런, 손을 들어 버렸다. 초등학생처럼. 아무도 보지 않지만 혼자 무안해서 슬쩍 손을 내린다. 간호사는 무표정으로 일관한다. 그러고 보니 간호사의 얼굴에 표정이 보이지 않는다. 한결같은 무표정. 환자가 워낙 많아 감정을 생산할 겨를이 없어서일까?

안쪽으로 들어간다. 아니나 다를까. 의자 네 개가 벽 쪽에 그리고 칸막이 앞쪽에 나란히 놓여 있다. 기둥 뒤쪽에도 동일하게 배치되어 있을 것이다. 진료실은 세 곳, 그중 한 곳은 전광판이 꺼져 있는 걸로 보아 오늘 휴진인 모양이다. 진료실 두 곳을 사용하는데, 진료하는 의사는 한 명, 이 많은 사람을 혼자 진료하는가 보다.

내 이름을 부른다. 남편이 뒤따라 들어온다. 진료복으로 갈아입는 동안 남편이 의사 앞에 가서 이야기를 시작한다. 벽에 그림이 붙어 있다. '따라 하세요.'라는 글씨 아래 윗옷을 모두 벗고 가슴을 종이로 가린 여인의 그림이 그려져 있다. 그대로 따라 한다. 남편과 이야기하던 의사가 내게로 온다. 약간 곱슬머리, 부리부리한 눈동자. 의사에게서 힘이 느껴진다.

"올라가 누우세요."

진찰대 위쪽에 영상장치가 있다. 그와 또 다른 의사 한 명이 와서 가슴을 내려다보고 스캐너를 들어 가슴을 이리저리 훑는다.

"암 덩어리가 그렇게 크진 않네요. 팔을 위로 들어 보세요. 유두가 들어가 있네요. 언제부터 이랬죠?"

"좀 오래 됐어요. 4, 5개월 정도요."

처음 알아차린 것은 지난해 9월이다. 아마 더 오래되었을 것이다. 문제가 있다고 생각한 건 언제더라? 1월의 그날, 앞집 여자를 찾아갔었다. 병원에 가야겠다고 마음먹었지만 절차를 몰라 물어 보러 간 것이다. 403호에는, 그 아침에 이미 세 명의 여인이 모여 있었다. 언제나 넉넉한 앞집 여자는 이런저런 일로 늘 바빴다. 그녀 눈에는 나도 비슷해 보였으리라. 앞집에 살면서도 얼굴 마주칠 틈 없이 몇 년을 지내고, 나는 지금 여기 와 있다.

"됐어요. 일어나 옷 입으세요. 입원하세요. 암 덩어리가 바로 유두 밑에 있어서 볼륨을 보존할지는 입원하고 상의합시다. 수술 하고 나서 그 다음 치료를 결정하구요. 뼈 스캔해 오세요. 간호사가 다음 사항을 일러줄 겁니다. 입원은 22일에 하세요. 24일에 수술하는 걸로 결정합시다. 괜찮은가요?"

"네. 괜찮습니다."

말을 끝낸 의사가 옆방으로 사라진다. 그곳에는 또 다른 환자가 대기하고 있을 것이다. 그 방에서도 젊은 인턴 두 명이 열심히 모니터와 기록을 들여다보며 환자 상태를 체크하고 있을 것이다.

진료실에서 나와 다시 대기실 의자에 앉는다. 일이 너무 빨리 이루어진다. 의사는 한눈에 암의 정도를 알아보았고 상태를 보고 결정을 내렸다. 그 태도가 대단히 사무적이고 실용적이어서 그 어떤 태도보다 믿음이 간다. 어쩌면 그동안 열심히 공부를 한 덕분에 의사가 하는 말을 알아듣게 되어서 그렇게 느끼는 것일 수도 있다. 이런저런 인터넷 사이트를 뒤져 가며, 어떤 검사를 해야 하고 암의 증세와 진행 상황은 어떤지 등을 열심히 찾아 읽은 덕분이리라.

간호사가 주의사항을 쏟아 낸다. 뼈 스캔, 피 검사, CT, 심전도, 엑스레이, 소변 검사, 대변 검사 등 검사해야 할 사항들 그리고 입원 동의서, 입원 안내서……. 뼈 스캔 날짜를 잡는다. 2월 16일. 검사는 다섯 시간 걸린단다. 답답하고 어지럽던 길이 정돈되는 느낌이다. 언제, 무엇을, 어떻게 하기로 결정되면 그 다음을 준비할 수 있다. 수술 날짜가 정해지고 나니 오히려 홀가분하다. 이제 수순을 따라가면 되리라. 그 다음은 그 일이 끝난 다음에 생각하기로 하자.

수직 강하   8

판이 바로 코앞에 있다. 판에 새겨진 십자 표시가 정확히 내 코에
와 닿는다. 몹시 거북하다. 숨이 가빠 눈을 감는다. 관에 들어가 땅
속에 묻힐 때에도 이런 느낌일까? 뼈 사진을 찍고 있다. 사진 찍는
일은 오래 걸리지 않지만 뼈 사진 촬영에 필요한 주사를 맞고 기다
리는 시간이 길었다.

오후 1시에 예약이 잡혀 있어 점심도 거른 채 달려왔다. 중앙대
병원에서 오전 시간을 다 보낸 것이다. 일찍 나오느라 아침도 거른
터라 담당자에게 사정해 20분의 여유를 얻었다. 병원 13층 레스토
랑은 만원이었다. 기다리는 줄이 문밖까지 길게 이어져 있었다. 시
간 내에 점심을 먹기는 글렀다.

돈을 버는 일만 바쁜 게 아니다. 병을 검사하는 일도 점심을 걸러야 할 정도로 바쁘다. 편의점에서 김밥을 사고 다시 핵의학과로 가서 절차를 물었다. 주사를 맞은 뒤 세 시간을 기다려야 한단다. 공연히 김밥을 샀다. 이럴 줄 알았으면 주사를 먼저 맞고 밖으로 나갈 걸. 주사를 맞은 다음 3시 55분에 돌아오라는 안내를 받고 밖으로 나왔다. 어디로 갈까. 마땅히 갈 곳이 없다. 쉴 만한 공간은커녕 빈 의자 하나도 눈에 띄지 않았다. 어딜 가나 환자들이 넘쳐나고, 서성이는 보호자들과 방문객들로 소란스러웠다. 무수히 눈에 띄는 의사들, 검사하는 이들, 사람들, 사람들, 사람들.

6층으로 올라갔다. 시아버님 병구완하느라 수없이 드나들어 익숙한 곳. 각종 검사실 앞이나 접수대 앞은 너무 붐벼서 조금이라도 앉아 있으려면 환자 휴게실로 가는 수밖에 없었다. 생각했던 대로 6층 환자 휴게실에는 빈 의자가 남아 있었다. 나란히 붙은 세 개의 의자가 일렬로 두 줄씩 양쪽에 놓여 있고, 오른쪽 벽면에는 컴퓨터 두 대가 마주 보고 있다. 눈 감고도 그려 낼 수 있는 곳.

환자복을 입은 두 사람이 컴퓨터를 들여다보고 있었다. 딱히 갈 곳 없는 환자들. 음료 자판기 근처 뒷줄에 자리를 잡고 앉아 김밥 도시락을 열었다. 물과 김밥. 물을 많이 마시랬지. 물을 마셨다. 마셨다. 마셨다.

창밖은 회색, 건너편에 '서울대학교 치과병원'이라는 글자가 붙은 건물이 보였다. 그리고 새 한 마리. 날개를 활짝 편 품이 맹금류인 듯싶었다. 저렇게 천천히, 유유자적 나는 새들은 대개 맹금류이다. 맹금류는 기류를 타기 때문에 날갯짓을 할 필요가 없다. 새는 몸집이 작을수록 날갯짓이 빠르다. 겨울 철새들이나 고니·기러기는 큰 몸집 때문에 천천히 날지만, 그들은 부지런히 날개를 퍼덕여 비상하고 일정한 고도에 이른 다음에야 비로소 날갯짓의 횟수를 줄여 고도를 유지한다.

《갈매기 조나단》에서 조나단은 수직강하를 논하면서 매처럼 짧은 날개가 필요하다고 말한다. 그는 날개를 접고 날개 끝만으로 수직강하를 한다. 새의 생명은 날개다. 그러나 수직강하는 날개의 힘으로 하는 것이 아니다. 수직강하는 온몸으로 하는 것이다. 그것은 자신의 모든 것을 건 용기다. 이번 수술은 나의 수직강하가 되지 않을까?

아직, 어느 병원에서 수술할지 결정하지 못했다. 서울대병원의 의사는 지극히 사무적으로 진찰하자마자 수술 여부를 결정하고, 필요한 검사를 지시했다. 그것은 그가 노련하다는 뜻이기도 했다. 의사의 판단은 신속했고, 각종 검사 지시도 한 번에 나왔다. 뼈 스캔은 4일이나 기다려야 했으나 다른 검사는 이내 마칠 수 있었다.

이곳은 마치 공장시스템 같다. 옷을 갈아입고 줄줄이 한 명씩 들어가 검사, 살균당한 다음 캔에 포장되어 나오는 느낌. 대단히 능률적이지만 거부감이 드는 건 어쩔 수 없다. 시스템은 사람을 사람이 아니도록 만든다. 그들의 얼굴에서 웃음을 볼 수 없는 것은 미처 감정을 나누거나 감정을 교류할 시간이 없는 탓이겠지. 검사 받는 사람들은 절망일지도 모르는데.

이 검사가 마지막이라면 얼마나 좋을까.

9 또 하나의 혹

십자 표시가 되어 있는 판이 내려간다. 아니 내려간다는 느낌이 든다. 감았던 눈을 떠 본다. 네모 칸이 눈에 들어온다. 점점이 뚫린 듯한 무늬가 보이는 무심한 네모 칸. 저건 천장이다. 그렇다. 판이 내려가고 있는 것이 맞다. 검사대 양쪽 난간에 놓은 양쪽 팔이 차갑다. 한기는 조금도 물러서지 않고 몸을 공략해 온다. 저들은 반팔 차림인데 나는 껴입고, 껴입었으면서도 춥다. 그런데 내 뼈는 안녕하실까?

중앙대병원의 의사는 각종 검사 기록을 들여다보며 이야기했다. 그가 마우스를 움직일 때마다 화면 속 내 장기가 구불거리면서 모양을 바꾸었고 밝았다가 어두워졌다가 파도처럼 물결쳤다. 마지막으로 의사의 마우스가 멈춘 곳, 가슴 끝 부분이 선명하게 밝은 색으로 빛나고 있었다. PET-CT 검사 때 맞은 포도당의 방사성 동위원소가 암 덩어리를 빛나게 만들고 있었던 것이다. 보석 같구나. 저렇게 빛나는데…….

"암 덩어리가 안 좋은 곳에 있어요."

의사는 그림을 그렸다. 볼펜 끝으로 가슴, 유두를 가리켰다.

"암이 상당히 진행되어 안쪽에서 잡아당기는 바람에 유두가 들어간 겁니다."

내 암은 유두 바로 밑, 유선이 모여 있는 곳에 있었다. 꼭꼭 숨어서 잘 만져지지 않았다.

"이곳에 있어서 여기를 잘라 내더라도 암세포가 남아 유선을 타고 다시 퍼지게 됩니다. 어쩔 수 없이 전절제를 해야겠어요."

'전절제', 생소한 단어의 뜻을 생각하는 동안 의사는 다른 자료를 뒤적였다.

"빈혈이 좀 있으시네요."

"어지럼증이 상당히 심해요. 저녁이면 피로해서 눈도 안 보일 정도예요."

의사가 다시 결과를 들여다보았다.

"혹 자궁 근종 때문에 빈혈이 생기는 건 아닐까요?"

의사는 다시 검사 결과를 들여다보고는, 마우스를 움직여 자궁을 찾아냈다.

"그렇군요. 상당히 큰데요. 지금 산부인과 의사에게 전화해 드릴게요. 갔다 오세요."

의사는 전화기를 들고 그쪽 의사에게 양해를 구했다. 산부인과는 건너편에 있다. 로비 위를 가로지르는 통로를 지나 산부인과로 향했다. 산부인과 내부는 한산했다. 간호사 세 명이 나란히 앉아 있는 카운터로 갔다.

"암센터에서 왔어요. 교수님이 지금 가 보라고 해서 왔는데요. 전화 통화를 하셨어요."

간호사가 내민 종이쪽지에 이름을 적었다. 내 앞 순서 환자는 단 한 명뿐이다. 구부정하고 머리가 꼬불꼬불한 여성이 나와서 윗옷을 걸치자 간호사가 내 이름을 불렀다.

"작년엔가, 여기 산부인과에서 진찰 받은 적 있어요. 그때 혹이 7센티미터라고 했어요."

밤마다 땀으로 흠뻑 젖던 그때, 원인을 알 수 없어서 각종 과를 모두 섭렵하던 때 이야기다. 모더니즘 시 수업을 빼먹고 병원에 왔었다. 그날, 교수님이 몹시 걱정하고 있다고 연락이 왔었다. 진찰대 위에 누웠다. 이제는 무심해졌는가. 예전에 그토록 엄습하던 수치심은 한결 덜했다. 요즘에는 커튼을 쳐서 환자와 의사의 눈이 마주치지 않도록 한다. 서로에게 편한 것이다.

"여기 혹이 있네요. 이런, 꽤 커요."

커튼 안쪽에 놓인 모니터를 보았다. 커튼 바깥쪽에도 모니터가 있어서 의사는 그걸 들여다보는 모양이었다. 의사 앞에 앉았다.

"혹이 7센티가 아니라 10센티도 넘겠는데요."

쌍꺼풀이 선명한 동그란 눈의, 나이 지긋한 의사는 지시봉으로
화면을 가리켰다.

"이게 혹입니다. 보세요."

의사는 화면에 나와 있는 형태를 따라가며 윤곽을 그렸다. 양쪽
으로 날개를 활짝 펼친 나비 같은 나의 자궁. 혹이 자궁 전체를 차
지하고 있었다.

10

단단한 눈물

군중 속에서 나타나는 이 얼굴들 ;

젖어 있는 검은 가지 위의 꽃잎들.

－에즈라 파운드

왜, 그때 '꽃잎petal'이 '운명fatal'으로 들렸을까? 내겐 운명이 맞았
다. 운명처럼 큰 충격이었으므로. 무수한 군중들은 하나의 흐름일
뿐이다. 그 흐름 속에서 하나하나 얼굴이 나타나기 시작한다. 각기
표정을 지닌, 각기 독특한 세계를 지닌 저마다 다른 얼굴들. '하나
의 얼굴'은 저마다 인식의 순간, 놀라움의 순간이다. '하나의 얼굴'
은 깨달음의 순간, 저마다의 세계를 가진 각각의 세계이다. 그래서

그 얼굴들은 젖어 있는 검은 가지에 붙은 꽃잎처럼 환해진다. 그 순간의 꽃잎처럼 선명한 것이 어디 있으랴.

삶은 인식으로 시작하는 것은 아니다. 삶은 내부를 보여 주기를 거부하는 하나의 흐름으로 시작한다. 어느 순간 무한한 노력을 통해, 고통을 통해 얼굴들이 드러나기 시작하며, 이윽고 꽃잎들이 열리기 시작한다. 내가 겪는 이 고통도 꽃잎으로 변화하는 순간이 있을까? 그 시를 듣는 순간 넋을 잃었다. 모더니즘 수업 시간이었다. 이미지를 쫓아가느라 한동안 멍해 있었다. 시에 빠져 질문에 대답하지 못하는 나를 보고 교수님은 아무 말도 하지 않았다. 아마 당신도 그런 경험을 했을 게다.

"다 끝나셨어요. 일어나실게요."

빨리 끝나서 다행이다. 네다섯 시간 걸린다고 해서 내심 걱정했는데.

"3번 방 앞으로 가서 기다리세요. 거기서 다른 검사 하실게요."

9번 방을 나오면서 인사를 건넸다. 그들은 으레 듣는 인사겠지. 다들 기계를 들여다보느라 대답조차 하지 않는다. 다시 한 번 시스템 속의 깡통이 된 느낌을 맛본다. 검사실엔 이름조차 없다. 번호만 붙어 있을 뿐. 그들 역시 시스템이 돌아가는 데 필요한 톱니바퀴일 테지. 3번 방이나 9번 방이나 다를 것이 없다. 의자에 앉는다. 9번 방에서 누군가 나와 사람을 찾는다. 이름을 부르자 갈색 단발머리의 젊은 여성이 허둥댄다.

"화장실 가셨어요!"

"아빠 어디 가셨지? 화장실 가시지 않았나. 내가 가보고 올게."

한눈에 보기에도 자매구나 싶게 닮은 두 여성. 스물두엇쯤 되어 보이는 여성이 화장실 쪽으로 급히 뛰어간다. 묶은 머리가 찰랑거린다. 내내 기다리다가 잠시 볼일 보러 간 사이에 호명하는 것처럼 당황스러운 일도 없다. 두 딸은 머리칼이 검고 오십 중반이나 되었을 법한 아버지 곁을 계속 지키고 있었다. 그 젊은 아버지에게 딸이 둘이나 따라오다니.

놀랐을 것이다. 충격이 가족을 휘어잡고, 불안하고 안쓰러운 마음에 가족들은 환자를 따라다닌다. 어제까지 잘 다니던 길을 이제는 혼자 갈 수 없다고 생각한다. 환자도 용기를 잃는다. 갑자기 피곤해지고 어지러워지며 세상의 모든 일이 무겁고 혼자 해낼 수 없을 것처럼 복잡하고 어려워 보인다. '병'이라는 진단이 사람을 바꾸어 놓는다. 노란 옷을 입은 아버지가 나타났다. 아버지가 들어가고 난 뒤 헐떡이면서 아까 사라졌던 딸이 돌아온다.

"아빠 안 계셔. 어딜 가셨을까?"

눈두덩에 그늘이 있는 다른 딸이 대답한다.

"아빠 검사 들어가셨어."

내 차례, 검사실 안으로 들어간다. 서울대병원 검사실은 하나같이 문이 열려 있고 내부가 공개되어 있다. 여느 병원처럼 은밀하게 꼭 막아 놓지 않는다. 외투를 벗는다.

"아니, 외투 벗으실 필요 없어요. 안경만 벗어 여기 올려놓고 앉으세요."

그러고 보니 검사하는 판 앞에 의자가 놓여 있다.

"왼쪽 뺨을 갖다 대세요."

아무런 소리도 나지 않는데 판이 이동한다. 판의 위치가 바뀌고 있다. 다시 왼쪽 뺨을 갖다 대라는 지시가 떨어진다.

"됐습니다. 수고하셨어요. 이제 가시면 됩니다."

나와 보니 접수대들이 비었다. 의자들도 비었다. 늘 사람들과 부딪힐까 걱정하며 오가던 로비도 다닐 만하다. 지하 주차장으로 가려면 어디로 내려가야 하더라. 암센터에 갈 때는 안내판을 따라 줄곧 갔었다. 중앙대병원에서 찾아온 조직 슬라이드를 제출할 곳을 알아보느라, 두 가지 수술을 해야 하는 상황을 설명하느라, 진료 날짜를 다시 받느라, 간호사가 내 일을 처리하는 데 제법 시간이 걸렸다. 간호사는 잠시도 쉬지 않고 진료실을 들락날락하고 있어서 설명하기 위해서는 그녀를 붙들어 멈춰 세워야 했던 것이다.

몹시 피곤하다. 하루 종일 아무것도 안 해도 이렇게 피곤할 수 있구나. 아침부터 내리던 비가 여전히 줄기차게 내린다. 빗방울이 차창에 맺혀 굴러 내린다. 병원을 나서면 바로 창경궁이다. 긴 선으로 이어진 창경궁 돌담, 검은 기와들이 검은 선을 그으며 자꾸만 뻗어간다. 검은 가지들, 검은 세상은 눈물투성이. 추위를 딛고 봄을 향해 가는 시간이 사방에서 자꾸만 눈물을 보인다. 그러나 내 안에 맺힌 눈물은 단단하게 굳어 열릴 염을 하지 않는다. 단단한 눈물. 언젠가 인식으로 피어나는 꽃잎이 될까.

11 다시 하나 더

눈 오는 날, 검사 받으러 간다.
다른 곳, 갑상선에서 또 발견 된 혹.
웃어야 할지, 울어야 할지.
지금 내게 이런 일이 일어나고 있는 게 맞는가?

전환   12

　내 일상은 지극히 평범했다. 아침이면 일어나 밥을 먹고 학교에
가거나, 책을 보거나, 몇 줄 끼적이거나, 집안일을 하거나, 언제나
생각은 책 속에 있었고, 간혹 새로운 이론을 배우면 몇 주고 몰두하
여 탐닉했다. 책을 주문하고, 시장에 가고, 빨래를 하고, 다시 책을
읽고……. 현재, 그리고 앞으로 해야 할 일은 항상 있었고, 그 일을
해 나가면서 삶이 차츰 바뀌리라고 생각했다. 아들이 군대에 간 뒤
로는 주말마다 전화를 기다리는 것이 일과가 되었고, 아이의 목소
리를 들으면 비록 불평이라 할지라도 내 아이가 잘 해내고 있다는
생각에 뿌듯했다.
　그 일상이 온통 병과 관련된 것으로 바뀌어 버렸다. 병원에 가고

의사를 만나는 일, 각종 검사를 쫓아다니는 일이 하루 스케줄이 되어 버렸다. 생각은 정지되고 행동만이 시간을 차지하고 있는 것이다. 내가 존재하는 목적이, 무언가를 위해 변화하는 게 아니라, 지겨워하면서 힘들어하면서 간혹 포기해 버릴까 고민하면서도 앞으로 나가는 것이 아니라, 단순히 생존을 위한 것이 되어 버렸다. 이렇게 느닷없이 그리고 완벽하게 일상이 바뀔 수 있다니!

지난주 금요일, 갑상선 검사에 이어 오늘은 심장에 물혹이 있다는 이야기를 들었다. 수술 날짜는 2월 24일. 날짜가 촉박한 탓에 의사는 서둘러 흉부외과 스케줄을 잡아 주었다. 내일은 두 군데를 가야 한다. 오전엔 산부인과, 오후엔 흉부외과, 그리고 모레는 뇌 사진 촬영 결과를 들으러 가야 한다. 오늘 두개골 사진을 찍었다. 찍고 나면 어김없이 무언가 발견된다. 혹 두개골에서도 무언가 나오는 건 아닐까? 이젠 충격도 느껴지지 않는다. 그저 어이가 없을 뿐이다.

아주 작은 흔적 하나에서 시작한 검사가, 아주 작은 병변에서 시작된 느낌이, 온몸으로 번졌다. 다행히 자궁암은 아니라는 조직검사 결과를 방금 문자로 받았다. 그래도 수술을 해야 한다는 사실은 변함이 없다. 유방암과 자궁 적출과 심장이 되겠지. 갑상선은 내일 보아야 할 것이고, 뇌는 모레다. 부디 뇌는 안녕하시기를 바랄 뿐.

참, 일상이 이렇게 변할 수도 있는 거구나.

사람들의 말 13

"야, 그렇게 고생하고 대체 얻은 게 뭐냐?"

오랜만에 통화한 그녀가 병 이야기를 듣고 대뜸 내뱉었다. 당황했다. 그런 반응은 처음이었다. 말을 고르면서 그동안 생각해 온 것들을 죽 떠올렸다.

"공부하면서 얻은 게 얼마나 많은데. 내 세계가 넓어졌어. 감사한 일이야."

"그렇겠지. 깨달은 게 좀 많겠냐."

그리고 한동안 그녀의 설교를 들어야 했다. 그녀는 거침없이 달변을 늘어놓았다. '그까짓 공부는 왜 했느냐, 그동안 고생한 거 죄다 헛일 아니냐, 편하게 사는 편이 더 나았을 것이다.'

어떻게 살았어야 옳을까? 그녀의 말대로 적당히 놀고, 골치 아픈 공부 집어치우고, 여기저기 여행 다니면서 유유자적 살았어야 했나?

애써 다스린 마음이 또다시 흔들린다. 시집살이로 병을 얻기는 그녀나 나나 마찬가지다. 옆 동네 살면서 나와 같은 처지에 놓여 있던 그녀는, 한동안 마음을 털어놓을 수 있는 유일한 상대였다. 그녀 집에 찾아가 펑펑 울었던 적도 있다. 그때 그녀는 어쩔 줄 몰라 했다. 친정 식구 그 누구보다도 내 사정을 잘 알던 그녀였다.

그녀가 먼저 분가했던 것 같다. 내가 일을 시작하면서, 그 동네를 벗어나면서, 우리는 멀어졌고 상황이 달라졌다. 그녀는 일을 시작했고 나는 공부를 시작했다. 늦은 나이, 마흔넷이라는 너무 늦은 나이에. 그녀는 허리 디스크에 시달렸고 이런저런 병을 앓았다. 번갈아 가며 찾아드는 자잘한 질병들. 그녀는 한동안 우울증에 시달리면서도 나름대로 자신의 삶을 향상시키려고 애써 왔다. 그 과정에서 많은 걸 얻었을 것이다.

그 얻음이 내게 충고를 들이밀고, 그 깨달음이 내게 폭력에 가까운 잣대를 들이대는 것이다. 세상을 달관한 듯하지만 상대의 아픔은 아랑곳하지 않는 그 반응, 너무도 가볍다. 나의 삶은 그녀에게 단순한 화젯거리에 지나지 않을 것이다. '그까짓 거, 누가 몰라' 하는 생각들. 자신의 경험이 더 소중하고, 자신의 고통이 더 아프니까. 상대가 아무리 큰 병에 걸렸다 해도 일상적인 자신의 아픔이 더 중요하고, 누군가의 죽음보다 내 손톱 밑의 아픔이 더 절실한 법이니까.

"너는 잘 해내니까, 수술 잘해라."

그 말을 마지막으로 그녀는 전화를 끊었다. 물론 내 병은 나로 인해 온 것, 누군가에게 하소연할 계제가 못 된다. 그러나 불쑥불쑥 서운함이 치밀어 오르는 것은 어쩔 수 없다. 기대를 걸었던 것은 아니지만 나름대로 친밀감을 느끼던 이들이기에.

암에 걸렸다는 소식을 듣고 사람들이 보인 반응은 제각각이었다. 연구실 학우에게 강의 녹음 파일을 주겠다고 약속하고서 검사받느라 바빠 깜박하고 있다가 뒤늦게 보냈던 적이 있다. 파일을 보내면서 늦게 보낸 데 대한 양해를 구했는데, 그녀의 답장은 이랬다.

"메일 보낼 생각을 하는 걸 보니까 정신 상태는 그래도 좋은 편이네요. 넘 걱정 마세요. 또 연락할게요."

또 다른 이들은 정기 검진을 철저히 받아야겠다는, 지극히 현실적이고 자기중심적인 반응을 보였다. 그런 반응은 그나마 나았다. 대뜸 '하나님의 징계'라는 히스테릭한 반응을 보이고 연락을 끊은 사람도 있다. 그건 차라리 저주였다. 암이라는 소리를 듣자마자 '하나님의 징계'라고 내뱉는 그 말투는 놀라울 만큼 확신에 차 있었다. 이른바 지식인이라고 일컬어지는, 사회 지도층에 속한다고 할 만한 사람이었다.

한동안 몸담았던 교회의 담임목사는 "얼마나 시어머니를 미워했으면!" 하고 내뱉었다. 그가 나의 삶을 알까? 타인이 어떻게 살아왔는지 전혀 모르면서 추측과 독단만으로 내뱉는 그 말들은 그들이 지닌 생각을 대변한다. 그 말들, 병이 죄의 결과라는 생각이 놀랍고도 무섭다.

인간은 자신의 능력으로 이해할 수 없는 일이 일어날 때 신을 찾고 섭리를 구한다. 옛사람들이 감당하기 어려운 자연재해나 질병과 맞닥뜨렸을 때 희생물을 찾은 것은, 그 재앙을 도무지 이해할 수 없었기 때문이다. 이런 인간의 심리를 활용하여 권력은 자신의 몫을 챙긴다. 권력에 의한 의도적 희생물 만들기, 미셸 푸코는 《광기의 역사》에서 그 면면을 잘 보여 주었으며, 윌키 콜린스의 소설 《흰옷을 입은 여인》과 샬럿 브론테의 《제인 에어》는 권력이 병을 이용하는 방식을 훌륭하게 묘사하고 있다.

사실 소설 속 세계는 오히려 소박하다. 실제 역사에서 일어난 죄악, 질병, 저주는 훨씬 더 광범위하다. 서양 중세 시대의 마녀사냥, 라테란 회의에서 내린 병 치유 방식은 놀랍고도 처참하다. (1215년 제4차 라테란 종교회의에서는 육체의 질병이 죄를 지어서 오는 것이므로 마음의 치료가 먼저라는 명목으로 기도문 등을 외우게 했다. 한 나병 요양원에서는 치료를 위해 하루에 주기도문을 126번 외우게 했다고 한다.) 오늘날에도 면면이 살아 있는 그 믿음, 의학 혹은 과학으로 극복할 수 없는 큰 병이나 장애를 두려워하고 그 앞에서 움츠러드는 것은, 그러한 믿음이 아직도 남아 있는 탓이다.

내가 병에 걸렸다는 이유로, 자신이 절대적으로 유리한 위치를 차지한 양 거들먹거리는 이도 있었다. 나를 생각해서 특별히 베풀어 준다는 듯 "앞으로 연락해 줄게."라고 말했던 그녀. 그녀는 왜 그렇게 말했을까? 그 말은 그녀와 내가 같은 상황에서 같은 목적을 추구할 때 할 수 있는 말이다. 그러나 인간은 각자 모두 다르다. 한순간, 혹은 한동안 같은 길을 걸을 수는 있으나, 인생에서 같은 여정은 결코 있을 수 없다. 삶이란 끝없이 변하는 것, 인간은 끝없이 되어 가는 존재이다. 지금 내 앞에서 닫힌 이 길이 내 뒤에서 또 다른 길을 열고 있음을 알지 않는가. 물론 사회적 결과물이라는 면에서 보면 그녀와 나는 동일한 목적을 추구하고 있다. 그러나 현재, 지금은 그 목적을 내려놓지만 돌아서면 지금을 기화로 또 다른 눈이 열릴 것이다.

결과만을 중시하는 사회, 무언가를 추구하는 과정에서 얻는 변화와 새로운 인식 따위는 하찮게 여기는 것, 그것이 불행의 씨앗이 아닐까.

14

떠나고 싶어

머리를 잘랐다. 아주 짧은 커트로. 쥐어 보니 손에 간신히 잡힌다. 손질하기 편하도록 해 달라는 요구에, 미용사는 가위 소리도 경쾌하게 사정없이 머리칼을 잘라 냈다. 미용실에 앉아 있던 동네 아줌마들이 내 머리를 보고, 머릿결이 좋네, 머리숱이 많네 하며 부러워한다. 속도 모르고.

거울을 보니 영락없는 선머슴이다. 웬만한 남자보다 더 짧으니. 머리칼이 짧으면 병원에 누워 있어도 괜찮을 것 같았다. 머리칼이 엉킨 환자의 모습이 몹시 흉해 보였던 것인데, 삐쭉삐쭉 솟은 짧은 머리칼은 더 엉망이 되지 않을까?

집 안도 대충 정리했고 입을 옷들도 챙겼다. 이제 세면도구와 이

불만 챙기면 된다. 아, 책이 없구나. 입원해서 읽으려고 산 책들을 벌써 다 읽어 버렸으니.

새 칫솔을 여행용 가방에 넣는데 갑자기 가슴이 뛴다. 이대로 가방을 들고 떠나 버릴까. 저 멀리, 아무도 모르는 곳으로 떠나 버릴까. 거울 속 나는 너무나 멀쩡하다. 내 몸 속에서 무슨 일이 일어나고 있다는 것이, 아니 자리 잡고 있다는 사실이 믿기지 않는다. 의사의 진단이 잘못된 것은 아닐까? 누군가와 결과가 뒤바뀐 것은 아닐까? 혹시 사진이 바뀐 것은 아닐까?

어느 순간 암이 나은 사람도 있다고 했다. 열렬히 기도를 하고 난 다음날 보니 나아 있더라고 했다. 산속에 들어가 자연과 더불어 살다 보니 저절로 나은 사람도 있다던데……, 나도 그럴 수 있지 않을까? 이대로 산에 들어가서 조용히 살면 낫지 않을까? 모든 사람과 모든 관계에서 떠나 시골에서 혼자 살아가면 병이 물러가지 않을까?

거울을 보고 한없이 서 있다.

제2부
밤의 여로

가슴에 그림이 생겼다.
아니다. 가슴에 지도가 그려졌다.
가야 할 곳을 뜻하는 동그라미.

0 "아파"

"아파."

아프다. 여기는 어딜까? 어디든 상관없다. 아프다. 이건 어찌 할 수 없는 통증, 어떻게 해도 참을 수 없는 통증이다. 아픔이 몸 안에서 넘실거린다. 아니 아픔이 몸을 그득 채우고 있다. 이 아픔은 어디서 비롯하는 것일까.

"아파, 아파."

이 깊은 아픔, 이 커다란 아픔. 무어라 표현할 수도, 생각할 수도 없는 아픔. 아무 생각도 나지 않는다. 이 통증에서 벗어날 수만 있다면……. 멍하다. 아프다. 아프다. 누군가 옆에 있는 것 같다. 기척을 느낀 순간 다시 캄캄해진다. 여긴 어디지?

"엄마, 자지 마."

아까부터 줄곧 딸의 목소리가 들린다. 아이가 손가락으로 내 뺨을 건드리고 있다.

"응."

이상하다. 왜 자지 못하게 할까. 이렇게 아픈데. 한잠 자고 나면 괜찮아질 것 같은데. 눈을 감는다. 아니 눈이 저절로 감긴다.

"엄마, 자지 마."

딸의 목소리가 멀어진다. 얼마나 지났을까. 누군가 옆에서 말하고 있다. 그러고 보니 내 침대 주위에 사람들이 모여 있다.

"암 덩어리가 생각보다 컸습니다. 열어 보니 뿌리가 깊어서 유방을 모두 잘라 냈어요. 전이가 안 된 줄 알았는데 임파선까지 갔더군요. 임파선도 32군데 긁어냈습니다. 조직검사 결과가 나와 봐야 최종 결론을 내리겠지만 지금 상태로 봐서는 항암 치료를 해야 할 겁니다."

의사인가 보다. 누군가 뭐라고 대답하는 것 같은데, 나는 다시 잠에 빠져든다.

"엄마, 자지 마, 자지 마."

눈을 뜬다. 아, 병실이구나. 이제 아픔은 덜하다. 인간은 언제 처음 고통을 느낄까? 어쩌면 인간이 태어나 제일 처음 겪는 느낌이 고통이 아닐까? 아이가 보인다. 남편도 보인다. 앞 침대의 할머니, 그 옆 침대, 내 옆, 모든 것이 시야에 들어온다. 환하다. 지금 몇 시쯤 되었을까? 병실에서 시간은 의미가 없다. 이곳에서 시간은 수술과 검사, 의사의 회진, 그리고 퇴원에 필요한 사항일 뿐. 병실에서 개인의 시간이란 없다. 시간은 공동의 것이고, 그래서 시간은 늘어질 대로 늘어져 무의미하게 흘러간다. 개인의 시간은 오직 수술과 회진, 식사 시간, 세 가지로 구분될 뿐. 그 외에 한 병실에 누운 환자들은 온전하게 한 생활로 엮여 흘러간다.

침대 난간 너머 링거 받침대에 링거가 주렁주렁 매달려 있다. 노란 수액 봉투에서 액체가 흘러나와 팔에 찌른 주삿바늘을 통해 내 몸으로 쉼 없이 흘러들어 간다. 무색 액체가 담긴 병이 하나 더 매달려 있고, 그 밑으로 작고 네모난 진통제 주머니가 달려 있다. 옆구리에 연결된 소변 줄과 배액관까지, 내 몸에 총 다섯 개의 물건이 매달려 있다. 들어오고 나가고. 들어오는 것들의 속도가 나가는 것들의 속도보다 조금 더 빠르겠지. 나는 평형을 이루고 있는 걸까.

간호사는 거의 한 시간에 한 번 꼴로 들어오는 모양이다. 그녀는 들어올 때마다 혈압과 체온을 잰다. 환자들을 격리시키는 커튼을 열고 들어와 혈압계를 내 팔에 감는다. 기계 소리가 나면서 혈압계가 왼쪽 팔을 아프도록 조인다.

"혈압은 정상이에요."

언제 체온계를 넣었을까. 기억이 없다. 잠깐 졸았거나 약에 취해 그녀의 기척을 느끼지 못한 모양이다. 삐삐 소리가 나고 간호사가 내 겨드랑이에서 체온계를 뺀다.

"38도 3부네요. 체온이 높아요. 심호흡을 하세요. 코로 들이쉬었다가 입으로 내쉬세요. 마취약이 남아 있어서 계속 잠을 자면 몸 안의 열기를 못 내보내니까 온도가 올라가요. 자꾸 심호흡을 하세요."

그래서 아이가 자꾸 깨웠던 거구나. 코로 들이쉰다. 입으로 내쉰다. 코로 들이쉰다. 입으로 내쉰다. 몇 번 심호흡을 하다가 다시 잠이 든다. 얼마나 지났을까. 다시 간호사가 커튼을 들춘다.

"혈압이 낮네요. 괜찮아요. 많이 낮은 건 아니니까. 그런데 체온이 높아요. 환자분 심호흡 하세요."

다시 심호흡을 한다. 코로 들이쉬고 입으로 내쉬고. 병실은 고요하다. 다섯 명, 아니 보호자까지 열 명이 있건만, 아무도 없는 것처럼 고요하다. 앞 침대 할머니만 잠을 못 이루고 뒤척이고 있다.

이 밤은 언제 끝날까. 아침이 오기를 간절하게 기다리던 때가 있었다. 그때도 병원이었다. 하얀색 벽, 밤새 40도가 넘는 고열이 나를 괴롭혔다. 꿈속에서 누군가 우는 소리를 들었다. 얼마나 아프면 저렇게 울까. 그 신음 소리의 주인공이 몹시 가여웠다. 함께 울었다. 얼마나 울었을까. 정신을 차려 보니 병실 환자들 모두 나 때문에 잠을 못 자고 있었다. 푸른 눈의 할머니들이 몹시 가여워하는 눈길로 나를 바라보고 있었다. 그 울음의 주인공은 바로 나였다. 머리맡 베개에는 빠진 머리칼이 수북했다. 잠시 정신이 들면 고개를 돌려 창문을 바라보았다. 저 창문이 밝아 오면, 저 창문에 아침이 깃들면 나아질 거야. 아침이 되면 나아질 거야.

새벽을 알리는 창백한 빛이 비치기를 얼마나 간절히 바랐던가. 아침이 오면 무언가 달라지고, 생기를 얻을 것 같았다. 아침만 되면, 아침만 되면 살아날 것 같은 느낌.

보호자 침대에 불편하게 누워 있던 남편이 일어난다.

"목마르지?"

남편이 물 적신 가제를 내 입술에 올려 준다. 물. 혀를 가제에 갖다 댄다. 물기. 무심결에 입술이 가제를 빤다. 물.

"그러면 안 돼. 입이 마르니까 물고만 있어."

고개를 끄덕인다. 아니 끄덕인다고 생각한다. 여기 어떻게 왔더라? 머릿속으로 기억을 더듬는다.

밤으로 가는 길   1

동생에게서 종일 전화가 걸려 온다.

"출발했어? 어디야? 2시에서 4시 사이에 입원하라고 했다며. 언제 갈 건데?"

"전화해서 시간 바꿨어. 7시까지 오면 된대. 형부 퇴근하고 오면 가려고."

옷가지들을 여행 가방에 챙겨 넣은 지 오래다. 칫솔, 치약, 컵, 비누, 수건, 속옷, 읽을 책들. 모든 것이 정리된 채로 거실 한쪽 구석에서 떠날 때만 기다리고 있다. 4시쯤에도 난범 언니에게서 확인 전화가 왔다. 출발이 늦어진 탓에 일찌감치 병원에 찾아왔던 언니는 허탕을 쳤다.

어둠이 내린 6시 20분, 드디어 출발이다. 밤은 몹시도 부드럽다. 한강대교의 공기는 더할 나위 없이 상쾌하다. 아직 2월, 설날이 지난 지 겨우 열흘 남짓 되었을 뿐인데, 대기는 겨울이 남아 있다는 사실이 믿어지지 않을 정도로 신선하다. 남편이 모는 차는 용산을 지나 서울역을 지나친다. 월요일, 한창 퇴근 시간인데도 길이 시원스레 뚫려 있다. 남편이 광화문 이순신 장군 동상 옆 지하도 근처에 차를 세운다.

"여기 근처에서 빙빙 돌고 있을 테니까, 볼일 끝나면 전화해."

혼자 내려 잰걸음으로 지하도 옆을 돌아 종로 쪽 교보문고 입구로 뛰어든다. 오른쪽 입구, 벽에 붙은 초상화들을 볼 겨를도 없이 계단을 내려간다. 환한 실내는 언제나처럼 소란스럽다. 내려가면 바로 오른쪽에 내가 찾는 카운터가 있다. 인터넷으로 책을 주문하면 한 시간 정도 뒤에 가까운 교보문고 매장에서 책을 받을 수 있는 서비스로 책을 주문해 놓은 터였다. 오래 기다려야 하면 어쩌나 걱정했는데 다행히 창구는 한산했다. 점원이 내가 내민 휴대전화 문자를 확인하고 책을 내준다. 신분 증명을 따로 할 필요가 없다는 것이 맘에 든다.

입구로 다시 올라와 전화를 하니, 남편은 내린 자리에 그대로 있다고 한다. 종종걸음으로 걸어가는데 문득 담배 냄새가 스친다. 오늘은 담배 냄새마저 향기롭다. 교보문고 건물 옆 화단 근처에 사람들이 군데군데 모여서 담배를 피우고 있다. 젊은 그들, 아무 근심 걱정 없는 듯한 모습. 나는 털옷에 털모자까지 쓰고 있는데, 그들은 카디건 하나만 걸치고 있다. 그들에게는 봄이 벌써 안착해 있다.

　고종황제 즉위 40년 칭경기념비전을 지난다. 최첨단 빌딩들 사이에 홀로 서 있는 100년 된 기념각. 늘 지나치면서 다음에 찬찬히 살펴보리라 미루기만 했던 그 건물이, 오늘 유독 눈에 밟힌다. 울타리에 설치된 조명이 비각의 처마를 비추고 있다. 하늘을 향해 날아갈 듯한 선, 치맛자락처럼 펼쳐진 단청들, 오렌지 빛 불빛에 드러나는 단청 꽃잎들이 아름답다. 밤은 모든 것을 가라앉힌다. 현재와 최첨단이 감춰진 어둠 속에서 단청은 홀로 아름답다.

　다시 볼 수 있을까? 저 모습을? 다시 돌아와 이 상쾌함과 아름다움을 즐길 수 있을까? 아슴아슴 가슴이 시리다.

2　　미소병동 6501호

10년쯤 혜화동을 드나들었다. 정확히 말하면 명륜동이다. 명륜동과 혜화동은 서로 어깨를 마주하고 있으니 거기서 거기다. 그곳에 자리하고 있음에도 늘 내 사고에서 벗어나 있던 서울대병원, 하지만 이곳은 이제 내가 머무를 곳이 되었다. 당분간!

정확히 6시 56분에 병원 입구에 도착했다. 늘 붐비던 병원 로비는 어둡고 적적하다. 그래도 오가는 사람들은 여전히 많다. 이곳 로비에는 텔레비전이 없어서 삼삼오오 짝 지어 텔레비전을 보며 시간을 보내는 환자들도 없다. 무엇보다 그렇게 하기에는 로비가 너무 춥다. 그럼에도 저 사람들은 무슨 볼일로 저리 분주한 걸까.

응급실 수납처에서 입원 수속을 하고 6층으로 향한다. 군에 있는 아들을 뺀 세 식구가 모두 나선 지금, 우리 식구는 저마다 가방을 하나씩 들고 있다. 여행 가는 사람들처럼. 여행, 여행은 맞다. 수술, 의식을 잃는, 밤으로 가는 여행.

병원은 환자복만 입으면 누구나 동등해지는 곳이다. 환자복은 모든 개인을 동일한 처지로 만들어 버린다. 병원에는 치료하는 자와 치료받는 자가 있을 뿐이다. 모든 환자를 동등하게 만드는 환자복의 힘은 얼마나 대단한가. 병원에서 모든 권위는 치료하는 자에게 몰려 있다. 환자의 의무는 오직 살아남는 것.

내 몸의 주도권을 의사에게 넘기는 일은 대단한 신뢰가 필요하다. 서울대병원에서 수술 받겠다고 결정한 뒤, 그 병원의 권위에 기대었다가 생때같은 아들을 잃은 사람의 하소연을 듣게 되었다. 키늘이는 수술을 받았다가 졸지에 중학생 아들을 하늘로 떠나보낸 사람이었다. 죽기 전 아이가 숨 쉬기 힘들다고 전화를 걸어 왔지만, 그는 단순한 수술 후 증상이려니 생각하고 아들에게 조금만 견디라고 했다고 한다. 그러나 아이가 숨을 쉬지 못하는데도 끝내 주치의는 오지 않았고, 결국 아이는 숨을 거두었다. 의료 사고였다. 그는 자신을 원망하고, 주치의를 원망하고, 그 의사를 두둔하는 서울대병원을 원망하고, 제도를 비난했다. 그는 "수술은 잘되죠. 그러나……" 하고 말끝을 흐렸다. 수술을 앞둔 내 심정은 복잡했다. 신경이 머리끝까지 솟아 있어 바늘 끝으로만 건드려도 온몸이 화들짝 놀라던 때라, 그의 말이 영 불쾌하게 들렸지만 그의 상황을 생각하면 이해 못할 바는 아니었다.

서울대병원 본관 미소병동 6501호. 밤은 깊어 가는데 잠이 오지 않는다. 창가에 세워 둔 책을 집어 든다. 딸이 정리해 두고 간 책이다. 침대 위 불을 켜고 누워 책을 읽는다. 잠이 오지 않는다. 자리는 생경하고 불빛은 낯설다.

한밤중의 울음소리　　　　　　　　3

　누군가 코를 곤다. 천장이 떠나갈 듯 병실이 울린다. 옆자리에서
나는 소리다. 옆에 있는 환자 둘과 보호자 둘 중 누구일까? 앞으로
힘들게 생겼구나. 책을 읽다가, 뒤척이다가, 어느 결에 잠이 든다.
　병동에서의 잠은 깊지 않다. 사람들이 끊임없이 복도를 오가고
문을 닫아 놓아도 발소리가 들린다. 깊은 잠을 잘 수가 없다. 공동
공간인 병동에서 사람들은 거리에 나와 있는 물고기 같다. 모든 신
경이 파동을 느낄 때마다 파들거리고 화들짝 놀라 일어나게 된다.
몇 시나 되었을까? 복도에서 발소리가 요란하게 난다. 누군가 마이
크로 외치고 있다.
　"주치의들, 64병동으로!"

64병동은 내가 입원한 65병동의 맞은편으로, 길게 늘어선 두 병동은 비상구로 끝난다. 65병동 가운데에 간호사실이 있고 간호사실 주변에 환자복을 쌓아 두는 공간, 체중계와 혈압계 등 각종 기기를 넣어 두는 공간, 소규모 치료실 등이 있다. 65병동에는 외과 환자와 성형외과 환자들이 입원해 있고, 동일한 구조의 64병동에는 내과 환자들이 입원하고 있다. 64병동의 누군가에게 일이 생긴 모양이다. 몰려가는 발소리가 코끼리 떼의 이동을 연상시킨다.

왜 고통은 밤이면 더 심해지는 것일까. 육체적 고통뿐 아니라 정신적인 고통도 밤이면 더 심해져, 우울과 절망이 땅속 깊이 내려간다. 64병동의 누군가도 밤이 깊어지면서 고통이 깊어져 그만 의식을 놓아 버렸을 것이다.

고요해졌다. 이제 끝났을까? 그 환자는 어떻게 되었을까? 책장이 넘어가지 않는다. 애써 마음을 다스리고 있는데 여인의 울음소리가 울리기 시작한다.

"아이고, 아이고. 어쩌거나. 우리 영감 어쩌거나."

여인의 흐느낌이 보이지 않는 흐름을 타고 넘실넘실 밀려온다. 귀를 막아도 소용없다. 귓속을 파고드는 울음, 그 독특한 가락을 도무지 떨쳐낼 수가 없다. 소리와 호흡이 어우러져 뱉어내는 울음은 맥락에 따라 다양한 반향을 불러일으키며 우는 이의 감정과 생각을 전달한다. 한밤중, 늙수그레한 여인의 그 울음소리에는 가장을 잃게 된 한 여인의 놀람과 두려움이 고스란히 배어 있었다. 듣는 나는 무참한 심정이다. 아마 모두가 그랬으리라. 갑자기 일어난 응급 상황에 어찌 할 바 모르는 할머니. 의사며 간호사들이 모두 달려들어도 소용없는 것일까? 그녀의 울음을 제치고 다른 소리가 들려온다.

"엄마, 그만 울어. 울기만 하면 뭐해. 정신 차리고 아버지 돌볼 생각을 해야지. 넋 놓고 있다가 돌아가시면 어쩌려고 그래."

젊은, 그러나 아주 젊지는 않은 딸의 충고는 대단히 현실적이다. 딸의 충고가 옳다고 생각했는지, 아니면 정신을 차렸는지 여인의 울음소리가 잦아든다. 나중에 들으니 64병동의 그 환자는 급작스레 상태가 나빠져 중환자실로 옮겨졌다고 했다.

그렇잖아도 싱숭생숭한 판에 한 차례 소란을 겪고 나니 저 깊은 곳에 숨어 있던 불안이 스멀스멀 올라온다. 병원이니 이런 일은 언제든 벌어질 수 있다. 같은 병실에서 생활하던 환자가 위중해져서 중환자실로 내려가거나 숨을 거둔다면 다른 환자들의 마음은 어떨까? 수술실로 실려 간 환자가 돌아올 시간이 훨씬 넘었는데도 돌아오지 않는다면?

4 가슴 위 동그라미 하나

간호사가 들어와 쪽지를 건네준다. 보호자용 간이침대에 앉아 책을 읽던 딸이 냉큼 쪽지를 받는다.

"유방 촬영 하실게요."

"유방 촬영은 전에 했던 건데 또 하나요?"

"전 모르겠어요. 하라고 하니까 하는 거예요. 1층 핵영상의학과 로 가세요."

필요하니까 하는 거겠지. 만사불여튼튼. 만약을 위해 아니 조금 더 정확한 진단을 위한 것일 테지. 검사한 지 거의 한 달이 지났으 니까. 딸이 앞장선다. 딸과 같이 검사실로 가는 길, 낯설기도 하고 믿음직스럽기도 한, 묘한 느낌이 가슴을 휘어 감는다. 검사실은 늘 그렇듯 검사를 기다리는 사람들로 넘쳐난다. 하지만 나는 오래 기다리지 않고 이내 찍는다. 수술을 앞둔 환자라 우선순위로 배정한 모양이다.

"보호자 분은 밖에 계세요."

보호자가 된 딸은 문밖에 머무르고 나는 안으로 들어간다. 환자복을 벗는다.

"아이고. 이 환자분도 한따까리 하시네. 참말로 못 말려."

내 또래의 영상 기사는 거침이 없다. 그녀는 내가 벗어 놓은 환자복을 바라보고 있다.

"나도 옛날엔 그랬어요. 집 안이 어질러져 있는 꼴을 못 봤어요. 이젠 안 그래요. 나만 죽어나더라구요. 그래도 나는 혼자 사니까 망정이지. 가정 가진 분들은 도와주는 사람도 없고. 그거 본인한테 손해예요. 환자분도 마음을 느긋하게 가지세요. 그까짓 옷 안 개면 어때. 대강 밀어 둬요. 금세 다시 입을 건데. 그렇게 자신을 볶지 마세요."

그녀는 말이 빠르다. 단숨에 말을 쏟아 낸다. 얼마나 오랫동안 이 일을 해 왔을까. 사실 내 집은 엉망이라는 것을 모를 테지. 윗옷을 벗은 채로 웃는다. 우리는 서로에게서 자신의 모습을 보며 웃는다. 그녀의 넉넉함이 전해져 와 마음이 푸근해진다. 이번 촬영은 한결 섬세하다. 전에는 네 번 정도 찍었는데 이번에는 옆으로 앞으로 여덟 번 정도 찍는다.

그녀가 영상을 보여 준다. 도도록한 그림을 그린 흑백의 영상. 등고선들이 지형도를 그려 나가고 구석구석 싸락눈 같은 흰 점들이 무수히 내려 앉아 있다. 조그만 진주처럼 빛나는 그것들. 내 안의 어떤 아픔들이 저런 결정이 되었을까. 이리저리 흩어져 있던 미세한 흰 점들은 이윽고 한 곳에 집중되어 덩어리를 이룬다.

"이 점들은 석회질이에요. 석회질은 괜찮아요. 문제는 이 덩어리죠."

촬영을 마치고 대기실로 나와 보니 올림픽 중계가 한창이다. 의자에 앉은 사람들의 시선이 일제히 벽에 걸린 대형 텔레비전을 향하고 있다. 검은 반짝이 미니스커트를 입은 김연아가 빙판으로 나서면서 눈 화장이 불편한지 손으로 눈가를 만진다.

"저런. 왜 저렇게 눈을 만져."

의자에 앉아 있던 여인이 연신 혀를 찬다. 안타까운 마음이리라. 눈 화장이 혹시 연기를 방해하지 않을까 싶은, 눈가에 주름 그득한 여인의 걱정. 김연아 선수의 옷에 붙은 장식이 조명을 받아 번쩍인다. 그녀의 움직임은 빙판 위에 꽃을 그려 내는 것 같다. 만개하는 검은 꽃, 동작이 그려 내는 아름다움, 그녀가 뛰어오를 때마다 다들 숨을 들이쉬었다가 무사히 내려앉으면 막혔던 숨을 몰아쉰다.

대기실에 모여 앉은 할머니, 할아버지, 아저씨, 아줌마, 검사를 기다리는 환자와 보호자들, 저마다 깊은 삶의 굴곡을 안고 있을 그들이, 스무 살의 젊음이 펼치는 묘기에 몰입하고 있다. 그것은 힘과 열망, 그리고 꿈을 이루어 가는 이가 주는 만족감 때문일 것이다. 눈물만 카타르시스는 아니다. 일제히 내뱉는 한숨 속에는, 하늘처럼 높은 가시 철망을 뛰어넘는 이를 보는 기쁨이 깃들어 있다. 오랜 세월

한국 사람들은 감히 꿈도 꾸지 못했던 피겨 스케이팅이 아닌가. 중학생 시절 보았던 소련 스케이터들의 환상적인 그림을, 지금 김연아가 그리고 있다. 그들의 그림이 여유와 전통의 힘을 보여 주었다면, 김연아가 그리는 빙판 위의 그림은 그 자체로 '희망'이다.

다음은 MRI 검사. 오래 기다리지 않아 내 차례가 온다. 검사대에 올라 여느 때처럼 눈을 감는다. 통 속, 둥근 원으로 밀려 들어간다. 검사 요원이 귀에 끼워 준 귀마개도 막지 못하는 소음, 들들 돌아가는 기계 소리, 마음을 여기서 빼내지 않으면 순간들을 견디기 힘들다. 문득 소리가 멈춘다.

"이갑순 님 맞으세요?"

"아니요."

"머리에 이상 있는 거 맞으세요?"

"아니요. 가슴인데요."

"그런데 왜 여기 와 계세요?"

이름이 비슷한 다른 사람과 혼동한 덕분에 엉뚱한 부위를 찍은 것이다. 그들도 멋쩍고 나도 멋쩍다. 옆방으로 가서 검사를 다시 시작한다. 가슴을 아래로 하고 통 속에 들어가 기다린다. 40여 분 간에 걸친 검사. 기사가 헤드폰을 씌워 준다. 고전음악이 흘러나온다. 지루함이, 긴장이 사라진다.

초음파 촬영도 오래 기다리지 않는다. 의사는 위아래로 훑듯이 기기를 움직인다. 범위도 한결 넓다. 촬영을 끝낸 의사가 사인펜으로 오른쪽 가슴에 동그라미를 긋는다. 시선을 아래로 돌려 가슴을 내려다본다. 유두 바로 옆에 그려진 일그러진 검은색 타원형의 동그라미. 거칠게 그려진 원은 맞물려 있지 않고 밑으로 꼬리가 빠져나가 있다.

"이곳을 절개하나요?"

뜻밖의 물음이었는지 여의사가 내 얼굴을 잠시 바라본다. 이렇게 묻는 환자가 드물었으리라. 수술할 환부를 보며 두려워하지 않는 이가 누가 있으랴.

"정확하지는 않아요. 그림보다 클 수도 있고 아닐 수도 있어요."

앞이마로 흘러내린 구불거리는 그녀의 단발머리 한 올이 흔들린다. 그녀가 다시 덧붙인다.

"암 덩어리가 여기 있다는 표식일 뿐이에요."

병실로 돌아가는 길, 6층 엘리베이터에서 내리자 딸이 손을 잡는다. 따뜻하다. 끌려가는 품새로 걸으며 속으로 웅얼거린다. '누가 엄마지?' 촬영하면서 의사가 검사용 시약을 너무 넉넉히 바른 탓에 겨드랑이도 옷도 축축하다. 환자복을 갈아입으려는데 간호사가 따라 들어오더니 내 가슴에 그려진 추상화 위에 투명 필름을 붙인다.

"그림 잘 그렸어요?"

간호사가 눈을 동그랗게 뜨고 빙긋 웃는다.

"이 필름은 내일 수술할 부위가 지워지지 말라고 붙이는 거예요."

가슴에 그림이 생겼다. 아니다. 가슴에 지도가 그려졌다. 가야 할 곳을 뜻하는 동그라미.

가지 않은 길   5

가지 않은 길

노란 숲 속에 길이 두 갈래로 났었습니다.
나는 두 길을 다 가지 못하는 것을 안타깝게 생각하면서,
오랫동안 서서 한 길이 굽어 꺾여 내려간 데까지,
바라다볼 수 있는 데까지 멀리 바라다보았습니다.

그리고, 똑같이 아름다운 다른 길을 택했습니다.
그 길에는 풀이 더 있고 사람이 걸은 자취가 적어,
아마 더 걸어야 될 길이라고 나는 생각했었던 게지요.

그 길을 걸으므로, 그 길도 거의 같아질 것이지만.

그날 아침 두 길에는
낙엽을 밟은 자취는 없었습니다.
아, 나는 다음날을 위하여 한 길은 남겨 두었습니다.
길은 길에 연하여 끝없으므로
내가 다시 돌아올 것을 의심하면서……

훗날에 훗날에 나는 어디선가
한숨을 쉬며 이야기할 것입니다.
숲 속에 두 갈래 길이 있었다고
나는 사람이 적게 간 길을 택하였다고,
그리고 그것 때문에 모든 것이 달라졌다고.

－로버트 프로스트(번역 피천득)

　너무나 유명한 로버트 프로스트의 시 〈가지 않은 길The Road not Taken〉은 선택에 관한 이야기다. 이 대중적인 시의 번역본을 연구할 때, 맨 처음 내 시선을 끈 것은 '노란 숲yellow wood'이라는 문구였다. 비교 대상으로 삼은 번역본 5편 중 4편이 '노란 숲'이라고 원문 그대로 옮겼고, 1편은 '단풍 든 숲'이라고 옮겼다. '단풍 든'과 '노란'의 차이는 무엇일까? 둘 다 가을을 맞은 숲을 나타내고 있으나 '노란'은 한 종류 나무가 주를 이룬 숲을, '단풍 든'은 다양한 나무가

섞인 숲을 뜻한다. 우리 정서에는 '노란 숲'보다는 '단풍 든 숲'이 더 자연스럽다. 우리 자연, 우리 산하가 그러하므로.

나는 로버트 프로스트가 이 시를 언제 썼는지 궁금했다. 인간의 삶은 선택의 연속이고 하루에도 무수히 많은 선택을 하며 살지만, 사람이 적게 간 길을 택하여 그것 때문에 모든 것이 달라졌다면, 그 선택은 남다른 무게를 갖고 있을 것이기에. 1874년생인 프로스트는 대학을 졸업한 뒤 교사·신문기자 등 여러 직업을 전전했고, 일이 제대로 풀리지 않아 농사를 지으며 살다가 1912년 영국으로 건너갔다. 그는 줄곧 시를 썼지만 시인으로 인정받은 것은 영국으로 건너간 이후다. 첫 시집이 1911년에 나왔으니, 거의 마흔이 다 된 시점이다. 〈가지 않은 길〉은 1916년에 발간된 세 번째 시집 《산골짜기Mountain Interval》에 실렸다. 불운했던 그의 삶이 풀리기 시작하는 시기였다. 물론 시집을 발표한 시점이 곧 시를 쓴 시점이라고 단정할 수는 없다. 미리 써 두었던 시를 추려서 발표했을 수도 있으니까. 그러나 세 번째 시집임을 고려하면 발표 시점 언저리에 시를 썼을 가능성이 높고, 그렇다면 프로스트는 중년에 접어들 무렵 〈가지 않은 길〉을 썼다고 볼 수 있다.

'가을 숲', 만추의 숲을 뜻하는 시어 역시, 프로스트가 이 시를 중년에 썼음을 방증한다. 시인은 한 단어도 아무 의미 없이 그냥 선택하지 않는다. 의식의 작용이든, 무의식적 선택이든, 모든 선택에는 이유가 있다. 그가 살아온 삶, 그가 몸담은 사회의 문화와 역사·제도 등 개인의 삶과 공동체의 삶이 함께 어우러져 그로 하여금 선택을 하게 만든다. 융이 이야기한 집단 무의식, 또는 프로이트가 이야기한 개인 무의식의 작용이다. 프로스트의 길은 중년에 달라졌고, 그는 다른 길을 걸었다. 프로스트는 당대의 흐름이던 모더니즘 시가 아닌 자연시를 택했다.

삶은 언제든 변할 수 있다. 그 변화는 프로스트처럼 중년에 시작될 수도 있고, 젊은 시절 선택한 길에 고정될 수도 있다. 중년의 선택은 쉽지 않다. 젊은 시절의 선택이, 그동안 걸어온 길이 옳지 않았거나 혹은 자신에게 맞지 않다는 것을 이미 알기 때문에, 줄곧 후회하면서 혹은 내가 진정으로 원하는 삶이 아니라는 고뇌에 시달리며 살아왔을 것이므로, 중년의 선택은 그만큼 무겁다.

중년은 많은 이야기를 품고 있다. 나처럼 뒤늦게 공부를 시작하는 이들은 더더욱 그렇다. 중년의 그들은 자기 몸만 챙기면 되는 특권이 없으므로, 가족을 주렁주렁 짊어지고 생계와 직업, 모든 것을 껴안은 채 삶의 우여곡절을 겪었을 것이므로.

병원에 입원한 날 저녁 나를 처음으로 찾아 온 문병객은 중년의 학우, 프로스트처럼 뒤늦게 길을 바꾼 사람이었다.

잠자리 꽃다발　　　　　6

　병원 로비에서 만난 그는 꽃다발을 들고 있었다. 안개꽃과 장미, 그리고 음료수. 꽃다발을 준비하는 데 시간이 꽤 걸렸을 것이다. 전화를 걸고 한참 늦게 나타난 이유를 알 것 같다. 시내에 나갔다 오는 길, 일을 마치고 오는 길이어서 몹시 피곤할 텐데, 그의 마음 씀씀이는 그랬다. 늘 남에게 폐가 될까 봐, 아니 누군가의 마음에 상처를 입힐까 봐 걱정하는 섬세한 사람.

　마지막 수업 시간에는 수강생들이 서로의 페이퍼를 읽고 평을 하곤 했다. 그 시간에 우리는 인정사정없이 상대를 혹평하고 잘못된 점을 지적했다. 잘못을 지적당하면 풀이 죽을 수밖에 없다. 가슴이 두근거리고 울고 싶기도 했다. 그의 평은 달랐다. 사정없이 깎아내리는 우리와 달리 그는 칭찬으로 시작했다. '이 페이퍼는 여기에 포인트를 두고 있군요. 참 좋아요. 그렇지만 이렇게 하면 더 좋겠는데요.'

그와는 한 세미나에서 처음 만났다. 1박 2일로 진행된 세미나가 끝난 뒤 팀 전원이 모였을 때, 내가 그의 눈길을 끌었다고 했다. 나와 두어 명을 제외하고 다들 젊었다. 모이면 반드시 해야 할 일, 먹을거리를 준비하고 정리하고 치우는 일이 뒤따르는 법인데, 그날 그 많은 사람 중에 준비할 생각을 하는 사람이 한 명도 없었다. 다들 앉아서 빈둥거리거나 삼삼오오 모여 이야기만 나누고 있었다. 팔을 걷어붙이고 나선 사람은 나뿐이었다. 그 모습이 그의 눈에 띄었다고 했다. 그는 혼자 준비하는 내게 몹시 미안했다고 했다. 그런 생각을 하고, 그 일을 기억하는 사람도 그 혼자였다. 나조차 잊고 있었으니까.

그와 나는 전공이 달랐다. 같이 수업을 들어도 나는 나대로 바빴고 그는 그대로 몹시 바빴다. 그는 두 가지 직업을 가지고 있었다. 번역가이자 아이들을 가르치는 사람. 나도 한동안 번역하느라 수업 듣느라 몹시 바빴다. 박사과정은 살인적이다. 석사과정과는 차원이 다르다. 기대치가 다르고 자신에 대한 책임감이 다르다. 스트레스와 과중한 공부 때문에 휴학하는 이들도 더러 있다. 그 세월을 함께 겪다 보면 서로 상대의 진면목을 보게 된다. 그는 학교 측과 의견이 안 맞아 한동안 휴학을 했고, 그를 진심으로 염려하며 전화한 사람은 나 하나였다고 했다.

그가 해 준 너무나 아름다운 이야기가 뇌리에 남았다. 그는 이천

태생이었다. 우리가(그와 나는 비슷한 연배이므로) 어렸을 때만 해도 이천은 시골이었다. 그는 논 사이를 걸어 학교를 다녔다.

가을날, 낮에는 그럭저럭 따뜻하지만 밤에는 기온이 떨어지고, 해가 뜰 무렵이면 큰 일교차 때문에 안개가 어린다. 해가 뜨면 안개가 걷히면서 이슬이 맺혀 논두렁과 벼들이 온통 젖는다. 그런 아침, 잠자리들은 날개가 이슬에 젖어 활동하지 못한다. 해가 뜨고 체온이 올라가야 움직일 수 있는 것이다. 아이들은 내기를 한다. 누가 가슴에 잠자리를 많이 붙이고 학교까지 가는지.

들길을 걸으며 아이들은 보이는 대로 잠자리를 잡는다. 풀이나 벼, 지지대에 붙어 밤을 보낸 잠자리들은 아이들이 잡는 대로 잡힌다. 그 잠자리들을 가슴에 붙인다. 손으로 잡아 가슴에 붙이면 잠자리들은 본능적으로 달라붙는다. 그렇게 가슴 가득 잠자리를 품고 학교에 간다. 따뜻한 교실에 들어가면 마비 상태에서 깨어난 잠자리들이 일제히 날아오른다. 교실 안은 온통 잠자리 천국이다. 아이들 머리 위를 날아다니는 잠자리.

그의 기억은 우리를 아름다움으로 감쌌다. 문학의 힘은 그것이다. 인간은 보지 않아도 아름다움을 느낄 수 있다는 사실을 입증하는 것. 그는 힘든 어린 시절에서도 아름다움을 끄집어냈다. 그저 어린애들의 놀이에 불과했던 일에서, 그는 온갖 불편한 것들을 털어내고 그 추억을 순수함으로 승화시켰다. 그런 마음이 중년의 그를 삶의 굽이굽이가 녹아 있는 철학이 깃든 시로 이끌었을까?

죽은 동생의 아이들을 거두어 키우는 그는, 아이의 등록금을 준비하느라 힘들어했다. 조금 돈을 모을라치면 영락없이 일이 생긴다고 했다. 하지만 그는 "도와줄 수 있으니 얼마나 좋아요."라며 자신의 삶에 감사했다. 그도 고된 삶을 걸어왔다. 언젠가 자신의 삶을 발표하는 수업이 있었는데, 그때 그의 굴곡진 삶, 이런저런 길을 거쳐 방향을 틀었던 삶의 여정을 알게 되었다.

오늘도 그는 통역 일을 마치고 온 참이다. 그가 얼마나 바쁘게 사는지 아는 나는, 몹시 피곤할 그를 걱정했고, 그는 시내 나온 김에 들른 거라는 핑계를 댔다.

우리는 저마다의 기억에서 만난다. 내가 모르던 나를 그가 자신의 기억 속에서 끌어냈듯이, 나 또한 그가 모르는 그를 내 기억 속에 간직하고 있을 것이다. 우리의 삶은 저마다 다른 각자의 길을 걸으며 끊임없이 스치고 만난다. 무수히 지나치는 누군가와 어느 지점에서 연결되어 관계로 이어지고, 관계는 그물을 만들어 서로에게 영향을 끼친다. 그 관계에서 내가 누군가에게 도움이 되고 격려가 된다면 얼마나 좋을까. 우리는 관계의 그물 위에서 서로를 지지하며 살아간다. 배려는 어느 날 꽃다발로 활짝 피어나고, 그 의미는 그물에 남아 서로의 삶을 지탱해 준다.

나를 엘리베이터까지 배웅하고 돌아서는 그의 안개꽃다발이 병원 로비에서 잠자리처럼 날아올랐다.

진홍빛 땀방울

수술 전날, 나보다 열 살 어린 그녀에게서 전화가 왔다. 지금 병원에 도착했다고 한다. 온다고는 했지만 정말 올 줄은 몰랐다. 정작 꼭 오겠다고 다짐한 사람은 그녀가 아닌 다른 사람이었으니까. 그녀, 경희 씨는 모자를 쓰고 소매 없는 점퍼를 입고 커다란 등짐을 메고 나타났다. 6501호로 들어와 기웃거리던 그녀가 나를 보고 안쪽으로 들어온다. 매끈한 얼굴에 웃음이 번진다. 얼굴이 반질거리는 품이 땀깨나 흘린 모양이다.

"아니, 무슨 가방이 그렇게 커? 대체 그걸 메고 어디서부터 온 거야. 힘들지 않아? 어서 내려놔."

그녀가 웃음을 깨물며 배낭을 연다. 세상에 저게 뭐람. 한 권, 두 권, 세 권……일곱 권. 책이 계속 나온다.

"세상에. 무거워서 그걸 어떻게 들고 왔어. 저 땀 좀 봐."

"하나도 안 무거워요. 제가요. 힘이 있거든요. 이 정도는 들고 다녀요."

내 말이 화근이었다. 병원에 오기 전 책을 샀는데 다 읽어 버렸다는 말을 듣고, 경희 씨는 집에 있던 책, 자신이 읽지 않는 책을 주섬주섬 가방에 담아 온 것이다. 그녀는 책을 꺼내다가 침대 위에 놓인 내 책을 보고 반색을 한다. 나도 그녀가 들고 온 책을 들추느라 정신없다.

경희 씨의 가방에서 또 다른 물건이 나온다. 커다란 석류 두 개. 석류를 보는 순간, 목포에 살던 어린 시절 기억이 떠올랐다. 뒤쪽에 작은 샘이 있는 기와집. 집 뒤는 언덕이었고 풀들이 무성하게 자랐다. 담장 옆에 무화과나무가 한 그루 있어서, 무화과를 맛보던 기억이 생생하다. 가마니를 동그랗게 말아 그 위에 널빤지를 얹어 널을 뛰기도 했다.

으레 그렇듯 그 동네에도 커다란 부잣집이 있었다. 고만고만한 다른 집들과 달리 그 집의 대문은 위압적으로 컸다. 집을 둘러싼 듬직한 담장은 항상 궁금증과 호기심을 자아냈다. 우리들, 동네 아이들은 늘 그 집 담장 옆에서 놀았다. 담장이 널찍해 햇볕바라기를 하기도 좋았고 모여 놀기도 좋았다. 겨울이면 바람을 피해 그 앞에 옹송거리며 앉아 있다가 눈을 모아 작은 뾰족탑을 만들어 올리기도 했다. 어느 여름 날, 무슨 일 때문인지 그 집 대문이 열렸다. 육중한 대문 안쪽의 마당은 우리들의 마당과는 달랐다. 마당은 깊었다. 그저 집안으로 들어가는 흙 마당이 아니라 대나무가 무성한 정원이었다. 처음 본 정원의 그 짙은 그늘, 엉킨 초록은 처마 긴 일본식 집을 한없이 신비하게 만들었다.

그 집에서 석류를 처음 보았다. 알알이 진홍빛 보석이 박힌 석류. 투박한 껍질이 갈라진 틈으로 투명한 알갱이들이 빛나는 것을 보고 숨을 죽였다. 즙을 그득 안은 채로 나란히 누워 있던 그 알갱이들. 경희 씨가 나누어 준 석류 알갱이가 내 손바닥 안에서 빛났다. 내 손은 즙으로 물들었다. 투박한 껍질 속에 이토록 섬세한 알갱이가 들어 있다니.

그때 나는 일곱 살이나 되었을까? 아니 더 어렸을 것이다. 그러나 그 진홍빛은 가슴에 와 박혔다. 불꽃보다 더 진한 그 빨강을 어떻게 표현해야 할까. 사막의 노을을 모두 빨아들인 듯한 빨강. 진하디 진한 그 빛깔은 무한한 열정. 아름다운 영혼에 빛깔이 있다면, 투명한 영혼에 빛이 있다면 그 빛깔이 그러하리라.

여럿이 사용하는 병실에서 우리만 웃고 떠들 수 없어서 경희 씨와 함께 휴게실로 향했다. 세 개의 의자가 네 줄씩 놓여 있는 곳. 의자끼리 붙어 있어서 방향을 바꿀 수 없다. 우리는 나란히 앉아 창밖을 내다본다. 창밖으로 남산이 보인다. 서울대학병원은 언덕에 자리 잡고 있다. 게다가 6층이니 주변 서울 시내가 한눈에 내려다보인다.

이곳에서 보면 여기저기서 번쩍이는 붉고 파란 빛들이 더 이상 화려하지 않다. 문명의 상징인 네온사인, 그 가운데 있으면 하늘이 온통 전광판으로 번쩍이고, 그 인공조명들이 시야를 강제하여 생각에 잠길 겨를이 없다. 그 화려한 전광판들이 어쩐지 초라하게 보이는 것은, 이곳이 병원이기 때문일까? 경희 씨는 창가에 배낭을 내려놓더니 다시 무언가를 꺼냈다.

"제가요. 아까 종로에 들렀다 왔거든요. 그런데 거기 화원에서는 화분을 안 판대요. 재료만 주면 내가 화분을 만들겠다고 해도 그렇게는 안 한대요. 그래서 제가 만들려고 샀어요."

그녀가 꺼낸, 아니 꺼냈다기보다 흘린 물건은 흙이었다. 비옥해 보이는 검은 흙.

"제가 이렇게 칠칠치 못해요. 마구 흘리고 다니거든요. 어딜 가나 그래요."

칠칠치 못하다니. 나는 그녀의 마음이 아름다워서 감격하는 중인데.

"이 안에 조카한테 줄 키조개가 들어 있거든요."

그녀는 조카 때문에 고민이라고 했다. 고등학교 2학년인 조카가 집을 나갈 궁리를 하고 있단다. 나에게 줄 책 일곱 권이 든 배낭을 메고, 종로 5가에 가서 조카에게 줄 키조개를 사고, 화분 꾸밀 흙을 사고, 그 무거운 걸 메고 혜화동 서울대병원까지 온 그녀. 흐르는 땀방울이 석류알처럼 빛난다. 삶은 그렇게 또 하나의 진홍빛 사랑을 만든다.

사실은 형편없는 겁쟁이 8

"12시부터 금식이에요. 물도 드시면 안 돼요."

간호사가 주의를 준다.

9시가 조금 넘은 시각, 간호사가 관장약을 들고 왔다. 400밀리리터는 됨직한 커다란 컵과 가루약, 세 번의 관장. 오늘 수술한 사람들은 여섯 번 했다고 하던데, 내일 아침에 또 할 모양이다. 가루약에서는 레몬 향이 났고 신맛이 났다. 약을 먹고 한 시간쯤 뒤 느낌이 오기 시작한다. 급히 침대에서 내려와 밖으로 나간다. 밖으로 향하는 나를 보고 앞 침대 제주도 할머니 보호자가 말한다.

"병실 화장실을 이용하지 그래요?"

나는 그저 웃고는 병실 밖으로 향한다. 병실 화장실은 이용한 적이 없다. 문 여닫는 소리, 물 내리는 소리가 환히 들리기 때문이다. 밤 10시가 넘었고 이미 불도 껐으니 모두에게 방해가 되고 싶지 않다. 복도에 있는 화장실은 공간이 좁고 문이 낮다. 공간도 하나뿐이라 누군가 들어오면 마음이 급해진다. 그래도 모두 자고 있는 병실보다는 낫다. 서너 번 갔다 왔을까. 간호사가 들어와 커튼을 젖힌다.

"관장해 드릴게요."

"아, 저런. 미안해라. 내가 할 수는 없어요?"

"뭐가 미안해요. 혼자 할 수 있는 일이 아니에요. 이건 당연히 제가 해 드려야 해요. 참을 수 있는 한 최대한 참으셨다가 화장실에 가세요."

"최대한? 최대한은 막연해요. 구체적으로 몇 분 동안 참아야 해요?"

인간의 심리는 참으로 묘해서, 구체적인 한계를 알려주면 없는 참을성이 생겨나기도 하고 없어지기도 한다.

"글쎄요. 한 10분? 15분?"

그녀가 나간 뒤 시계를 보기 시작한다. 15분을 기다려 화장실로 뛰어든다. 간호사가 알약 두 개를 가져다준다.

"소화제예요."

그 뒤 몇 번이나 더 화장실에 갔을까. 여덟 번까지 세고 난 다음, 세는 것을 그만둔다. 종일 검사하는 데 따라다니던, 아니 앞장서서 나를 끌고 다니던 딸은 지쳐서 집으로 돌아가고 혼자 남은 나는 책을 뒤적인다. '내일이 수술이구나.' 잠이 오지 않는다. 잠 못 들게 하는 요인은 또 있다. 담석수술을 하고 돌아온 옆 침대 환자의 신음소리. 체구가 커서 그런지 신음소리도 상당히 크다. 그 소리가 아니더라도 불안해서 잠이 올 리가 없다. 나도 수술하면 저렇게 신음할까. 나도 저렇게 아픔을 이기지 못해 옆 사람에게 폐를 끼칠까.

책을 들고 휴게실로 간다. 휴게실엔 늘 누군가 있다. 보호자든, 환자든, 직원이든 딱히 갈 곳이 없기 때문이다. 아니 피곤한 마음을 쉴 곳이 없어서이다. 서울대병원은 서울 한복판에 자리 잡은 병원답게 쉴 만한 공간이 없다. 건물 외에는 아무것도 없는 병원. 초록도, 정원도, 마음 내려놓을 휴게실도. 의자 몇 개 놓인 휴게실이 어찌 휴게실이랴.

병원에 들어오면 사람들은 스스로 자신을 가둔다. 병원이 세상의 전부인 양 생각하고 행동하게 되는 것이다. 나 또한 병원 6층을 벗어나지 않는다. 어딘가에 이 휴게실보다 더 나은, 넓고 안락한 곳이 있을 수도 있건만, 아예 찾을 염을 하지 않는다. 진정 인간을 가두는 것은 폭력이나 힘이 아니다. 인간을 가두는 것은 자신의 마음이다. 마음이 몸을 가두고 생각을 제한한다.

오스트리아에서 태어난 유대인 의사 빅토르 프랑클은 2차 세계대전 때 아우슈비츠 유대인 수용소에 갇혔다가 살아남은 뒤, 그때의 경험을 바탕으로 '로고테라피logotherapy'라는 심리 치료 이론을 창안했다. 삶에 부여한 의미가 극한의 상황에 처한 사람들을 살려낸다는 것, 결국은 의미가 인간을 살아남게 만든다는 것이다. 그 의미는 거창하지 않아도 상관없다. 누군가는 아내를 만나겠다는 목적을 세웠다. 그의 삶의 의미는 '아내와의 재회'였다. 그 일념, 그것이 수용소에 갇힌 그들을 인간답게 만드는 원천이었다.

나치의 아우슈비츠 수용소는 인간이 인간을 죽이려고 만든 캠프다. 인간은 인간을 쉽게 죽이지 못한다. 자신의 목숨이 위협받지 않는 한, 절체절명의 위기에 처하지 않는 한, 타인을 죽이지 못한다. 상대와 내가 동일한 인간이라는 점을 자각하고 있기 때문이다. 나치는 유대인들에게서 인간다움을 박탈하려고 했다. 고된 노동만으로는 인간다움을 박탈할 수 없기에, 수용소에 화장실을 터무니없이 적게 만들고, 사람들에게 하루 한 컵의 물만 배급했다. 씻기는커녕 마실 물도 부족했다. 용변이 급한 사람들이 어쩔 수 없이 막사에서 볼일을 보면서 수용소는 냄새와 오물이 뒤범벅되었다. 간수들은 더럽고 냄새나는 유대인을 인간 이하의 존재, 동물이라고 여기게 되었다.

빅토르 프랑클이 그 상황에서도 반 컵의 물로 세수를 하고 유리조각을 찾아 면도를 한 것은, 최소한의 인간다움을 지키기 위한 노력이었다. '인간답게'라는 것은 동물과 다르다는 뜻이다. 면도는 동물과 구분되는 요소다. 그는 자신이 인간이라는 사실을 주지시키고 싶었던 것이다.

수용소의 유대인들은 살아남기 위해, 자신의 삶에 목적을 부여하고 그 목적을 이루고자 필사적으로 인간다움을 지켜 나갔다. 평상시라면 너무나 당연하게 여겨졌을 소박하고 순박한 목적이 그들을 살아남게 한 것이다. 의미란 내가 살아 있는 이유다. 의미란 내가 살아가야 할 이유다. 의미는 인간을 당당하게 만든다. 내가 누구인지 늘 묻고 고민하는 사람은 흔들리지 않는다. 그것이 바로 '로고테라피'이다.

나는 왜 살고 있는가. 나는 무엇을 위해 살고 있는가. 인간은 위기에 닥칠 때 그 명제로 돌아간다. 병은 일상을 내려놓게 하고 가장 근본적인 물음에 몰두하게 만든다.

책을 펼친다. 《삶이 내게 말을 걸어올 때Let your life speak》. 원제와 번역본 제목이 다르다. '삶'이라고 하니 객관적인 느낌이 강해서 어느 누구, 모두의 삶을 뜻하는 것으로 받아들여질 수도 있겠다. 원제에서는 분명 '내 삶'인데……. 나라면 어떻게 옮겼을까. '내 삶의 말을 들어라?' '내 삶이 말하도록 하자?' 너무 '내 삶'에 얽매여 있나? 하지만 핵심은 내 삶인데. '내 삶', '내가 살아온 삶', 내가 살아온 그 삶에 귀를 기울이라는 뜻이다. 그 삶은 누구의 것도 아니다. 오직 내가 살아온 삶, 나에게 집중하라는 것이다.

알고 있다. 이 밤, 잠이 오지 않는 것은 두려움 때문이라는 것을. 수술이 아무리 쉽다 해도 그것은 통계 수치일 뿐이다. 내 안에 숨어 있던 두려움, 그 두려움이 나를 잠들지 못하게 만들고 있다. 그 두려움의 뿌리는 암이다. 책장을 넘기며 읽기 시작한다. 책은 얇고, 문체는 부드럽고 안온하다. 서울대병원 6층 휴게실, 밤이 깊어가고 있다.

9 수술실

　수술은 나의 외부, 몸을 대상으로 하지만 마음에도 영향을 끼친다. 의사들이 집도하는 동안 나의 내부인 의식은 잠을 잘 것이다. 그 잠을 '죽음'이라고 표현하는 이들도 있다. 그 순간은 나의 기억에서 완전히 증발해 버리니, 마취를 한동안의 의식 정지, 한동안의 죽음이라고 보아도 크게 틀리지 않을 것이다. 그 한동안의 죽음을 위해 몸 내부를 모두 비운다. 관장은 몸을 비우는 의식, 마취를 위한 세리머니다. '의식의 텅 빔'을 위하여 몸을 비우는 일.

　병이 스스로를 돌아보게 만드는 계기가 되는 것은, 강제적인 일상의 정지가 일어나기 때문일 것이다. 그리고 수술은 일상이 정지하는 최고점이다. 지금까지의 삶을 돌아보게 하는 강제적 정지. 혹시 나는 내 삶에 유감을 갖고 있는 것은 아닐까? 깊은 회의가 드는 수술 전날, 밤새 그런 생각을 했다. 나는 혹시 내가 벌여 놓은 삶을 이어 가는 걸 두려워하고 있지 않은가? 나는 진정 내 삶을 사랑했을까?

"1층 핵의학과로 가서 검사받고 오실게요."

키가 크고 머리칼이 짧은 간호사가 쪽지를 내민다.

"오늘도 검사해요? 수술은 언제 해요?"

나도 모르게 다른 환자들처럼 자꾸 묻는다.

"네 번째로 잡혔어요. 마지막이라서 정확한 수술 시간은 저희도 몰라요."

'센티넬 림프노드', 주사가 아플 것이라고 하더니 정말 아프다. 그래도 견딜 만하다고 생각한다. 자기암시, 견딜 만하다는, 받아들이겠다는 암시가 가져오는 효과가 아닐까. 임파선 검사는 이내 끝나 다시 병실로 돌아왔다. 언제 왔는지 딸이 침대 옆에 앉아 있다. 담석 수술을 하고 아픔을 참지 못해 신음소리를 토해 내던 옆자리 환자는 11시경에 퇴원했다. 언제 아팠냐는 듯 말끔한 모습으로. 그녀가 나가자 병실이 고요해진다.

시간은 왜 이리 안 가는 것일까. 책이 도통 눈에 들어오지 않는다. 1분마다 시계를 쳐다보는 것 같다. 의사가 와서 왼쪽 팔에 링거 주사를 꽂고 마개를 막아 둔다. 남편은 11시 정도에 왔다. 몇 시에 수술을 시작할지 불분명하니 일찍 온 것이리라.

"머리 감고 싶어."

수술하고 나면 당분간 목욕은 고사하고 머리도 못 감을 게 뻔하다.

병실 화장실에 쪼그리고 앉는다. 링거 때문에 팔을 사용할 수 없어 딸이 머리를 감겨 준다. 몇 시나 되었을까. 문 밖에 이동 침대가 와서 멎었다. 드디어 남자 간호사가 내 이름을 부른다. 나보다 딸이 먼저 대답했던 것 같다. 양말을 벗고 이동침대에 올라가 천장을 보고 눕는다. 똑바로 누워 양쪽 난간을 잡는다. 딸이 옆에 붙어 서서 침대를 잡는다. 간호사와 병실의 환자들, 병동이 시야에서 멀어진다.

천장을 보며 움직이니 어지럽다. 내 의지가 아닌 타인에 의해 이동하는 것이라 편안하지 않다. 침대는 복도를 따라 엘리베이터로 간다. 내가 누운 침대가 들어가면 엘리베이터 공간이 반으로 줄어들 것이다. 그 공간에 선 사람들은 나를 무심한 눈초리로 보거나, 혹은 고개를 돌려 외면할 것이다. 그들은 그렇게 쳐다볼 수 있는 자신의 상태가 얼마나 행복한지 알까?

2층, 엘리베이터에서 내리자 바로 수술실이다.

"보호자 분은 들어오시면 안 돼요. 여기서 기다리세요."

보호자가 된 딸은 문밖에서 멈춘다.

"갔다 와."

딸이 속삭인다.

"응. 갔다 올게."

자동문이 열리고 수술실로 들어선다. 문이 닫히면서 딸의 모습이 사라진다. 지금까지 내가 누운 침대를 밀고 왔던 남자 간호사는 문밖으로 밀려나고 대신 수술복을 입은 간호사가 내 침대를 잡아 왼쪽에 세운다. 이미 여러 침대가 놓여 있어 나는 제일 바깥쪽에 자리 잡는다. 수술 순서대로 열을 지어 놓는 모양이다.

진한 녹색 수술복을 입은 간호사가 다가와 머리에 모자를 씌우며, 내 이름을 확인한다. 고무줄로 된 수술용 모자는 일회용인가 보다. 종이로 만든 듯 촉감이 얕다. 고개를 살짝 움직였을 뿐인데 귓전에서 바삭바삭 소리가 난다. 빵떡모자를 쓴 내 모습이 얼마나 우스울까. 감히 몸을 움직일 생각도 못하고 고개를 돌려볼 엄두도 나지 않는다. 이곳은 수술실, 그 생각이 온통 나를 짓누른다. 그러고 보니 딸이 감겨 준 머리가 아직 완전히 마르지 않았다. 괜찮겠지. 내 옆으로 죽 늘어선 이동침대에서는 아무 소리도 나지 않는다. 침대에 누운 저들도 온갖 생각을 하고 있겠지.

녹색 수술복을 입은 젊은 의사가 다가와서 이름을 확인하고 나를 내려다보며 묻는다.

"유방암 수술 하는 거죠?"

"네."

그 다음 말을 기다린다. 나와야 할 말이 있는데 아무 말이 없다. 혹시?

"저, 유방암하고 자궁 근종 수술 함께 해요."

"어? 여기 차트에는 기록이 없는데요? 아, 여기 있다. 그런데 수술 동의서가 없네. 유방암 수술 동의서는 있는데 자궁 근종 수술 동의서는 없어. 동의서도 안 받아놓고 이거 어떻게 된 거지?"

10

"긴장하고 있네요."

"이 명 님 보호자분 안 계세요?"

의사가 문을 열고 외친다. 언제 왔는지 남편이 들어온다.

"이 명 님. 수술 두 가지 하시는데, 여기엔 유방암 동의서만 있어요. 자궁 수술 동의서를 쓰셔야 해요."

얼굴이 노래진 남편이 의사가 내민 서류를 읽는다.

"수술하는 선생님 이름이 다르네요?"

"아, 집도의가 바뀌었어요. 수술 일정이 안 맞아서 바뀌었습니다."

"아니, 그런 법이 어디 있습니까. 우리는 집사람 수술할 의사 선생님 얼굴도 못 봤어요. 어제도 계속 물어 봤는데 선생님은 오지도 않았어요. 수술할 의사 얼굴도 한 번 못보고 수술하는 법도 있나요?"

"자궁 근종은 아주 쉬운 수술이에요. 걱정하실 것 없습니다. 워낙 많이 하는 수술이고 아주 흔한 수술이니 아무 곳에서나 해도 됩니다. 제 와이프도 자궁 근종인데 동네 병원에서 했어요. 제가 종합병원에서 할 필요 없다고 우겼거든요. 그만큼 간단한 수술입니다."

"아무리 작은 수술이라도 환자 입장에서는 그게 아니잖습니까. 중앙대병원에서는 수술이 위험하다고 했어요. 수혈도 해야 하는 큰 수술이라 동시에 못한다고 해서 여기로 온 겁니다. 그래서 나이 드시고 수술 많이 해본 교수님에게 하려고 했어요. 그분이 하시는 줄 알았는데 이렇게 아무 말도 없이 바꾸면 어떻게 합니까?"

그랬다. 중앙대병원에서는 수술을 두 번 해야 한다고 했다. 유방암 수술도 위험하고 자궁 근종 수술도 위험하다고 했다. 유방암 수술도 수술이지만 근종이 워낙 커서 자궁을 도려내야만 하고, 그 과정에서 수혈이 필요하다고 했다. 그래서 일주일 간격으로 수술 일정을 잡았었다. 남편의 말이 빠르고 높다. 평소 흥분했을 때 그랬듯이.

'그만, 그만 해.'

속으로 중얼거린다.

'이렇게 된 걸 어떻게 해. 달라지는 건 아무것도 없잖아.'

"아, 그럴 수 있어요. 병원마다 다르니 그렇게 말할 수 있어요. 그렇지만 그렇게 큰 수술 아니에요. 네, 보호자분 입장도 충분히 이해합니다. 환자에게는 큰 수술일 수 있지요. 원래 수술하실 선생님이 오늘 오후 외래를 보셔서 수술을 못하게 된 겁니다. 수술 일정이 어젯밤 늦게 나왔거든요. 그래서 오늘 오후에 수술할 수 있는 분에게 연락을 한 겁니다. 일정이 워낙 급해서 보호자분께 미처 연락을 못 드린 모양이네요. 그렇지만 이 분도 수술 많이 하신 분이에요. 10년 넘게 하신 전임강사예요. 염려하지 마시고 저희에게 맡기세요."

"그러면 그분 한 번이라도 보고 수술했으면 좋겠는데요. 제가 마음이 안 놓여서 그럽니다."

"이해합니다. 지금은 수술 시간이 촉박하고 그 선생님은 지금 수술하시는 중이라 불러낼 수가 없어요. 유방암 수술을 먼저 하니까 이따가 틈을 봐서 뵙도록 조처할 게요."

"부탁드립니다. 꼭 뵙고 했으면 좋겠어요."

"네. 염려 마세요. 반드시 뵙고 보호자분께 설명 드리도록 약속 드리겠습니다."

사람들은 경력에 기댄다. 남편이 '나이 많으신'을 강조한 것은 나이가 많으면 수술 경험도 많을 것이라 생각했기 때문이리라. 수많은 환자가 찾는 병원에서 오래 근무했다면 당연히 수술 경험이 많을 테니 말이다.

젊은 의사가 이동 침대를 민다. 침대가 골목으로 들어가면서 남편의 모습이 시야에서 사라진다. 한 번, 두 번 침대가 구비를 돈다. 녹색 수술복을 입은 다른 한 사람이 안쪽에서 나타나 침대 다른 쪽 난간을 잡는다. 수술장은 꽤 크다. 수술실이 여러 곳인 모양이다.

"긴장하고 있네요."

나중에 침대를 잡은 의사가 내게 말을 건다. 그의 눈에 그렇게 보이는 모양이다. 저들과 나의 삶은 다르다는 생각을 다시 한다. 그들은 수술실에서, 진료실에서 수많은 환자를 만날 터이다.

"나는 긴장하지만 여러분은 긴장하지 마세요."

그들이 내 얼굴을 내려다본다. 말없이. 뭐 이런 사람이 있어 하는 듯한, 영 생뚱맞다는 듯한 그 표정. 마지막으로 구비를 돈다. 수술실로 들어선다. 동그랗고 흰 전구 여섯 개가 눈부실 정도로 환히 수술대를 밝히고 있다. 수술대로 올라간다. 아니 그들이 하나 둘 하고 구령을 맞추어 나를 옮긴다. 얼핏 보니 다섯 명. 이윽고 수술 모자와 마스크, 수술용 안경, 그리고 장갑을 낀 곱슬머리의 집도의가 나타난다.

"안녕하세요."

그가 나를 내려다본다.

"안녕하세요."

"자, 합시다."

머리맡에 선 여의사가 흡입기를 내 코에 갖다 댄다. 흡입기 안에서 하얀 가스가 아지랑이처럼 피어오르고 있다.

"숨을 들이쉬세요."

'그래, 잠깐 잠이 드는 거야. 한숨 자고 나면 모든 것이 잘되어 있을 거야.'

한 번, 여전히 그녀가 아른댄다. 생각이 스쳐간다. 혹 잠이 못 들면 어떻게 하지? 마취약이 안 들면 어떻게 해. 수술하는 중간에 마취가 깨어 몹시 아팠다는 이종사촌처럼 되면 어떻게 하지?

"한 번 더."

두 번, 깜깜해진다.

11 의식으로 돌아오다

무의식은 의식하지 못하는 의식을 뜻한다. 무의식은 의식과 동등하게 우리의 삶을 관장하고 우리를 이끌어 가며 큰 영향력을 발휘한다. 하지만 말 그대로 '무의식'도 있다. 아예 의식이 없는 상태. 의식이 없는 그 상태를 두려워하는 것은, 그 시간 동안 일어난 모든 것을 잊기 때문이다. 잊음은 곧 '무無', 없음의 상태이고 그 간격에는 어둠만이 존재한다. 어둠은 내려감의 상태, 나의 몸을 타인의 손에 맡긴 채 생명과 죽음, 둘 중 하나로 가는 갈림길에 선 상태이다.

수술 전 의학 기술은 환자에게 몸을 비울 것을 요구한다. 환자는 그에 따라 금식과 관장으로 몸속을 텅 비운다. 하지만 마음 상태에는 그 어떤 요구도 하지 않는다. 의술은 환자의 나이에 따라 몸의 나이를 측정하고, 그 나이로 환자의 회복 여부와 삶의 지속 가능성 여부를 가늠한다. 그러나 의술은 환자의 마음 상태는 알지 못한다.

수술 받는다는 것을 알았을 때, 어떤 이는 내게 한잠 자고 나오는 것일 뿐이라고 격려했다. 책들은 혼돈의 상태를 겪고 나면 새로운 삶을 얻게 될 것이라고 이야기했다. 삶은 마음으로 이루어진다. 육체를 지탱하는 것이 마음이며, 매 순간 우리를 통제하는 것이 마음이라는 것을 모르는 이는 없다. 그 진실을 체험할 기회가 없을 뿐이다. 아니 드물 뿐이다.

의술이 만든 어둠에서 깨어나는 것은 내 의지가 아니다. 그것은 육체와 의술이 만들어 내는 작용이다. 육체가 수술을 겪어 내는 동안 마음은 한동안 고단한 잠에 빠진다. 육체가 겪은 충격을 최소화하려면 잠을 자야 한다. 나는 자고 또 잤다.

어디선가 쉬익 소리가 난다. 어느 순간엔가 의식을 비집고 들어온 그 소리는 규칙적으로 계속된다. 눈을 뜬다. 남편의 걱정스런 얼굴이 나를 보고 있다. 남편은 가제를 물에 적셔 입술에 올려 준다.

"아직 물 마시면 안 돼. 가스가 나올 때까지는 참아야 해."

고개를 끄덕인다고 생각한다.

"많이 아파? 진통제 눌러 줄까?"

남편이 발치에 링거와 함께 매달려 있는 네모난 병을 가리킨다.

"여기 조절 장치가 있어. 누르면 진통제가 많이 들어가. 한 번 누를 때마다 이만큼 들어가는 거야. 누르지 않으면 조금씩 들어가고."

남편이 네모난 통의 윗부분을 잡는다. 그러고 보니 아픔이 많이 가셨다. 배 쪽에서 올라오는 아픔은 둔중하고, 가슴에서 느껴지는 통증과 팔에서 느껴지는 통증은 참을 만하다. 이미 각오한 아픔이기에 그런지도 모른다. 무척 아플 거라고 생각한 때문인지 지금의 이 통증은 견딜 만하다. 막 의식이 돌아왔을 때 느꼈던 아픔이 너무도 지독해서였을까? 어쩌면 일어날 수도 있을 것 같다.

"일어나 볼까?"

남편이 질겁한다.

"아까 수술했으니 누워 있어. 너무 성급하게 굴지 마."

"그래. 유니는 집에 갔어?"

"보냈어. 내일 아침에 올 거야."

"유니가 있어도 되는데."

"내가 있고 싶어서 보낸 거야. 걱정할 거 없어. 아침에 일찍 나갈 거니까 걱정 마."

다시 눈을 감는다.

연체동물 되기   12

"나 운동해도 돼요?"

마침 들어온 간호사에게 묻는다. 간호사는 잠시 생각하는 듯하더니 고개를 끄덕인다.

"하실 수 있으면 하세요."

간호사의 말이 끝나기 무섭게 남편이 끼어든다.

"안 돼. 좀 참았다가 내일부터 해."

말이 운동이지 운동이 아니다. 그저 걷는 것일 뿐. 그러나 지금 나는 혼자 일어날 수조차 없다. 어떻게 해야 움직일 수 있을까. 아니 일어날 수 있을까. 가슴에서 통증이 느껴진다. 오른팔은 쓸 수 없다. 간호사는 당분간 오른팔을 사용하지 말라고 했다. 임파선을 긁어냈기 때문에 쓰면 안 된다고 했다. 왜 긁어낸다는 표현을 쓸까. 잘라 내거나 도려내는 것이 아니라, 긁어낸다고 말하는 것이 인상적이다. 뭔가 이유가 있겠지.

아랫배도 당기고 아파서 힘을 줄 수 없다. 누웠다가 일어날 때는 배에 힘을 주고 그 탄력으로 일어나야 하는데, 도무지 배에 힘을 줄 수 없다. 수술을 하고 나면 내 몸의 각 부분이 왜 거기 있는지, 각 부분의 근육이 어떤 역할을 하는지 분명히 알게 된다. 내 생명이 왜 여기 있는지도 알게 될까?

"나 일어나고 싶어."

"어떻게 하지? 가만 있어봐. 내가 안아 줄 테니 나를 잡아."

그렇게 할 수가 없다. 남편을 잡으려면 팔을 사용해야 하니까.

"내가 등을 받쳐 줄게."

그렇게도 할 수 없다. 등을 받치려면 남편이 머리맡으로 와야 하는데 벽면이 가로막고 있으므로 그가 자리 잡을 만한 공간이 없다.

"기다려 봐. 침대를 올려 줄게."

남편이 침대 발치로 가서 크랭크를 돌린다. 조금씩 윗몸이 들린다. 침대가 완전히 올라가자 끈이 눈에 띈다. 침대 발치에 매달려 있는 끈. 처음 침대 사용법 설명을 들을 때 끈은 시야에 들어오지도 않았다. 난간에 매달려 있는 밧줄 같은 흰 끈은 세월의 때를 타서 더러웠고 제법 굵고 길었다. 옆자리 담석 환자가 끈을 잡아당겨 일어나는 것을 보고서야 그 끈의 사용처를 깨달았다.

"저 끈, 저기 있는 저 끈을 줘."

끈을 잡는다. 우습다. 옛날 어머니들이 아이를 낳을 때 끈을 잡고 힘을 주었다는데. 몸이 절반쯤 들린 상태라 조금만 더 일어나면 된다. 끈을 잡고 힘을 준다. 아프다. 몸을 돌려 침대에 앉는다. 남편이 신발을 신겨 준다. 내려서려니 걸리는 게 있다.

"조심해."

남편이 난간에 묶어 놓았던 소변 주머니를 풀어 링거 거치대에 단다. 배액 주머니는 달려 있는 집게를 이용해 환자복 윗도리에 매단다. 내려선다. 남편이 팔을 잡는다. 보조기구에 양손을 올려놓고 앞으로 몸을 기댄 순간 눈앞이 깜깜해지면서 세상이 휘청한다.

이건 내 몸이 아니다. 몸과 마음이 따로 논다. 마음만 굴뚝같을 뿐 보조기구에 의지하고서도 도무지 발을 뗄 엄두가 나지 않는다. 다리가 왜 이리 무거울까. 아니, 무거운 것이 아니라 가볍다. 거기 있다는 느낌이 들지 않는다. 신경이 온통 아픈 부분으로 쏠린다.

"다시 누울래?"

옆에서 부축하던 남편이 묻는다. 고개를 젓는다. 아니다. 지금 누우면 일어나지 못할 것 같다. 오래 앓고 싶지 않다. '나는 하루만 앓고 일어날 거야. 나는 하루만 아프고 일어날 거야. 걸어야 해.' 발을 뗀다. 아니 발을 민다. 한 번, 두 번. 발이 말을 듣는다. 시선이 느껴진다. 보조기구에 몸을 의지하고 나가는 나를 모두 바라보고 있다. 대장용종 환자, 위암 환자, 췌장 수술을 받은 제주도 할머니, 그리고 새로 입원해 내 옆에 자리 잡은 유방암 환자.

6501호에서 빠져나와 천천히 복도를 돈다. 보조기구에 체중을 신고, 링거를 주렁주렁 매달고, 피 주머니와 소변 주머니를 차고, 느릿느릿 보조기구를 밀다가 잠시 쉬고 또 걷다가 쉰다.

걷다 보면 여러 가지 생각을 하게 된다. 그러기에 산책 예찬이 그다지도 많은 게지. 몽테뉴의 《수상록》도 산책에서 나오지 않았는가. 그러나 지금은 생각 자체를 하지 않는다. 아니 할 수가 없다. 오로지 다음 발걸음에 온 신경을 집중한다. 몸의 울림으로 인한 아픔, 어떻게 하면 아프지 않게 걸을 수 있을까. 어떻게 하면 충격이 가지 않게 걸을 수 있을까. 그 집중력은 평소에는 얻을 수 없는 것이다. 생각은 몸이 온전해야 가능한 것임을 깨닫는다. 보조기구를 밀면서, 발을 밀면서 엘리베이터를 지나, 복도의 반을 지나 휴게실에 이른다.

의자에 앉아 창을 보고 앉는다. '아!' 소리가 나오는 한 번의 아픔을 거친 끝에 자리에 앉는다. 아픔이 지나가는 그 순간, 삶이 무한히 길어지는 그 순간, 찰나처럼 짧은 그 순간. 몸의 아픔은 잊어야 하겠지만 아픔이 주는 순간의 소중함은 잊지 말아야 한다. 살아온 습관이 온통 들고일어나는 몸, 살아온 습관을 되돌아보게 하는 아픔, 그리고 살아온 순간 모두를 돌아보게 하는 관계. 남편이 걱정 어린 눈으로 쳐다본다.

병실로 돌아와 눕는다. 남편이 몸을 잡아 눕혀 준다. 마지막 순간, 몸이 거의 침대에 닿는 순간, 남편이 손을 놓는다. 덜컥 소리가 몸속에서 울리고 아픔이 번개처럼 몸을 꿰뚫는다. 잠시 숨을 멈춘다. 아픔이 지나가도록, 아니 아픔을 잠재우도록. 아픔은 제 할 일을 다한 뒤에야 물러난다. 남편은 침대니까 괜찮을 거라고 생각했을 것이다.

그 누구도 타인의 몸을 알지 못한다. 여전히 나는 나, 남은 남.

매번 움직일 때마다 머릿속을 점령하는 생각, '아프지 않게 누울 방법이 없을까?' 침대에서 일어나는 것도 문제다. 누군가 매번 침대를 올려 주면 편하겠지만, 한밤중에 혼자 있을 때 침대를 올릴 수는 없다. 생각해야 한다. 어떤 방식으로 일어나면 가장 안 아플까. 어떻게 하면 가장 수월하게 일어날 수 있을까. 아무리 해봐도 아랫배에 힘을 안 줄 도리가 없다. 배에 있는 상처가 터질 듯 아프다. 다른 방법을 찾는다. 몸을 왼쪽으로 돌린 다음 왼쪽 손으로 침대 난간을 잡고, 왼쪽 팔에 체중을 싣고 일어난다. 일어나는 일, 눕는 일, 그처럼 쉬운 동작도 매번 생각하고 또 생각해야 하는 일임을 예전에는 알지 못했다.

'나는 연체동물이야.' 쓴웃음을 짓는다. 아픔은 매순간 깨달음을 가져다준다. 일어나고, 걷고, 눕고, 그 당연한 동작들이 그처럼 감사한 일들임을.

13

봄비

눈을 뜬다.

"왜 이렇게 어둡지?"

하나밖에 없는 창문이지만 그래도 나름대로 빛을 들여 주었는데 그 빛이 없다.

"비가 와."

지하철을 타고 온 딸이 말한다.

"운동하러 가자."

끈을 잡고 일어난다. 영락없이 아픔이 몰려오지만 일어난다. 딸이 링거 거치대에 링거액과 항생제와 진통제를 옮겨 준다. 가슴에서 뻗어 나간 배액 주머니는 윗옷에, 배에서 뻗어 나간 소변 주머니는 링거 거치대에 매달아 준다.

물방울이 유리창에 맺히고 있다. 물방울이 조금씩 미끄러져 내려 선이 된다. 물방울은 부피를 담고 선은 길이를 담는다. 선이 번지면 일그러진 부피들이 한데 모여 형체를 잃는다. 비가 만든 회색 안개 속으로 불빛들이 번진다.

우리는 삶을 논할 때 빛에서부터 시작한다. 인식은 빛, '나'를 인식하는 것이 삶의 출발점이다. 창밖으로 내다보이는 건물 옥상, 현관 지붕에 물이 고여 안개를 담는다. 프로스트가 노래한 〈봄의 연못들〉에서 웅덩이는 하늘을 담는다. 태어났다가 이내 사라지는 그 봄의 연못이 그리도 아쉬웠던 것은, 순간의 아름다움에 몰입했기 때문일 것이다.

봄의 연못들

이 연못들, 숲속에 있기는 하지만 그래도
온 하늘을 거의 흠 없이 비추고
옆에 있는 꽃들처럼 추워하고 떨며,
옆에 있는 꽃들처럼 곧 사라지겠지,
그러나 개울이나 강으로 사라지는 것이 아니라
뿌리를 타고 올라가 짙푸른 잎사귀가 되리라.
나무들, 자연을 검푸르게 하고 여름나무가 될

그것을 억압된 잎눈 속에 간직하고 있으니

나무들아, 겨우 어제 눈 녹아 생긴

이 꽃 같은 물과 물 같은 꽃들을

지우고 마시고 쓸어 버리느라 힘쓰기 전

두 번 생각해 보렴.

— 로버트 프로스트

눈이 녹아 생긴 웅덩이는 한순간 존재하는 사물, 존재의 덧없음을 보여 준다. 프로스트에게 봄의 웅덩이는 한순간 활짝 피어났다가 사라지는 꽃 같은 존재였다. 물이 꽃처럼 피어난다면 꽃 또한 물처럼 사라진다. 물과 꽃뿐일까. 사람도 마찬가지다. 삶은 연이어 흐른다. 물처럼 생겨났다가, 모였다가, 사라지면서 다른 생명으로 옮아간다. 삶은 순간이지만 그 순간은 저마다 안간힘을 다한다. 사람은 누구나 꽃이고 물이다. 물 속에 꽃이 있고 꽃 속에는 물이 있다. 프로스트가 겨울 끝에서 느낀 봄의 기운, 봄을 끌어오는 물을 노래했다면, 이수복은 〈봄비〉에서 봄비와 함께 다가오는 풀빛의 아름다움을 노래했다.

봄비

이 비 그치면

내 마음 강나루 긴 언덕에
서러운 풀빛이 짙어 오것다.

푸르른 보리밭길
맑은 하늘에
종달새만 무어라고 지껄이것다.

이 비 그치면
시새워 벙글어질 고운 꽃밭 속
처녀애들 짝하여 외로이 서고

임 앞에 타오르는
향연香煙과 같이
땅에선 또 아지랑이 타오르것다.

-이수복

갓 태어난 초록은 꽃보다 곱다. 그 초록을 마주한 사람은 감탄하지 않고는 못 배기리라. 지독한 아름다움은 때로 사람을 슬프게 만든다. 그 아름다움은 가슴 깊숙이 파고들어 마음의 현을 건드려 몸을 악기로 만든다. 동양과 서양의 두 시인은 봄의 생명, 순간의 아름다움에 몰입하여 그 아름다움을 시로 옮겼다. 두 시는 기대와 생명이라는 두 아름다움에서 만난다. 발을 딛고 있는, 뿌리를 내리고 있는 세계는 다르더라도 우리의 삶은 어디에서나 만날 수 있다. 그 속을 흐르고 있는 것은 단순함, 본능, 생명에 대한 찬미, 살아 있음에 대한 찬미가 아닌가.

봄비는 봄이 오리라는 약속이다. 내 봄은 어디서 오는가. 고개를 든다. 내게 언제 봄이 있었나? 봄, 내 봄은 내 안에서 온다. 내가 봄을 일으키지 않으면, 내가 봄비를 만들지 않으면 봄은 영영 오지 않는다. 삶의 어느 단계에 있든 우리는 늘 변하며, 봄은 그 변화의 오감을 일깨우는 신호다. 입원하던 날 서늘하면서도 부드럽던 공기를 떠올리며 전화기를 연다.

"봄비 내려 세상이 기대로 가득합니다. 염려 덕분에 수술 잘 받았습니다."

수술 하루 뒤, 서울대병원 6층 휴게실로 가는 복도, 보조기구에 엉거주춤 기댄 채, 링거액과 진통제와 항생제, 배액 주머니와 소변 주머니를 주렁주렁 매단 채, 수술이 잘 끝났다는 메시지를 보낸다.

"계속 그렇게 살 거예요?"

14

"제가 입원한 날 언니가 수술 받고 올라왔는데, 언니가 아파하니까 아저씨가 쩔쩔매더라구요. 아저씨가 얼마나 자상한지, 되게 부럽더라고요. 언니는 정신이 없어서 모르죠. 옆에서 보니까 아저씨가 가제 갖다가 물에 적셔 주고 진통제 눌러 줄까 물어 보는데 그렇게 다정할 수가 없어요. 남자도 저렇게 말할 수 있구나 했네요. 우리 신랑한테 아저씨 좀 본받으라고 바가지 긁었어요. 우리 신랑은 무뚝뚝해서 자상한 면이라곤 하나도 없어요."

남편이 진통제를 눌러 주어서 아픔이 덜했던 모양이다. 의식이 들자마자 느꼈던 그 지독한 아픔은 긴 잠을 자고 나니 사라져서 한결 견디기 수월했다. 가제를 적셔 입술 위에 올려 준 것은 기억난

127

다. 수술 받고 온 날 오후, 마취에서 깨지 않아 정신없는 내 모습을
그녀는 그렇게 기억하고 있다. 나도 옆자리 덤석 환자가 수술이 끝
난 뒤 아파하던 모습을 기억하고 있다. 우리는 그렇게 서로의 기억
에 흔적을 남긴다. 서로의 모습에서 나를 보고 너를 본다.

"아내가 아프면 다들 그렇게 하지 않을까요?"

"글쎄요. 우리 신랑은 어떨지 모르겠어요."

"두고 봐요. 틀림없이 더 잘할 테니까."

"언니가 아파하는 거 보면서 유방암 수술이 저렇게 아픈 거구나
생각하니까 무섭더라구요. 나도 그럴 텐데 무서워요."

"난 두 가지 수술을 한꺼번에 했어요. 유방암 수술이랑 자궁 근
종 수술. 그래서 더 아팠을 거예요."

갑자기 병실이 조용해진다. 사람들이 나를 바라보고 있다.

"근종이 너무 커서 내시경으로 수술할 수가 없어서 개복 수술을
했어요. 수술 시간이 세 시간쯤 걸렸을 거예요. 그런데 어떻게 유방
암 걸렸다는 사실을 알게 됐어요?"

"직장에서 건강검진하다가 알았어요. 유방 촬영을 했는데 덩어
리가 있다고 하더라구요."

"아이들은 누가 봐요?"

"친정 엄마가 봐 주세요. 암은 마음 자세가 제일 중요하대요. 암
에 걸린 게 축복이라고 말하는 사람도 있던데요. 너무 바쁘게 살고
스트레스 받아서 생긴 병이래요. 정말 그런 거 같아요. 나는 직장
생활 10년째인데 돌아보면 이제껏 걸어 본 적이 없어요. 늘 뛰어다

넜어요. 에스컬레이터를 타도 항상 걸었거든요. 아침에는 6시에 일어나서 7시에는 집에서 나와요. 직장까지 1시간 45분 걸리거든요. 밤에는 8시 정도에 집에 와서 집안일하고 새벽 1시쯤 자요. 토요일에는 애들 봐야 하잖아요. 데리고 놀러 가고, 일요일에는 빨래랑 밀린 청소 하고. 정말 쉴 틈 없이 살았네요."

그녀의 눈이 허공으로 향한다.

"게다가 작년까지 직장에서 스트레스가 엄청 심했어요. 밤 9시는 되어야 일이 끝나고. 그땐 정말 그만두고 싶더라구요. 내 생각엔 그때 스트레스를 많이 받아서 암에 걸린 것 같아요. 월급이 마약이지. 나도 좋아하는 일 하면서 살고 싶은데. 암까지 걸려서 이렇게 살고 싶지 않네요. 정말 돈만 아니면."

누구나 자신이 병에 걸린 원인을 하나쯤은 댈 수 있다. 대개는 그 원인이 맞을 것이다. 암은 내가 살고 있는 현재가 만든 병, 일상이 만든 병이다.

"좋아하는 일이 뭔데요?"

"글쎄, 지금은 잘 모르겠어요."

"그럼 좋아하는 일을 찾는 게 우선이겠네요."

"내 나이가 얼만데요. 이 나이 먹어서 바꿀 수 있나요."

"글쎄요. 난 나이 때문에 못한다는 건 아니라고 봐요. 그 말은 스물여섯부터 들었던 말이네요. 지금 생각하면 스물여섯은 너무 젊은 나이인데, 그 나이 때부터 어른들은 세상이 끝난 것처럼 네 나이가 얼마냐, 애나 키우라고 했어요. 천천히 생각해 봐요. 지금껏 살아오면서 뭘 좋아했는지 삶을 뒤돌아봐요. 학교 다닐 때라던가, 평소에 하고 싶었던 거, 하고 싶었던 게 분명 있었을 거예요."

"지금 당장 그만두기가 힘들어요. 아이들 키우면서 여기저기 돈 들어갈 데가 많아요. 월급이 마약이라니까요. 그것 때문에 아침에 일어나고, 하루 종일 동동거리고."

"그럼 계속 그렇게 살 거예요?"

"아니. 이렇게 살면 안 되죠. 암은 스트레스가 주범이라는데. 아, 정말 모르겠어요. 이렇게 살면 안 되고 돈은 없고. 그만두면 살기가 힘들고."

그녀가 고개를 돌린다.

"언제나 길은 있어요. 막상 그 길에 들어서면 방법이 생기더라구요. 물론 처음엔 막막하고 힘들죠. 한데 어디선가 길이 열려요. 천천히 생각해 봐요."

내가 살고 있는 현재, 이 일상을 만드는 데 몇 년 혹은 몇 십 년이 걸린다. 필요가 일상을 만들고 필요가 일상을 이끌어 간다. 필요는 늘 생겨나는 것, 나의 현재는 만들기도 힘들지만 내려놓기도 힘들다.

그녀에게 한 말은 곧 내게 하는 말이기도 했다. 선택은 어느 순간에든 찾아온다. 나의 일상으로 인해 병을 얻었다면, 일상을 바꾸면 된다. 뒤돌아보면 우리의 삶은 늘 변화해 왔다. 젖먹이 시절부터 어린아이, 사춘기, 청년기, 그리고 장년기를 거쳐 노년기와 죽음에 이르기까지, 똑같은 삶을 반복하는 사람은 없다. 현재 역시도 바뀌어 가고 있는 중인 것을.

몸은 나이 따라 변하고 마음은 마음먹기에 따라 변한다. 중요한 것은 현재를 내 마음에 수용하고, 현재 속에서 긍정적인 의미를 찾는 것이다. 생각해 보면 과거 나를 아프게 한 사람들이 있었기에 내가 이만큼 성숙하게 되었다. 삶에 기쁨보다 아픔이 더 많은 것은 그만큼 성숙할 가치가 있다는 뜻이 아닐까?

15 환자와 보호자

아침 일찍, 의사는 바람처럼 다녀갔다. 여러 의사를 몰고 온 그는 젊은 주치의의 생기 넘치는 설명을 듣는 둥 마는 둥, 내 가슴을 열고 슬쩍 들여다보았을 뿐, 별 다른 말없이 가버렸다. 3분이나 있었을까. 간호사가 들어와 쪽지를 건네준다.

"유방암 교육받고 오실게요. 수술 뒤 주의사항 교육받으시는 거예요. 유방암센터 교육실로 가서서 10시부터 받으셔야 해요."

홀로 병실을 나선다. 환자복 차림에 입에는 가제를 물고, 머리는 산발을 한 채로 링거 거치대에 의지하여 슬리퍼를 끌고 엘리베이터를 탄다. 엘리베이터는 암센터로 연결되는 지하 통로로 향한다.

환자 곁에 보호자가 필요한 이유는 거동이 불편해서가 아니다.

환자가 우울해지지 않기 위해서다. 보호자의 존재는 환자가 우울에 빠질 기회를 많이, 대단히 많이, 거의 없애 준다. 관계의 책임은 보호자뿐 아니라 환자에게도 있다. 보호자가 딸이라면 딸을 위해 말을 하고 기운을 내야 한다. 보호자가 남편이라면 그를 위해 아픔을 참고 병실에서 있었던 이야기를 해 주어야 한다. 그들에게 식사를 하라고 재촉하고, 하루 종일 무슨 일이 있었는지 물어야 한다. 환자 곁에 있는 보호자가 환자의 아픔에 몰입하지 않도록, 오로지 아픔에만 신경 쓰지 않도록 하는 것은 환자의 책임이다. 보호자가 우울해지지 않도록 하는 책임, 그래서 환자는 우울에 빠질 겨를이 없다.

그런데 지금 내 옆에는 보호자가 없다. 아픔이 온몸에서 들고일어난다. 엘리베이터에 탄 이들의 시선이 내게 쏠린다. 모두 무관심한 듯하지만 가제를 물고 있는 나를 보지 않을 리 없다. 나도 그랬다. 유독 힘들어 보이는 환자를 보지 않는 척하면서 유심히 보았다.

천천히 걷는다. 가슴에선 불이 흘러 다니고, 팔에서는 저린 통증이, 배에서는 찢어질 듯한 아픔이 밀려온다. 아프지 않은 척하며 걷는다. 들들들들, 링거 거치대의 쇠바퀴 소리는 아무리 들어도 거슬린다. 공기는 무겁고, 발 뒤에는 쇳덩이가 매달려 있는 것 같다.

암센터로 가는 지하 통로는 늘 부산하다. 왼쪽에 빵집이 있어서 그 앞을 지나면 갓 구운 빵 냄새가 진동한다. 금방 끓여 낸 커피 냄새도 함께 흘러 다닌다. 오른쪽에는 작은 식당이 있다. 그 부근에서 캐러멜 냄새가 코를 자극한다. 그 냄새는 그곳을 지날 때마다 추억을 떠올리게 한다. 한데 지금 내 곁에는 커피 냄새가 좋다거나 캐러

멜 냄새가 난다거나 등의 이야기를 나눌 보호자가 없다.

나를 지지해 주는 관계 속에서 나는 비로소 내가 된다. 나를 알지 못하는 타인들 가운데서 떠도는 나는 내가 아니다. 내가 나임을 느끼지 못하는 상태에서, 내가 지나치는 물체에 불과한 상황에서, 나는 내가 아니다. 이방인들, 알지 못하는 사람들 가운데서 나는 움츠러든다. 지금 이 순간, 복도는 끝없이 길다.

교육실을 찾느라 좀 헤맸다. 간호사에게 물어 찾아간 그곳에서 인턴인 듯 보이는 의사 한 명이 강의 자료를 만지고 있다.

"안녕하세요."

"강의 들으러 오셨어요?"

"네. 언제 시작하나요?"

"금방 시작할 겁니다. 조금만 기다리세요. 그런데 아무도 안 오시네."

둘러보니 아무도 없다. 나 혼자다. 그는 정말 나 한 명만 앉혀 놓고 강의를 시작한다. 시작한 지 얼마나 되었을까. 문이 열리고 한 명이 들어와 앉는다. 그녀의 차림은 나와 다르다. 고운 화장과 세련된 옷차림으로 보아 그녀는 수술 전이나 다름없이 활동하는가 보다. 그리고 또 한 명, 연달아 사람들이 들어온다.

임파선 절제로 인한 팔의 부종이 무섭다. 코끼리 다리만큼 부은 팔을 가진 여성의 모습이 화면에 등장한다. 팔 한쪽은 정상이고 다른 한쪽은 통통 부어 있다. 압박붕대를 감았는데도 정상인 팔의 세 배는 되어 보인다. 강의가 끝나자 수술한 지 1년이 지났는데 팔의 부종으로 고생한다는 여인이 질문을 던진다.

"팔의 부종을 치료할 방법은 없나요?"

"근본적인 치료방법은 없습니다. 압박붕대와 운동을 병행하는 수밖에 없어요."

무서운 말이다. 유방을 절제하면서 겨드랑이의 임파선을 절제했기 때문에 림프액이 제대로 흘러가지 못하고 고여서 생기는 증상인데, 근본적인 치료 방법은 없다. 나 역시 임파선을 32군데나 절제했으니, 남의 말이 아니다. 임파선 절제가 얼마나 심각한 고통을 유발하는지 몰랐다. 당면한 외상, 가슴 절제의 아픔이 먼저였던 것인데 강의를 들으니 절실해진다. 교육이 끝난 뒤 다시 지하 통로를 지나 엘리베이터로 향한다. 이것도 외출이라고 몸이 힘들다.

병실에 와 보니 딸이 와 있다. 나는 침대에 눕고 딸은 보호자 침대에 자리를 잡는다. 벽에 등을 대고 온몸을 구긴 채 노트를 들고 있는 모습이 여간 불편해 보이지 않는다.

"여기 가방 갖다가 벽에 대고 기대 봐. 벽이 차갑잖아."

입원할 때 들고 온 여행용 가방이 침대 옆 벽에 기대 세워져 있다.

"괜찮아. 난 이게 편해."

낯익은 얼굴이 병실 문밖에 나타나 옆 환자의 이름을 부른다. 이동침대를 잡고 반팔 옷을 입은 남자 간호사. 그는 수술실로 환자를 데려가는 수술실의 전령이다. 옆자리 그녀가 대답을 하고 일어난다. 수술이 무섭다고 노래하던 그녀다.

"무서워할 거 없어요. 한숨 자고 오는 거라고 생각해요. 자고 일어나면 모든 게 끝나 있을 거예요."

"네. 그럴게요."

조그마한 몸집의 그녀가 이동침대에 오른다.

"보호자 안 계세요?"

"네. 이따가 올 거예요."

"엄마, 내가 갔다 올까?"

"그래. 네가 같이 갔다 와."

누군가 옆에 있으면 수술실까지 가는 그 짧은 시간의 두려움은 한결 가벼워진다. 아직 어리고 낯선 이일지라도 함께해 준다면 혼자보다는 훨씬 낫다. 딸이 그녀의 보호자가 되어 함께 갔다.

"저런. 그 집 딸은 우리 병실 환자 모두의 보호자네요. 아직 어린데 기특하기도 해라."

제주도 할머니 보호자의 칭찬에 내 마음이 뿌듯해진다. 딸은 한참 뒤, 돌아왔다.

"2층으로 갔었어?"

"아니, 엄마 수술한 데랑 달라. 암센터로 가던데."

얼마나 걸렸을까. 그녀는 3시간 뒤 돌아왔다. 환자들 모두 김연아의 올림픽 우승 장면을 보느라 정신없던 시간, 그녀도 텔레비전을 보느라 아픔을 많이 잊었을 것이다.

그래서 콩쥐는 행복했을까? 16

작은 소리로 신음하던 옆자리 그녀가 연방 아픔을 호소한다.

"언니, 가슴하고 팔 안 아파요? 아파 죽겠어요."

"아파요. 그래도 견딜 만해요."

내 대답이 마음에 안 들었던 모양이다. 작은 덩어리 하나를 제거한 자신은 그처럼 아픈데, 가슴 전체를 절제한 내가 견딜 만하다고 말하니.

"팔이 너무 아파요."

그녀는 조그만 피 주머니 하나만 달고 있다. 수술이 간단해서 링거도 필요 없는 모양이다. 그러나 그녀는 침대에서 꼼짝하지 않는다. 내 피 주머니는 세 배쯤 클 뿐 아니라 링거와 진통제와 소변 주머니를 주렁주렁 매달고 있다. 그녀는 그런 내가 도무지 이해가 안 가는 모양이다. 그녀는 회진 온 의사를 붙잡고 투정을 부렸다. 주치의를 볼 때마다 아프다고 투덜거렸다.

아픔을 적극적으로 호소하는 사람이 더 건강할 수 있다. 아픔을 호소한다는 것은 그만큼 뱉어 낸다는 뜻이니까. 신음을 내뱉으면 통증도 가벼워진다. 육체는 마음과 연결되어 있고, 마음의 통증은 육체로 나타난다. 많이 참는 사람이 암에 많이 걸린다고들 한다. 정신적 아픔을 그저 누르기만 하면 병이 된다는 것이다. 그래서일까? 암은 소식 없이 온다. 말기에 이를 때까지 아픔 없이 진행되다가, 어느 날 문득 통증을 느껴 발견했을 때는 이미 손쓸 수 없는 지경에까지 다다라 있다.

너대니얼 호손의 소설 《주홍 글자The Scarlet Letter》에서 주인공 헤스터 프린은 가슴에 간통adultery을 뜻하는 첫 글자 'A'를 달았다. 간통은 당사자들만 아는 일임에도, 헤스터가 석 달 동안 감금당하고 재판을 받은 것은 간통의 결과물인 아이, 펄을 낳았기 때문이다. 그녀는 법으로 단죄 받았고 간통을 저질렀다는 A를 평생 가슴에 달아야 했다. 그녀에게 어찌 아픔이 없었겠는가. 수치심이 그녀를 휩쌌을 것이다. 그러나 그녀는 당당했다. 이미 단죄를 받았기 때문이다.

반면 헤스터의 간통 상대인 딤즈데일 목사는 어땠는가. 목사로서 간통을 저지르고, 그 죄를 단죄 받을 수도, 고백할 수도 없었던 고통이 그의 영혼을 좀먹었다. 엄격한 청교도 공동체, 모든 것을 신의 이름으로 판단했던 17세기 미국에서 목사처럼 무거운 직책은 없었다. 그는 도덕의 상징이자 무리의 지도자였으며 모두에게 존경받는 사람이었다. 그만큼 그의 고뇌는 깊었다. 죄의 표식을 달고 다니며 손가락질당하는 헤스터는 건강했지만, 딤즈데일 목사는 하루하루 수척해졌다.

딤즈데일 목사는 거의 죽어가는 지경에 이르러, 헤스터가 간통의 표식인 'A'자를 달고 서 있던 그 처형대에서 자신의 죄를 고백한 다음 쓰러져 숨을 거둔다. 그의 죽음은, 순전히 그의 마음이 그를 갉아먹었기 때문이다. 드러내지 않은 죄, 도덕심이 그의 영혼을 병들게 했고, 마침내는 육체를 무너뜨려 죽음으로 이끌었다.

그렇다면 헤스터의 간통 상대가 딤즈데일 목사라는 것을 알고 그의 정신적 고통을 자극하여 죽음으로 내몰았던 칠링워스의 죄는 무엇인가? 타인의 마음을 들여다보고 영혼을 병들게 한 칠링워스의 행위는, 죄 지은 자보다 더 사악하다. 그의 모습은 악마 그 자체다. 관념은 어디까지 인간을 몰아가는가. 너대니얼 호손이 평생 추구한 '용서받을 수 없는 죄'는 칠링워스에게서 적나라하게 모습을 드러낸다.

가슴 조이는 사건이라고는 하나도 없는 지독히 재미없는 이 소설이 200여 년이 지난 오늘날까지 꾸준히 읽히는 까닭은 무엇일까. 너대니얼 호손이 자기 조상들이 지은 죄 때문에 평생 괴로워했다는 것은 잘 알려진 사실이다. 미국 매사추세츠 주의 작은 마을 세일럼, 1692년 최악의 마녀사냥이 벌어졌던 그곳에서 호손의 조상들은 죄 없는 이들을 죽음에 몰아넣었다. 호손은 그 조상들의 죄를 한없이 부끄러워했다. 그가 인간의 마음을 다룬 소설을 쓴 것은 조상들의 죄와 무관하지 않다.

무조건 참는 것이 능사가 아님에도, 사회는 참을 것을 요구하고 참는 것의 미덕을 강조한다. 동화 속 콩쥐, 전 세계에 퍼져 있는 신데렐라 중 한 명인 콩쥐는 자신에게 주어진 일들, 힘든 일들을 묵묵히 인내하면서 해냈다. 참고 참으면서 견딘 콩쥐는 원님, 권력자와의 결혼이라는 상을 받았고, 콩쥐를 괴롭히던 팥쥐와 계모는 죽음이라는 벌을 받았다.

콩쥐는 결혼한 뒤 행복하게 편히 잘 살았을까? 아무런 배경도, 기댈 사람도 없이 결혼한 콩쥐는, 가부장제 하에서 아무런 갈등도 겪지 않았을까? 평생 참고 인내하며 살았던 콩쥐가 어렵고 힘든 일에 부딪혔을 때 하소연하거나 반발하며 항의할 수 있었을까? 아마도 콩쥐는 결혼 전과 마찬가지로 힘든 일들을 감당하며 고통을 안으로 삭였을 것이다.

권선징악의 교훈을 담고 있는 이 동화의 배경에는 서슬 퍼런 가부장제가 도사리고 있다. 온갖 집안일을 도맡으며 끝없이 인내하도록 단련 받은 콩쥐는, 결혼 뒤 다른 권력자에게 건네졌을 뿐이다. 콩쥐들, 신데렐라들은 결혼 뒤 집안일을 잘하는 아내, 집안의 치부를 절대로 드러내지 않는, 아니 드러낼 수 없는 며느리로 살았을 것이다. 콩쥐는 결국 암에 걸려 일생을 마치지 않았을까?

삶을 호출하다   17

오후에 의사가 왔다. 주치의도 집도의도 아닌 그녀는 가슴을 열고 상처를 살피더니 소독을 하고 붕대를 갈아 주었다. 덕분에 내가 가슴에 무엇을 두르고 있는지 알았다. 한쪽 어깨가 없는 유방수술 환자용 특수 브래지어. 드레싱이 끝난 뒤 의사가 옆에 놓고 간 예전 붕대는 몹시 두꺼웠다. 가제 가운데 솜이 들어가 있는 붕대는 두께가 2센티미터가 넘어 보였다.

아플 때는 상처를 들여다보고 싶지도 않다. 어지간히 나은 뒤에야 상처를 들여다볼 여유가 생긴다. 그때까지도 나는 내 가슴에 난 상처가 얼마나 크고 긴지 알지 못했다. 고개를 수그릴 수도, 허리를 똑바로 펼 수도 없었기 때문이기도 했다. 목을 돌리거나 고개를 수

그리는 동작에도 가슴 근육이 필요하다는 사실을 아는 사람이 얼마나 될까? 팔을 사용할 때도 가슴 근육이 필요하다.

내 팔은 옆구리에서 겨우 벌어지기만 할 뿐 어깨 높이까지도 올라가지 않는다. 당연히 사용하는 모든 근육, 자연스럽게 행하는 모든 동작이 치열한 투쟁의 결과임을, 팔을 드는 동작 하나에도 큰 노력이 필요하다는 것을 퇴원 후 팔 운동을 하면서 알았다. 만세 동작을 하기까지 몇 주가 걸렸다. 그것도 무한한 고통을 참아가면서. 하지만 무엇보다 두려웠다. 상처를 마주하기가 두려웠다. 보지 않으면 상처가 없을 것이라고, 보지 않으면 괜찮다고 믿는 어린아이처럼.

아침에 가장 일찍 병실에 나타나는 사람은 수간호사다. 수간호사는 병실을 한 바퀴 둘러보고 이상이 없는지 체크한 다음 사라진다. 수간호사가 오거나 말거나 내 옆의 그녀는 정신없이 잔다. 나는 한두 시간에 한 번씩 깨는데, 그녀는 깨는 법도 없다. 그만큼 건강하다는 증거겠지. 이윽고 병실 밖이 부산스러워진다. 어김없이 들려오는 돌돌돌 소리. 배식차 소리다. 어제까지도 6501호를 그냥 통과하던 그 소리가 멈춘다.

배식차를 밀고 온 여자가 내 이름을 부른다. 이윽고 식판이 들어온다. 기쁘다. 무한히 기쁘다. 수술이 끝난 뒤 꼬박 이틀을 굶은 끝에 드디어 밥이 나온 것이다. 먹는 일이 이렇게 반갑다니. 하지만 내 몫의 식사는 밥이 아니다. 죽, 흰죽이다. 그런데 이건……뭐지? 나는 죽을 끓일 때 쌀을 충분히 불린 다음 참기름을 둘러 달달 볶는다. 그 다음 물을 쌀의 4배 정도 넣고 연방 저어 가며 오랜 시간 끓인다.

그리고 계란을 넣거나, 아니면 그냥 그 상태로 국간장이나 새우젓으로 간을 맞추어 먹는다. 그것이 내가 끓여 먹던 죽, 고소한 흰죽인데, 이 죽은 죽이 아니다. 밥에 물을 넣고 끓인 것에 불과하다.

한 숟갈 떴다. 이게 무슨 맛이람. 아예 맛 자체가 없다. 맛이라고는 느낄 수 없는 죽에 곁들인 반찬은 시금치와 김치, 그리고 감잣국. 아무 맛도 없는 죽에 반찬을 몽땅 넣었다. 먹어야지. 걸신 들린 듯 죽을 먹는 나를 제주도 할머니가 물끄러미 처다본다. 할머니에게는 아무 음식도 나오지 않았다. 그러고 보니 먹는 사람은 나 혼자다. 미안한 마음이 들었으나 병실에선 어쩔 수 없는 법. 나는 바닥까지 싹싹 긁어 먹는다.

죽을 먹고 나서 몇 시간이나 지났을까. 이번엔 간식이다. 도무지 정체를 알 수 없는 흰 액체. 목으로 넘기기가 영 고약하다. 맛이 없는 게 아니라 철저히 무미인 탓이다. 죽은 그래도 씹는 맛이라도 있었는데……. 차라리 우유면 좋으련만. 미숫가루도 아니고 마죽도 아닌 액체를 배고픔 때문에 마지막 한 방울까지 마신다. 소화시키기 좋은 영양가 있는 액체겠지. 다른 음식은 아직 못 먹을 테니 마셔 두자. 이 간식을 끝까지 다 마신 사람은 아마도 내가 처음이 아닐까?

두 번째 식사도 죽이다. 이번에는 조금 더 먹기 힘들다. 그래도 마지막까지 먹는다. 힘이 없는 탓이다. 배도 고프지만 힘이 너무 없다. 곧 앞으로 고꾸라질 것 같다. 이때부터 배고픔이 시작되었다. 그 배고픔은 식사를 시작하기 전 배고픔에 댈 것이 아니다.

살면서 일상적으로 느끼는 배고픔은, 음식을 먹으면 곧 채워진다. 조금만 참으면 잊어버릴 수 있다. 극심한 배고픔, 채워지지 않는 끝없는 배고픔은 허약해진 육체가 자신의 실상을 깨달을 때 온다. 허약하고 무언가 잃어버린 육체는 끝없이 보강해 줄 것을 요구한다. 내 몸의 아우성이 빚어내는 배고픔, 세바스티앙 살가도의 〈아프리카 사진전〉에서 본 사람들의 눈빛에 그런 배고픔이 담겨 있었다. 아기에게 젖을 물린 여인의 가슴에 깊이 팬 고랑은, 황막한 대지와 같았다. 풍성해야 할 어머니의 젖가슴에는 금방 갈아 놓은 밭고랑처럼 주름이 선명했다. 그 가슴에서 젖이 나올까?

젖이 비어 버린 땅에서는 살아갈 수 없다. 살가도의 사진 속 어머니에게서 나는 깊은 절망을 보았다.

육체의 '호출', 그 배고픔은 지금까지도 계속되고 있다.

고통의 의미

18

제부가 대보름이라고 찰밥과 나물 반찬을 듬뿍 사왔다. 나와 동생, 제부가 한창 밥을 먹고 있는데, 제주도 할머니가 말을 건넨다.

"그 집은 아파서 병원에 온 게 아니라 소풍 온 거 같아."

소풍이라, 우리는 서로 얼굴을 바라보며 멋쩍게 웃는다.

"좀 드시겠어요? 나물이 아주 맛있어요."

"아니야. 난 먹고 싶지 않아. 도통 입맛이 있어야 뭘 먹지."

할머니는 식사를 아예 못하고 계셨다. 밥이 나와도 거의 뜨는 둥 마는 둥이고, 병실의 다른 환자들도 마찬가지였다.

진통제를 떼고 링거도 떼어 버린 지금, 나를 가장 괴롭히는 것은 배고픔이다. 한밤중에 일어나 먹을 것을 찾은 적도 여러 번, 배고픔에 시달리는 나를 보다 못한 동생이 아침에 눈을 뜨자마자 밖으로 나가 떡을 사왔다. 근처에 떡집이 없어서 택시를 타고 낙원상가까지 가서 사 왔다고 했다.

"속이 허해서 그래. 든든해야 해."

떡은 소화가 잘 되지 않아 위 속에 오래 머무른다. 속이 든든한 것은 좋지만 영양 측면에서 좋은 선택은 아니다. 그러나 동생의 배려는 눈물 나게 고마웠다. 동생의 친구도 먹을 것을 사 왔다. 배고픔은 아직까지 지속되고 있고, 나는 그것을 아주 좋은 징조라고 생각한다. 내 육체가 살아나고자 보내는 신호.

토요일에는 친척과 친구들이 면회를 왔다. 교수님들도 왔다 가셨다. 그들의 눈에 비친 나는 어땠을까? 어떤 상황에서든 나를 이끌어 가는 것은 몸이 아니다. 큰 수술 두 개를 한꺼번에 받은 환자 같지 않다는 그들의 말은, 내 마음 상태 덕분에 나온 표현일 것이다. 나는 아픔을 시련으로 받아들였다. 그 아픔을 통해 성숙해질 것이라고 믿었다. 처음 암을 선고받았을 때의 절망과 분노가 어느덧 희망으로 바뀐 것이다. 친구와 지인들의 격려는 말할 수 없는 기쁨을 준다. 사람들의 드나듦으로 인해 몸은 다소 힘들지만, 그들이 주는 정신적 지지를 생각하면, 그 정도 어려움은 아무것도 아니다.

월요일, 3월 1일에 퇴원했다. 2월 22일에 입원해서, 24일에 수술받고 실밥도 빼지 못한 채 집으로 돌아갔다.

삶을 목격하다　　　　　　　　　19

　　퇴원, 집에 오는 일은 좋았다. 혜화동에서 노량진까지 가는 길은
환한 볕 아래 벌어진 즐거운 잔치처럼 힘이 넘쳤다. 모든 것이 새로
웠다. 입원하는 날 들렀던 광화문 비각을 지나고, 남대문을 거쳐 서
울역 앞을 지나는 동안 눈에 들어온 모든 풍경들이 낯익으면서도
새로웠다. 빌딩들은 햇살 아래 무척 아름다웠다. 서울역쯤이었을
것이다. 땅에서 막 솟아오른 나무처럼, 절정에 달한 생기가 느껴지
고, 감격이 나를 휘어잡았다. 생전 처음 도시 구경을 하는 촌뜨기처
럼. 서울역 앞 광장, 그리고 시선이 닿는 어디에서나 힘과 활력이
흘러넘쳤다. 남편이 모는 차 뒷좌석에 앉아, 아니 거의 누워서 나는
삶을 목격하고 있었다.

아파트에 다다라 딸이 입혀 준 검은 겨울 점퍼를 담요처럼 걸치고 철옹성 같은 문 앞에 섰다. 겨우 열흘 비웠을 뿐인데, 집은 생경하고 낯설었다. 내가 이 집에 속했었나. 이 집이 내가 살던 곳일까. 혹 잘못 온 것은 아닐까. 남편이 짐을 들고 엘리베이터에서 내리지 않았더라면 한참을 더 서 있었을 것이다. 내가 거부한 것일까. 집이 나를 거부한 것일까. 떠난다는 것은 인식에서 내려놓는다는 뜻이다. 나는 떠나지 않았다. 단지 외출했을 뿐이다. 겨우 며칠 비웠을 뿐인데도 그토록 낯설었던 것은, 그동안 내 눈이 많이 변했기 때문이리라.

그 변화는 어디에서 왔을까. 하나의 삶이 다른 삶으로 변하는 데는 많은 시간이 필요하지 않다. 시간적·물리적 변화는 그리 큰 문제가 아니다. 중요한 것은 내 안의 변화다. 떠난다는 것은 물리적 장소의 변화가 아니라, 내 마음 안의 변화다. 이전의 나와 지금의 내가 달라짐으로써 생기는 변화, 그것이 낯설음의 원천이요, 떠남의 원천이다. 그래서였을까. 집에 돌아온 날, 시끄럽던 자동차 소리가 바람 소리처럼 들렸다. 길갓집이라 하루 종일 귀를 괴롭히던 지긋지긋하던 자동차 소리였다. 내가 변하면 음파도 변한다. 똑같은 소리이건만 소음으로 들리던 단조로움과 지겨움은 걸러지고, 일렁이는 바람, 스쳐가는 바람 소리가 된 것이다.

그리고 이틀이 지났다.

"혼자 갈 수 있어?"

"그럼, 혼자 갈 수 있어."

"어떻게 갈 건데?"

"버스 타고 가도 되고……."

"제대로 걷지도 못하면서 무슨 버스야. 쓰러지면 어떻게 하려고!"

"차 몰고 가도 되지. 뭐."

"팔도 못 쓰는데 운전은 어떻게 하려고 그래. 내가 같이 갈까? 병원에 데려다 주고 출근하면 되잖아."

"그럴 필요 없어. 혼자 갈 수 있어."

"택시 타고 가. 여기서 혜화동까지 얼마 안 나오잖아. 이럴 때 택시를 타야지."

"글쎄."

"글쎄가 어디 있어. 택시 타고 갔다 와."

안방 문을 닫으면서 남편이 한 번 더 돌아본다.

"꼭 택시 타고 가. 알았지!"

"알았어."

"유니야, 아빠 회사 간다. 엄마랑 같이 병원에 갔다 와. 엄마 혼자 어떻게 가시니."

딸은 잠에 취해 있을 것이다. 지난밤도 꼬박 새웠을 텐데.

"으응. 알았어."

낮고 불분명한, 잔뜩 쉰 목소리가 건너온다. 방문 닫는 소리, 발자국 소리, 드르륵 현관문 열리는 소리, 다시 드르륵. 남편은 구두를 신고 있을 것이다. 잠시 뒤 또 문이 열리고 닫히고.

침대에 누워 맞은편 벽에 걸린 시계를 본다. 어김없이 8시 30분.

남편은 일찍 가는 법도 늦게 가는 법도 없다. 드레싱 예약 시간은 10시. 9시에는 출발해야 한다. 어떻게 가지? 큰소리는 쳤지만 솔직히 걱정스럽다. 버스를 타면 중간에서 갈아타야 하는데 자신이 없다. 지하철역은 가깝지만 9호선이라 소용없다. 버스 정류장은 멀다. 거리도 만만치 않거니와 버스를 타고 내리는 일도 걱정이고, 지하철을 타러 계단을 내려가는 일은 더더욱 어렵다. 혜화역에서 서울대병원까지는 멀지 않지만 그 거리도 지금의 내게는 쉽지 않다. 허리는 구부정하고 다리는 떨린다.

어제 저녁 운동한답시고 딸의 손을 붙잡고 걸어 보았다. 피 주머니를 허리에 끼워 넣고 속에 털이 달린 점퍼를 걸쳤다. 팔이 올라가지 않아 엉거주춤한 품새로 소매를 대강 끼웠다. 딸의 손을 붙잡고 노들역 구내를 걸었다. 생긴 지 얼마 되지 않은 노들역 기둥 주변에는 녹색식물이 심어져 있다. 처음 역을 이용할 때 얼마 안 가서 조화로 바뀌겠구나 생각했던 기억이 났다. 지하에 녹색식물이라니. 유리, 아니 강화플라스틱일 테지만 투명 지붕이 있어 햇살이 비친다 해도 녹색식물이 어쩐지 가여워 보였다.

조심조심 걸었다. 한 걸음 뗄 때마다 배가 울리고 그때마다 영락없이 상처가 아팠다. 걸을 때 배가 이렇게 울리는구나. 몸에 대한 새로운 깨달음. 아프지 않으면 절대 알 수 없는 것. 병원에서 걸을 때는 잘 걷는다 싶었는데 막상 나와 보니 그게 아니었다. 저녁나절 지하철역 공기가 찼다. 100미터나 걸었을까. 두 걸음 걷고 쉬고, 또 두 걸음 걷고 쉬고. 한 바퀴 돌고 너무 피곤해서 그만 집으로 돌아왔다.

'버스는 힘들겠다. 차를 몰고 가야지.'

혼자 결론을 내린다. 운전은 할 수 있을까? 팔이 절반도 올라가지 않는데 이 팔로 운전대를 잡을 수 있을까? 운전대를 돌릴 수 있을까? 사고라도 나면 어떻게 하지? 몸이 아프니 모든 게 두렵다. 그런데도 택시는 타기 싫다. 아프다는 것, 나의 약점을 드러내는 것이 싫다. 이건 고집일까, 호기로움일까?

평소 즐겨 입는 티셔츠가 아닌, 앞에 단추가 달린 셔츠를 집는다. 아들이 입던 체크무늬 100호짜리 셔츠는 넉넉하다. 온몸이 퉁퉁 부어 있는 지금 내게 딱 맞는 옷이다. 왼쪽 소매를 끼고 오른쪽 소매는 늘어뜨린 채로 딸의 방문을 두드린다.

"엄마 옷 좀 입혀 줘."

잠이 잔뜩 든 눈을 하고 딸이 옷을 입혀 준다, 아니 팔에 소매를 끼워 준다. 그리고 점퍼도 입혀 준다. 환자 카드와 예약 용지를 확인한 뒤 가방을 메고 차 열쇠를 들고 집을 나선다. 엘리베이터를 타고 지하 주차장으로 내려가 차를 탄다. 운전석에 앉는다. 허리춤에 끼워 넣은 배액관을 살핀다.

'됐다. 할 수 있어!'

어쩐지 운전석이 몹시 좁아진 것 같다. 열쇠를 돌려 시동을 걸고 운전대를 잡는다.

'문제없어.'

날이 환하다. 한강대교를 건너고 서울역을 지나 남대문을 스친다. 차들이 흘러간다. 광화문에서 우회전해서 창경궁 쪽으로 꺾는다. 여기는 왜 이리 차가 많을까. 늘 이곳에서 막힌다. 비원을 지나 창경궁 담을 따라 달린다. 대학원에 들어가던 해 3월, 이곳 돌담 기와에 얹힌 눈이 그려 내던 고혹적인 선이 떠오른다. 폭설이 내리던 그날, 교통은 꼬이고 꼬여 지옥 같았지만 창경궁 돌담의 눈은 끝없이 걷고 싶은 다른 세상이었다. 눈이 내리면 세상은 달라진다. 모든 것에서 신비를 불러내는 눈의 마력. 눈 덮인 사물들은 제가 가졌던 속성을 잠시 잃고 또 다른 모습을 드러낸다. 선, 돌담의 아름다운 선, 기와의 선이 생생하게 살아나 공중에서 휘돌았다. 그 선들은 이제 표정을 잃었다.

원남동 사거리에서 좌회전한다. 이곳은 신호가 길다. 좌회전하면 바로 서울대병원이다. 큰 약국들이 줄지어 선 그 길. 병원 진입로는 비탈져 있으며 문 건너편에는 신호등이 있다. 길게 꼬리를 문 차들의 뒤를 따라 4분의 3 바퀴를 돈다. 병원 현관은 늘 붐빈다. 지하 주차장으로 진입한다. 멋진 외투와 모자 차림의 곱고 아름다운 젊은 여성이 주차권을 뽑는 기계 옆에 서서 인사를 한다.

지하 주차장 1층에는 빈자리가 없다. 2층에도 빈자리가 없다. 지하 4층까지 내려간다. 10시 5분 전. 주차 요원들이 정리를 하고 있다. 뒤로 후진해서 넣어야 하는데. 저기 넣을 수 있을까? 운전대를 돌릴 수 있을까? 뒤를 볼 수 있을까? 갑자기 자신이 없다. 머뭇머뭇하다가 차에서 내려 저만큼 있는 주차 요원을 부른다.

"내가 팔을 못 써서 그러는데 주차 좀 해주실래요?"

그는 흔쾌히 내 요구를 들어준다. 이렇게 쉬운 것을. 암센터까지는 멀다. 여러 건물이 얽힌 서울대병원 지하는 미로 같다. 주황색 선, 노란 선, 녹색 선이 각각 가야 할 곳을 일러주고 있다. 주황색 선을 따라 간다. 쉬엄쉬엄 간다. 두 걸음 걷고 쉬고, 두 걸음 걷고 쉬고. 마음은 급해도 몸이 따라 주지 않으니 어쩔 수 없다. 허리를 펼수가 없다. 배는 울리고 몸은 자꾸만 멈추고 싶다. 삶의 어느 한 귀퉁이에 이런 일이 있을 것이라고 짐작이나 했었을까?

사람들은 내 곁을 스쳐 지나가고 또 지나간다. 쉬고 또 쉬고 암센터 3층, 오늘 드레싱할 그곳으로 나는 가고 있다.

20

암, 내 생의 도전

"아니, 저렇게 줄이 길어요?"

오늘은 배액관을 빼는 날, 진료실에서 인턴과 간호사가 내 가슴에서 가느다란 플라스틱 줄을 빼낸다. 줄은 생각보다 훨씬 더 길다. 납작한 가슴 안에서 나오고 또 나오는 줄은 2미터는 넘어 보인다. 대체 의사는 저 긴 줄을 어떻게 내 가슴 안에 넣었을까.

퇴원하고 난 뒤 매일 병원에 드나들었다. 혼자, 차를 몰고. 팔이 올라가지 않아 걱정이 많았다. 수술한 부위는 팔이 아니라 가슴인데, 팔은 건드리지도 않았는데. 병원에서 나누어 준 인쇄물에 있는 그림대로 운동을 해도 팔은 올라가지 않았다. 마치 못을 박아 둔 것처럼 90도가 한계였다. 만세 동작은 아직 멀었다. 팔은 묵직한 쇳덩어리 같고 고장 난 로봇처럼 그저 매달려 있을 뿐이다.

걷는 것도 힘들었다. 두 걸음 걷고 쉬고, 또 두 걸음 걷고 쉬고. 지하 주차장에서 암센터까지의 길이 나에게는 너무 멀었다. 걷는 동안 몇 번을 쉬었을까. 5분도 안 걸리는 거리를 한참을 걷고 또 걸었다.

'차라리 퇴원시키지 말지. 이렇게 매일 병원에 드나드는데 왜 퇴원을 시켰담.'

병실이 모자라서 무조건 7박 8일이라고 했다. 하루 이틀 더 있을 수는 있지만 그 이상은 안 된다는 것이다. 몸은 병원에 있을 때와 달랐다. 병원에서는 다 나은 줄 알았다. 퇴원하면서 이제 수술 상처만 나으면 될 줄 알았는데, 그랬는데……. 의사는 빼낸 배액관 줄을 돌돌 말아서 옆에 놓인 쓰레기통에 넣었다.

"여기 오시는 분들은 모두 우울한데 명랑하시네요?"

진료실에 들어서서 인사하는 내 표정이 밝았던 모양이다. 그들도 힘들 것이라는 생각이 문득 들었다. 하루 종일 수많은 환자가 오가는 이곳, 전부 암 환자들뿐이니 그들이 유쾌할 리가 있는가. 줄곧 힘들고 지친 사람들만 보아 왔으니 그런 말이 나오는 것일 게다.

그들은 모른다. 이 수술, 아니 이 병에 내가 어떤 기대를 걸고 있는지를. 암, 그 고통스러운 병에 기대라니, 얼토당토않은 말이지만 그랬다. 내게 암은 도전이다. 삶에서 가장 큰 도전. 병은 나를 바꾸는 기회가 될 것이다. 기대는 사람의 표정을 바꾼다. 고통도 과정으로 만들며, 앞을 보게 만들고 현재를 견디도록 만든다. 먼 앞을 내다보고 있기에 견뎌 낼 수 있다.

"날마다 좋아지잖아요. 이렇게 나올 수 있는 게 어딘데요."

의사가 고개를 끄덕인다. 그가 잡은 줄 끝에는 지름 10센티미터 정도의 동그란 통이 달려 있다. 그동안 그 줄을 통해 피가 빠져나왔다. 내 몸에서 나온 분비물이 주름진 플라스틱 통 안에 고였다. 통이 반쯤 차면 피를 버리고 통을 꾹 눌러 진공 상태로 만든 다음 다시 줄에 끼우곤 했다. 가슴과 연결된 줄, 가슴의 상처, 뭐라 해야 할까. 오른쪽 가슴은 더 이상 봉긋하지 않다. 그 느낌을 뭐라 해야 할까. 먹먹하다? 아니다. 이 느낌은 둔중하다고 해야 옳다.

둔중하다는 것, 그것은 통하지 않는다는 느낌과 같을까? 콘크리트가 들어앉은 느낌, 아니 아무것도 느껴지지 않는 그 느낌. 가슴을 본 것은 집에 돌아와서, 그러고도 한참 지난 후였다. 나는 계속 미루었다. 일종의 두려움이었다. 알고 싶지 않은 사실을 확인하는 두려움. 보지 않으면 언제나 그대로일 것 같은 생각. 사막의 타조는 사냥꾼이 쫓아오면 달리다가 모래 속에 고개를 처박는다. 직면하지 않으면, 눈을 감아 버리면 사라져 버릴 거라는 생각이다.

나도 두려웠던 것일까, 내가 처한 상황에서 벗어나고 싶었던 것일까? 내가 직면하고 싶지 않았던 현실은, 아무것도 할 수 없는 내 상황, 나를 알지 못하는 나였다. 마흔넷, 너무 늦은 나이에 하고픈 일을 결정했고 너무 늦은 나이에 시작했다. 공부하는 동안 내내 두려웠던 일들이 나를 좀먹고 암을 불러온 것은 아닐까.

사람들은 의미 없이 스러지는 것을 두려워한다. 내 존재의 의미 없음, 그 두려움이 나를 지금까지 몰아왔고 나를 좀먹었다. 나는 아내였고, 엄마였고, 여자였다. 엄마로는 충분하지 않았다. 아내로도 충분하지 않았다. 나로서 쓸모 있는 사람이 되기를 원했지만 늘 부족하다는 자괴감에 시달렸다. 그대로도 좋았을 수 있다. 그렇게 사는 사람들도 많으니까.

번역을 하고 싶었지만 늘 부족한 것 같았다. 사실 나를 일으키는 것은 실력이 아니라 용기였는데. 사람을 만나면 위축되고 쪼그라들었다. 나 이외에 다른 이들은 모두 크고 당당해 보였으며 대단한 실력자들 같았다. 사실 내가 몰랐던 것은 나 자신이었다.

나는 피콜라와 같았다. 1993년 노벨 문학상을 수상한 미국 작가 토니 모리슨의 소설 《제일 파란 눈The Bluest Eye》에서 피콜라의 엄마와 아빠는 단칸방에서 프라이팬을 휘둘러 가며 싸운다. 그들이 싸우는 동안 피콜라는 이불 속에서 숨도 쉬지 않는다. 오빠는 집을 나간 지 오래다. 피콜라는 자신이 사라지게 해 달라고 기도한다. 피콜라의 소원은 '제일 파란 눈'을 갖는 것이다. '제일 파란 눈', 그것은 미의 상징이다. 피콜라는 모든 불행이 자신의 탓, 자신이 못생겨서 일어난다고 생각한다.

못생긴 흑인 소녀 피콜라가 그런 소원을 갖게 된 것은 엄마 폴린의 영향이 크다. 꿈 많은 평범한 소녀였던 폴린, 그녀의 남편 촐리는 집안을 전혀 돌보지 않는다. 촐리는 아내가 벌어 온 돈을 술 마시는 데 다 써 버리고, 아이를 임신한 폴린은 영화에 빠져든다. 아이들이 태어났지만 상황은 전혀 나아지지 않는다. 영화에 몰입하던 폴린은 백인 가정의 가정부로 일하면서 대리만족을 느낀다. 백인들이 만들어 놓은 근사하고 아름다운 집에서 금발을 가진 흰 피부의 어린 소녀를 극진히 돌보면서 환상에 빠져 사는 것이다. 자기 아이는 내팽개친 채.

말이 나를 만든다. 나에 대한 부정적인 생각과 말이 나를 끊임없이 왜소하게 만든다. 내 안에 자리 잡은 뿌리 깊은 두려움. 이 공부가 헛된 것은 아닐까, 공부를 끝내고 자리를 잡을 수 있을까. 너무 늦었다는 두려움이 지금 이 상태를 불러온 것은 아닐까?

나는 타조였다. 부지런히 내 안으로만 머리를 박았다. 주변을 둘러볼 엄두를 내지 못한 채 부지런히 내 부족한 점을, 약점을 곱씹었다. 그 결과가 오늘의 나이고 그 일이 또다시 반복되고 있다. 내 가슴에 난 수술 자국, 상처를 차마 보지 못하는.

제3부
고통의 변주곡

나는 아픈 산이다.
철따라 다른 향을 풍기는,
여전히 의연한 산처럼 살고 싶다.

1   전주前奏

  암센터에는 늘 사람들이 북적거린다. 오후 3시 30분, 예약 시간
이 30분이 지났는데 내 이름은 호명되지 않는다. 호명은커녕 대기
를 알리는 전광판에도 올라와 있지 않다. 3월 24일 수요일, 암센터
3층 혈액종양내과 대기실.

  그동안 유방암센터에서 진료를 하고 드레싱을 받았다. 한 달 동
안 드레싱을 하느라 암센터와 산부인과를 부지런히 드나들었다. 이
제 집도의는 3개월 뒤에 보자는 말과 함께 나를 내과로 넘겼다. 내
암은 3기라고 했다. 처음 진단받을 때와는 많이 달랐다. 그때는 종
양이 1.8센티미터라고 했으나 수술 결과 2.7센티미터였고 이미 림
프절로 전이된 상태였다. 최종 진단은 수술 후 열흘이 지나야 나온

다고 했다. 수술 전 마지막 검사에서 조직을 떼어내 급속 동결시켜 검사를 한 뒤, 그 검사에 따라 수술을 하고 진단이 나온다고 했는데, 그 최종 진단 결과가 3기였다.

2기와 3기는 다르다. 암의 진전 정도는 초기·중기·말기로 나뉜다. 1·2기는 초기, 3기부터는 중기, 4기는 말기로 나누기도 한다. 1기에서 2기 초가 초기, 2기 말부터 말기라고 분류하는 사람도 있다. 수많은 검사를 했다. 갑상선에 무언가 있다고 해서 조직검사를 했고, 심장에 혹이 있다고 해서 심장외과에도 갔다. 다행히 갑상선에는 이상이 없다고 했으나 심장의 혹은 수술해야 한다고 했다. 훗날, 다른 수술이 끝나면 오라고 한 것이 그나마 다행이랄까.

그동안의 검사 및 수술 결과를 총 정리하는 집도의의 말을 들으면서 아득해졌다. 전절제를 했을 뿐 아니라 림프절 7군데로 암이 전이되어서 32군데를 제거했다는 말을 딸과 함께 들었다. 의사는 진료실 밖에서 기다리고 있는 보호자를 불러들여 함께 들으라고 했다. 왜 굳이 딸, 보호자를 불렀을까? 충격을 받을까 봐 그랬을까? 잊지 말라는 뜻이었을까? 사실 환자는 어리버리하다. 충격으로 멍한 사이에 끊임없이 새로운 일들이 몰아닥친다. 그 수많은 사건에 정신을 차릴 수가 없다. 나는 괜찮다고 생각하지만 다른 사람들 눈에는 그렇지 않은 모양이고 사실 그랬다. 2기라고 생각했던 것이 3기라니, 그 간격으로 인한 충격이 꽤 컸나 보다. 머리가 멍했다.

"일을 해야 하는데요."

기껏 한 말이 그거였다.

"일하세요. 얼마든지 하세요. 다들 일하고 삽니다. 암 환자라고 해서 일하지 말란 법은 없어요. 보통 때처럼, 다른 사람처럼 사세요."

집도의의 구불거리는 머리칼에 비듬이 한 점 내려앉아 있었다. 쌍꺼풀 진 눈은 나를 보고 있었으나 그 시선은 비어 있었다. 의사의 말은 어쩐지 공허하게 들렸다. 평상시의 확신 있는 말투, 그 태도가 아니었다. 진료가 끝난 다음 그가 준 종이쪽지를 들고 종양내과 진료실 앞으로 왔다.

종양내과 진료실 대기 의자는 기다리는 사람들로 꽉 차 있다. 기다리는 시간은 지루하다. 오직 시간이 지나가기만 바랄 뿐. 시선은 진료 순서를 알리는 전광판으로 계속 향하고, 무릎에 책을 펴 놓기는 했지만 내용이 머릿속에 들어오지 않는다. 한 여인의 말소리가 주의를 끈다. 모자, 비니를 쓴 그녀는, 역시 모자를 쓰고 있는 여인과 이야기를 나누고 있다.

"항암주사 몇 번 맞으셨어요?"

"이번이 세 번째예요. 주사 맞아도 괜찮으세요? 식사는 잘하고요?"

"맞고 나면 일주일간은 힘들어요. 거의 먹지도 못하고 먹어도 토해요. 그래도 일주일만 지나면 다시 먹을 수 있어요. 처음에는 힘들어서 그냥 널브러져 있었는데 이제는 나름대로 꾀가 생겨서 잘 견뎌요. 요새는 아이들 가르치면서 살아요. 과외 하니까 살맛 나네요. 걱정하지 마세요."

"몇 기세요?"

"유방암 3기예요."

162

나도 저렇게 될까? 내 이름이 대기판에 떴다. 진료실에 들어갔을 때 의사는 모니터를 들여다보고 있었다.

"안녕하세요."

그녀는 여전히 키보드 위에서 손가락을 놀리고 있다.

"환자분, 잠시 기다리세요."

고개를 들지도 않고 기다리라고 한다. 마음속에 성큼 그늘이 내려앉았다. 보이지 않는, 몹시 단단한 막이 가로막고 있는 느낌이다. 이 거리감은 뭘까. 남편은 서서, 나는 앉아서 기다렸다. 볼일이 끝난 모양인지 그녀가 고개를 들었다.

"유방암 3기시고요……."

저쪽 의사에게서 건너온 기록사항을 보며 그녀가 죽 읊었다.

"항암주사에 관한 주의사항은 간호사에게 들으세요. 기타 다른 사항도 교육실에서 교육받으세요."

3주마다 한 번 항암주사를 맞아야 하고, 빈혈이 심해 수혈을 해야 될지도 모르며, 당분간 철분제를 두 알씩 먹어야 하고, 항암주사를 맞고 난 다음날부터 5일 동안 날마다 백혈구를 생성하는 주사를 맞아야 한다는 이야기. 열이 38도 이상 오르면 응급실로 뛰어오라는 당부. 허투HER2 유전자 음성 반응이 나와 허셉틴을 안 맞는다는 것 등. 그러나 내 관심은 다른 데 쏠려 있었다.

"저, 중요한 시험이 있는데, 항암주사를 좀 미룰 수 없을까요?"

"중요한 시험이요?"

"다음 주에 종합시험이 있어요. 그거 끝나고 맞으면 좋겠는데요."

"종시? 그거 수업 잘 들으면 교수님이 그냥 통과시켜 주잖아요."

"우리 학교는 달라요. 열심히 공부해도 통과할까 말까예요."

종시를 네 번째 보고 있었다. 제2외국어인 불어는 쉽게, 아주 쉽게 통과했다. 같이 시험 본 학우는 내가 얄밉더라고 했다. 시험 시작한 지 30분도 안 돼 내가 일어서 나가더라는 것이다. 그럴 수밖에 없다. 불어 번역서를 낸 경험이 있으니.

한 과목에서 번번이 걸렸다. 선택과목인 시는 오히려 쉬웠는데 필수과목 중 하나인 19세기 영미 소설이 발목을 붙잡았다. 어렵기로 유명한 20세기 소설은 단숨에 통과했는데……. 교수님들은 엄격했다. 그 과목에서만 벌써 세 번째 미끄러지고 있었다. 특정 과목에서만 번번이 미끄러지자 사람들은 이러니저러니 입방아를 찧었다. 그 19세기 소설 시험을 치를 참이었는데. 의사는 정색을 했다.

"종시가 생명보다 더 중요해요? 지금 죽느냐 사느냐 하는데 그까짓 시험이 문제예요?"

그녀 말이 맞았다. 종시는 다음에 보면 되지만 생명은 미룰 수 있는 일이 아니다. 결국 3월 25일에 항암주사를 맞기로 했다.

진료가 끝난 뒤 옆방으로 가서 간호사에게 30여 분 간 이런저런 주의사항을 들었다. 구토를 할 것이고 머리가 빠질 것이며, 구내염이 생기고 이가 형편없이 약해질 테니 식염수를 사서 입안을 헹구라고 했다. 감염에 주의하고 식물성 단백질을 많이 섭취할 것, 체온계를 사서 체온을 잴 것, 몸무게를 유지할 것 등, 주의사항은 끝이 없었다. 저녁 6시가 넘어 병원에서 나왔다.

빨간 악마, 아드리아마이신 2

"가발을 사야 할까 봐."

그녀가 모자를 벗고 거울을 보며 혼잣말을 한다. 어깨까지 와 닿는 검은 머리가 듬성듬성하다.

"머리칼이 별로 없지요?"

그녀가 내 쪽으로 고개를 돌리며 묻는다. 아까 주사실에서 보았던 여인이다.

"글쎄요. 잘 모르겠는데요."

"주사를 한 번 맞았더니 이렇게 되었네요. 더 빠질 텐데 아예 밀어야 할까 봐요."

그녀와 나는 항암주사를 맞고 내려온 참이다. 목요일, 날이 좀 춥다.

2층 주사실, 주사를 맞는 세 줄의 의자가 꽉 차 있어서 바깥 대기석에서 기다려야 했다. 사람들이 나란히 줄지어 앉아 주사를 맞는 광경은 무어라 말할 수 없는 감정을 불러일으켰다. 그것은 참담함, 비장함, 그리고 슬픔이기도 했다. 그 주사를 맞으려고 기다리는 시간 또한 우울함의 연속인 듯, 표정이 밝은 사람이 한 명도 없다. 저들 중에서 희망을 갖고 있는 사람은 얼마나 될까? 온전히 나아 일어설 수 있는 이는 또 얼마나 될까? 내가 보고 있는 것은 나의 미래였고, 나의 느낌이었으며, 나의 표정이었다.

책을 갖고 왔다. 오랜 버릇, 책이 없으면 가방이 허전하다. 책이 없으면 꼭 필요한 무엇이 빠진 느낌이다. 무엇이든 읽어야 했다. 이윽고 차례가 왔고, 간호사 앞에 앉아 왼팔을 내밀었으며, 주사를 꽂은 다음 그녀가 지정해 준 등받이가 긴 검은색 안락의자에 앉아 등을 기대었고, 조금이라도 편하려고 발을 뻗었다. 어쩐지 어색했다. 다들 나 같은 느낌이었을까? 사람들은 눈을 감고 있거나 텔레비전을 보고 있었다.

오늘 내가 맞은 주사약은 '빨간 약'이라고 부르는 아드리아마이신, 그리고 사이톡산. 주사액은 검은 비닐봉투로 싸여 있었다. 왜 봉투로 감쌌을까? 빨간색이 불러일으키는 거부감 때문일까? 약의 느낌, 차가움이 혈관을 따라 달려갔다. 책을 무릎 위에 올려놓았다. 왼팔에 링거를 맞고 있으니 책장을 넘기는 것이 여간 불편한 일이 아니었다. 인체란 이렇게 미묘하다. 한 군데가 묶이면, 모든 동작이

어색해지거나 비틀거린다. 삶 역시 그렇다. 무언가 마음에 걸려 있거나 맺혀 있으면 삶이 순탄하지 않다. 어디에선가 부러지거나, 멍들거나, 터진다. 오늘 나는 여기 왜 왔을까? 내 삶의 어느 부분이 멍들었을까? 읽기를 멈추었다.

그래, 피콜라, 피콜라의 가장 큰 잘못은 자신을 사랑하지 않은 것이다. 그 아이는 사랑받고자 했다. 사랑받고자 하는 욕구는 잘못이 아니며, 지극히 자연스러운 누구나 갖고 있는 본능이다. 그 사랑은 쉽게 오지 않는다. 관계가 어긋날 수도 있고, 내게 사랑을 주어야 할 사람들 역시 사랑을 받지 못했을 수도 있으니까. 내 안의 빈 부분은 스스로 채워 나가야 한다.

뒤늦게 공부를 하면서 읽은 책과 이론이 큰 도움이 되었다. 수많은 소설과 그동안 무수히 거쳐 온 심리학 책, 여성주의 책들……. 전에는 이론은 이론일 뿐 내 현실과 유리된 박제일 뿐이었는데, 그 글들이 내 삶의 상처를 열어 뿌리 끝까지 끌어내릴 줄 생각도 못했는데.

주사가 끝났다. 한 시간 반이 흘러간 것이다. 1층 화장실에 들렀는데, 내 옆에서 붉은 액체를 맞던 그 여인이 먼저 화장실에 들어와 있었다. 나도 머잖아 저렇게 머리가 빠지겠지? 사람마다 나타나는 부작용이 조금씩 다르다던데 비켜간다면 얼마나 좋을까?

3

고통으로 내려가다

잘 수가 없다.

얼마나 잤지? 베개 옆을 더듬어 휴대전화를 켠다. 1시 15분, 딱 15분 잤다. 눈이 어둠에 익숙해지면서 사물들이 떠오른다. 심연에서 떠오르는 것들, 망각에서 솟아나는 기억들처럼 하나둘씩 형체를 갖추며 떠오른다. 망연히 천장을 바라본다.

오늘 이 아픔은 어디서 오는 것일까? 몸속 어딘가 깊은 곳에서 쇠갈퀴들이 스멀스멀 기어 나와 세포 하나하나를 뿌리 속까지 내려가 긁어 댄다. "아파." 신음하듯 낮은 소리를 흘린다. 옆에 누워 있는 남편이 뒤척인다. 숨을 죽인다. 돌아누운 그는 이내 고요해졌다. 피곤할 것이다.

퇴근한 남편은 내가 하루 종일 아무것도 먹지 못한 것을 알고, 인터넷으로 검색을 해서 여의도까지 가서 콩나물 국밥을 사왔다. 여의도는 가깝지만 도로가 많이 복잡했는지 시간이 꽤 걸렸고 집에 들어올 때 땀마저 흘리고 있었다. 이렇게 추운데. 남편이 내놓은 콩나물 국밥에서는 이상한 냄새가 났다.

"이거 상한 거 아냐? 고린내가 나."

남편은 코를 디밀고 냄새를 맡았다.

"괜찮은데."

결국 그 국밥을 먹지 못했다.

전에는 늘 잠이 부족했다. 눕기 무섭게 잠이 들었고 어디서든 잠들까 봐 걱정이었는데, 오늘은 아무리 애를 써도 소용없다. 몸을 돌린다. 왼쪽으로 누우면 아픔이 조금 나아지지 않을까. 눈을 감아 본다. 자야 하는데. 자야 하는데. 머리가 쪼개지는 것 같다. 머릿속에 뭐가 들어 있는 거지? 살도 내 살이 아닌 것 같다. 시멘트 조각들이 붙어 있는 느낌. 이 아픔, 온몸의 세포 구석구석에서 치올라오는 이 아픔을 뭐라 표현하지. 여전히 답을 찾지 못한다.

항암주사를 맞고 첫날, 집 앞 공원에 나갔다. 평균대 위를 걷다가 몇 걸음 옮기지 못하고 떨어졌다. 놀라서 몇 번 더 걸어 보았으나 마찬가지였다. 인체란 얼마나 미묘한가. 가슴 한쪽이라고 해 봐야 몇 백 그램도 안 나갈 텐데. 그때는 이렇게 아플 줄 상상도 못했다.

주사 맞은 지 나흘째, 깊이 잠든 적이 없다. 잠깐 졸다가 아픔 때문에 깨어난다. 항암주사, 유방암 환우 카페 여인들이 말한 아픔이 바로 이거였나 보다. 실체는 언제나 상상 이상이다. 겪어 보지 못한 사람은 실체를 알지 못한다. 어떻게 해야 가라앉을까. 어떻게 해야 좀 수월하게 견딜 수 있을까. 오른쪽으로 돌아누우면 괜찮을까? 돌아누워 본다. 아픔은 여전하다.

일어나 걸어 다니면 나아지지 않을까. 그래, 그러면 좀 나아질지도 몰라. 몸을 굴려 일어난다. 머리 들기가 어렵다. 머리가 이렇게 무거웠던가. 몸도 말을 듣지 않는다. 이 몸이 내 몸일까? 이처럼 나를 거부하는 이 몸이? 하루 종일 기름 냄새 가득한 버스 뒷좌석에 앉아 구불구불한 산길을 달려온 것처럼 속이 울렁거리고 눈앞이 빙글빙글 돈다. 잠시 멈춘다.

어지러움이 다소 가신 뒤 베개를 집어 든다. 허리를 펼 수가 없다. 침대 옆에 엎드려 아픔이 가라앉기를, 허리를 펼 수 있기를 기다린다. 다시 일어난다. 문을 연다. 허리를 구부린 채로 베개를 껴안고 주방으로 간다. 거리로 면한 창문에서 어슴푸레한 빛이 들어오고 있어 아주 어둡지는 않다. 두 개의 크고 작은 냉장고가 흰 덩어리로 떠올라 있다. 식탁 의자에 베개를 놓고 바닥에 앉아 베개에 얼굴을 묻는다. 이 밤은 언제 지날까.

아무런 생각이 나지 않는다. 아픔을 견디는 것만으로도 머릿속은 혼란스럽고 기운이 빠진다. 어디가 아픈지만 알아도 좋겠다. 차라리 그러면 나을 것 같다. 그 부분에만 집중하면 되니까. 먹지도 못하고 자지도 못하는 이 시간을 얼마나 더 견뎌야 할까.

'하나님, 제발 그만 아프게 해 주세요. 이제 그만 아프고 싶어요.'

살면서 이렇게 간곡하게 기도해 본 적이 있었던가.

열이 치솟아 얼굴이 더워지면서 몸이 벌벌 떨린다. 등 뒤 허리께에서 갈퀴로 파내는 듯한 통증이 등뼈를 타고 올라온다. 고개를 돌리고 양손으로 베개를 잡는다.

'제발 그만, 그만 아프게 해 주세요.'

나도 모르게 두 손을 모으고 있다. 인간이란 얼마나 무력한 존재인가. 중얼대는 사이에 눈물이 흐른 것도 같다.

남편은 내가 침대에 누워 지낼 수 있는 방법, 아픔을 잊을 수 있는 방법을 강구하기 시작했다. 남편은 인터넷텔레비전으로 지난 텔레비전 프로그램을 볼 수 있게 해 주었다. 모니터는 침대 옆에 있으니 리모컨 버튼을 누르기만 하면 된다. 시아버님이 편찮으실 때 사용하던 방법이다. 담도암이셨던 시아버님은 종일 흘러간 노래를 틀어 놓곤 하셨다. 돌아가시기 몇 달 전 그분도 바로 이 방에서 지내셨다. 지나고 나면 결코 길지 않은 한 사람의 삶, 그러나 그 과정은 얼마나 길게 느껴지는지. 남편은 예능프로그램을 찾아 주며 보라고 했다. 늘 유쾌하게 지내야 한다는 것이 그의 지론이었다.

그걸 보고 있노라면 시간이 흘렀다. 내 안에서 멈추어 아픔을 끌어올리던 시간이 흐르기 시작했다. 사람들은 화면 안에서 웃고 웃었다. 그 안에는 과장과 억지가 있고 천박함과 진정이 있었다. 설정일 테지만 넉살 좋은 중년 남성들은 소녀 가수들과 아이돌들의 춤을 보고 미소를 짓고, 소년티를 벗지 못한 젊은 남자 가수가 촐랑대며 웃음을 자아냈다. 모든 것이 가벼웠다. 텔레비전 화면에 등장하기 위해 그들이 흘리는 땀과 그 안에 숨은 눈물, 비참함은 가려진 채, 그 안에서는 모든 삶이 솜털처럼 가벼웠다. 그들이라고 해서 아픔이 없지 않을 것이다. 사람들은 때로 뻔히 보이는 것에 속는다. 알면서도 속아 넘어가는 것은, 그 안에 자리 잡은 아픔, 타인의 아픔을 보고 싶어 하지 않기 때문일 것이었다. 아픔을 감춘 채 연극하고 있는 우리 역시 그들과 다르지 않다.

우리 삶도 한 편의 연극과 다르지 않다. 내 이 모든 사건들이 연극처럼 느껴질 날이 오겠지. 세월이 이 모든 고통을 희석시킨 뒤, 그날 내가 어떤 모습으로 서 있을지가 중요하다. 지금과 같은 모습, 아니 앓기 이전과 같은 모습이라면 지금의 아픔은 의미가 없을 것이다. 내 삶의 무언가가 만들어 낸 병, 이 아픔을 충분히 앓지 못한다면, 온전히 겪어 내지 못한다면 삶이 보내는 메시지를 놓치고 말 것이다. 그런 연후에라야 치유가 올 것이다. 병이 내게 보내는 메시지, 변화하라는 메시지, 그러나, 어떻게, 어떻게 변해야 하는 것일까.

지금은 당면한 고통, 이 고통을 겪어 내는 것이 먼저다. 변함없는, 줄어들지 않는 고통으로, 고통으로 다시 내려가고 있다.

한밤중의 산책 4

잠이 오지 않는다. 아니 잘 수가 없다. 베개를 들고 안방에서 부엌으로 간다. 창문 옆에 엉거주춤하게 서 있다가 다시 식탁에 앉는다. 허리를 둥글게 만 채로 앉는다. 배를 움켜쥐고 앉는다. 이런 자세는 무엇이라 해야 할까. 모든 자세가 편하지 않다는 것은 모든 부위가 아픔에 시달리고 있다는 뜻이다. 아픔이 심해지면 몽롱해진다. 모든 아픔은 밤에 더욱 선명해진다. 어둠 가운데 구부정하게 구부린 채 이 방, 저 방 헤매는 내 모습은 어디로 갈지 몰라 허덕이는 내 삶의 그것이 아닐까. 불을 켜면 아픔이 더 선명해질 것 같다. 잠을 자야 하는데. 그래야 이 아픔을 조금이라도 잊을 텐데.

부엌은 길가로 면하고 있어 지나가는 차 소리가 들리고 거리의 빛들이 약하게 비쳐 든다. 처음 이 집을 보러 왔을 때 툭 터진 조망과 풍경에 대번 반했다. 창문을 열지 않았는데도 집 안은 몹시 시끄러웠고, 등이며 가구는 오래되어 낡고 벽지는 지저분했다. 오랫동안 살림을 안 살고 내버려둔 듯 바닥도 싱크대도 몹시 더러웠다. 돌아서는데, 마침 저녁나절이라 강변에 불이 들어왔다. 맑은 보석들이 일제히 빛나는, 시 속의 풍경이 단숨에 펼쳐졌다. 시끄러움도, 더러움도 뇌리에서 사라졌고 덜컥 계약을 해 버렸다. 전망, 그 호사스러움이라니.

산 쪽으로 면한 아들 방에서는 차 소리가 들리지 않는다.

"내 방이 식구들 공용이 되었네."

첫 휴가 나온 아들은 투덜거렸으나 그것으로 끝이었다. 몇 시일까? 아플 때는 새벽을 기다리게 된다. 빛이 모든 것을 해결해 주는 양 시계만 쳐다보게 된다. 1시 30분, 시계를 몇 번 쳐다보았더라. 온몸을 휘젓고 다니는 아픔은 갈수록 더 심해지지만 시간은 나와는 상관없다는 듯 도무지 흐르지 않는다. 이렇게 밤을 새야 하나. 7시는 되어야 환해질 텐데. 그때까지 이렇게 아플 생각을 하니 끔찍하다. 딸의 방으로 간다. 방문 틈으로 빛이 흘러나오고 있다. 아이는 지금 모니터 앞에 붙어 그림을 그리고 있을 것이다. 문을 두드린다.

"유니야."

바로 대답이 흘러나온다.

"왜?"

예상대로다. 아이는 자지 않고 있다. 문이 열리고 부스스한 딸이 모습을 드러낸다.

"엄마랑 운동장 가자. 너무 아파서 잘 수가 없어. 좀 걸으면 잘 수 있을 것 같아."

헐떡이며 말하자, 딸은 얼른 겉옷을 걸쳐 입고 나온다. 운동화를 신는 일도 어려워 한참 꾸물거린다. 참을성 있게 기다리던 딸이 문을 열고 나를 일으켜 세워 잡아끈다. 춥다. 아직은 3월, 털옷을 입었어도 춥다. 노들역 4번 출구, 에스컬레이터를 타고 내려간다. 지하보도에 가득한 냉기가 옷 속으로 자꾸만 파고든다. 아무도 없는 지하도를 거쳐 건너편 공원으로 올라선다.

공원 나무들에 봉오리가 맺혀 있다. 저 봉오리들은 언제 필까? 그때까지 살아 있겠지? '살아 있겠지'라니……. 죽음이 이렇게 가까이 다가온 적은 없는 것 같다. 한 걸음만 내딛으면 바로 죽음으로 떨어질 것 같다. 이윽고 운동장에 닿는다. 모래와 흙이 뒤섞인 운동장을 한 걸음, 한 걸음 걷는다. 한 발 내딛는 것이 세상에서 가장 중요한 일인 양 걷는다. 흙 알갱이들, 모래알들이 운동화 밑에서 서걱거리는 소리를 낸다. 숨은 벅차오르고 허리는 여전히 비명을 지르며 다리는 허공을 내딛는 듯 흔들린다. 가로등 불빛만이 나와 딸을 지켜보고 있다.

내 팔을 잡은 손, 딸의 손이 든든하다. 이 손이 있는 한 나는 지지 않으리라. 고통이 아무리 거세게 밀려와도 지지 않으리라.

5   하마터면 울 뻔했다

항암치료 일주일째, 눈을 뜨자마자 제일 먼저 느낀 것, 고통이 사라졌다. 몸은 온통 땀으로 흠뻑 젖어 있지만 그토록 괴롭히던 두통, 모든 냄새에 도리질하게 만들던 고통, 무어라 말할 수 없는 내부의 고통이 사라졌음이 확연히 느껴진다. 아직 입맛은 소태처럼 쓰고 기운이 없어 벌벌 떨리지만, 고통의 여파로 수술 자국 저마다 아프다고 부르짖지만, 중요한 것은 그 극악한 고통이 사라졌다는 사실.

백혈구 주사가 한 번 더 남았다. 부디 이 상태가 지속되기를.

고통

6

이런 친구 또 있을까?
느닷없이 밀어닥쳐
숨 돌릴 틈 없이
가슴과 배, 손과 다리, 머리를 틀어쥔다.
단 한 군데도 빼놓지 않고 흔들다가
견딤에 지쳐
온몸을 내어준
그 다음날
비로소
한 쉼의 파도를 내준다.

꿀맛 같아라

잘 수 있으니

꿀맛 같아라

먹을 수 있으니

아아, 부드럽기도 해라

바람이여, 시간이여, 삶이여, 꽃이여, 비여, 햇빛이여

꽃망울 터지는 봄

내 몸은 친구가 허한 순간의 기쁨으로 활짝 열렸다.

타조　　　　　　　　　　　　　　　　　7

　의사는 한 달 동안 목욕하지 말라고 했다. 수술 상처가 덧날까 봐 조심하라는 것이었지만, 내게는 그 말이 구원처럼 들렸다.

　여자가 가슴을 잃는다는 것의 의미. 수술 전 의사는 여성으로서의 정체성 상실 운운하며 복원수술을 언급했으나, 두 개의 대수술을 목전에 둔 나는 빠른 회복을 택했다. 심장 수술이 남아 있다는 핑계도 있었지만, 열 시간이나 되는 긴 시간 동안 의식을 잃는다는 것이 지독히 두려웠다. 여성성보다는 생명을 택한, 그때의 그 용감함은 어디로 갔을까.

　드레싱 받으러 다니는 동안에도 가슴을 보지 않았다. 간호사와 인턴들이 드레싱을 해 주고 가슴에 박힌 스테이플러의 철침을 빼

주었다. 스테이플러로 수술 상처를 봉합한다는 것도 새로 알게 된 사실이다. 철침은 1센티미터가 넘을 정도로 컸고 잘 빠지지 않았다. 수술한 자리를 봉합한 철침이 몇 개인지 모른다. 바라볼 용기가 없으니 세어 볼 용기는 더더욱 없었다. 한동안 애를 먹던 인턴은 집게 비슷한 도구를 가져와 철침을 뺐다. 집게라니. 보는 순간 서늘함이 가슴을 훑고 내려갔다. 그러나 인턴이 철침을 빼는 동안 조금도 아픔을 느끼지 못했고, 그 사실 역시 충격이었다. 가슴에서 감각이 완전히 사라진 것이다.

그동안 자면서 땀을 너무 많이 흘려, 마침내 샤워를 하지 않을 수 없는 지경에 이르렀다. 무언가 달라붙은 것 같은 느낌이 묵직하게 내리눌렀다. 참을 수 없는 이 느낌은 물이 아니면 해결할 수 없다. 무슨 일이 있어도 샤워를 해야 했다. 샤워를 하면 가슴을 보지 않을 수 없겠지. 아니 거울을 보지 않으면 된다. 첫 번째 샤워는 딸이 시켜 주었다. 샤워기 밑에 쪼그리고 앉아 딸에게 몸을 내맡겼다.

일주일이 지난 오늘, 몸은 다시 땀으로 범벅이 되었다. 샤워를 하기로 마음먹는다. 망설이다가 보일러 온수 스위치를 올리고, 조심스럽게 옷을 벗는다. 크고 헐렁한 아들 셔츠는 입고 벗기 편하지만, 내복은 아무래도 힘들다. 림프절을 제거한 오른쪽 소매를 빼는 게 특히 힘들다. 뒷동산에 올라가 팔 올리기 운동을 수없이 하고, 집에서도 틈만 나면 운동을 하지만 예전처럼 자유롭게 사용하기란 요원할 듯싶다. 어쩔 수 없이 딸에게 도움을 요청한다. 딸은 아무 소리 없이 셔츠의 오른쪽 소매를 빼고, 내복을 벗긴다. 오른쪽 팔을 들어

올리기가 아무래도 힘들다.

"아, 아프다."

내 마음 같지 않다. 나는 아픈 부위를 정확히 아니까 무의식중에 그 부위가 아프지 않도록 몸을 움직이지만 타인은 그렇지 않다. 한 번 더 소리를 지른다. 진땀이 삐질삐질 난다. 머리 위로 내복이 올라가고 이윽고 소매가 빠져나간다.

안방 화장실 스위치를 눌러 불을 켜고 문을 연다. 칠이 벗겨진 흰 문턱, 자주색 타일 바닥, 흰 변기, 그리고 그 위, 거울 속에 보이는 가슴, 그곳은 더 이상 불룩하지 않다. 15센티미터쯤 되는 생생한 붉은 줄이 대각선으로 오른쪽 가슴을 가로지르고 있다. 나도 모르게 눈을 감는다. 숨을 들이쉬고 다시 눈을 뜬다.

저 모습, 갈비뼈가 선연하게 드러나 뼈 사이에 고랑이 움푹하게 패어 있다. 가슴과 어깨가 맞닿는, 가슴이 시작되다가 만 그 지점이 솟아올라 있어 몹시 부자연스럽다. 겨드랑이 밑, 등으로 가는 뒤쪽은 부어 있어 아직 그 속의 것이 덜 빠진 느낌이 난다. 누르면 액체가 출렁이는 듯 말랑거린다.

'차차 좋아지겠지, 좋아질 거야.'

중얼거리고 있는데, 저 안 깊숙한 곳에서 서늘한, 몹시 서늘한 떨림이 올라온다. 칼로 베인 듯한 느낌, 이 섬뜩함. 영원히 없어진 그것, 있던 것이 없다는 사실.

8   세상이 환하다

"아!"

나도 모르게 탄성을 내질렀다. 그물 벽을 뚫고 피어난 개나리가 눈부실 지경이다. 저 작고 초라한 꽃들이 어떻게 저런 힘을 갖고 있는 것일까?

4월 3일 토요일, 나와 딸은 용산초등학교 옆길, 용산에서 삼각지로 가는 큰 도로 뒤쪽을 걷고 있는 중이다. 개나리는 그 길을 온통 환하게 만들고 있었다. 우리는 학교에서 온 참이었다.

종시를 치렀다. 아침 9시, 남편이 모는 차 뒷좌석에 누워 학교에 갔고, 딸에게 시험장 밖에서 지키고 있다가 쓰러지거든 119를 불러 달라고 부탁했다. 시험장에서 성은을 만났다. 나보다 한 학기 먼저 박사과정을 수료한 그녀 역시 종시를 보러 왔다. 안산에서 아침 일찍 올라오느라 식사를 걸렀던 모양이다. 그녀는 따뜻한 두유를 쥐고 있다가 나와 딸에게 건네주었다.

항암주사를 맞고 일주일 반, 이는 죄다 들떠 씹기 힘들었고 찬물을 마시면 이가 시렸다. 염증이 생겨 입안에서는 냄새가 났다. 다행히 체온은 35도에 머물렀고, 그 이상 올라가지 않았다.

그리고 오늘, 시험을 보고 나서 이 길을 걷고 있다. 시험이 끝난 뒤 남편은 사무실로 차를 몰았다. 남편이 그곳에서 내린 뒤 내가 운전대를 잡았다. 아무 문제없이 삼각지 고가도로 밑에서 유턴을 했다. 막 유턴을 했을 때 설렁탕집이 눈에 띄었다. 문득 입안에 침이 감돌았다. 그래서 지금 딸과 나는 그 설렁탕집에 가는 중이다. 멀리 떨어진 용산소방서 앞에 차를 세워 두고, 천천히 걸으면서 눈부신 봄날을 만끽하고 있다.

생은 어디서든 환한 웃음을 보여 준다. 찾으려만 든다면.

9   머리칼이 빠지다

엊그제부터 머리칼이 빠지기 시작했다. 며칠 전부터 두피가 몹시 아프더니 드디어 빠지기 시작한 것이다. 그동안 혹시나 하는 기대가 없지 않았다. 어쩌면 탈모가 나를 비켜 갈 수도 있으리라고 생각했다. 그 바람은 채워지지 않았다. 머리칼이 뭉텅뭉텅, 술술 너무 쉽게 빠진다.

빨간 약, 아드리아마이신을 맞은 지 정확히 3주째에 접어든다. 악마와 같은 그 약의 부작용은 그야말로 머리끝에서부터 발끝까지 온몸에 걸쳐 일어난다. 아주 조금 자란 발톱이 옆 피부에 스쳐 대번에 피가 났다. 뒷동산을 걷다가 발이 아파 신발을 벗어 보니 1밀리미터나 될까 싶은 그 발톱이 스쳐서 상처가 났다. 손톱 발톱이 꺾어지고 찢길 것이라더니, 정말 그렇게 꺾어지고 찢어졌다.

그 정도에 그친다면 얼마나 좋을까. 뼈가 아플 거라던 말대로 온몸이 녹아드는 듯한 고통이 밀려온다. 허리에서 시작된 그 고통은 백혈구 주사를 맞고 나서 이내 시작되었고 열흘 정도 지나서야 비로소 가라앉았다. 피부는 시커멓게 변하고 얼굴과 몸 이곳저곳에 발진이 생겼다. 피부는 나무껍질처럼 벗겨지고 또 벗겨진다. 몸의 내부에서 밀려오는 고통은 온몸 구석구석 미치지 않는 곳이 없다.

토하고 나서는 냄새를 안 맡으려고 늘 창문을 열어 놓았다. 남편은 공기청정기를 사서 밤낮으로 틀어 놓았다. 먹고 싶은 음식이 아예 없어 딸기, 토마토 같은 과일만 먹었다. 먹을 수 있는 모든 것을 차갑게 해서 먹었다. 식성도 변덕스럽다. 퇴원하고 나서는 차가운 음식은 입에도 댈 수 없더니, 아드리아마이신을 맞고 나서는 모든 더운 음식과 냄새에 구역질이 일어났다. 생길 거라던 변비도 어김없이 찾아왔고, 두통 때문에 책 읽기도 힘들어 아예 책을 놓아 버렸다. 아픔이라고 일컬을 수 있는 모든 증상이 항암주사 부작용으로 나타났다.

그나마 좋은 일은 2주간의 끈질긴 노력 끝에 팔을 올리는 데 성공한 것. 퇴원 무렵에는 15도 정도밖에 올릴 수 없었으나 엊그제 드디어 만세를 할 수 있게 되었다. 틈만 나면 올라가지 않는 팔을 올리느라 많이도 힘들었다. 얼마나 자랑스러웠는지 딸을 불러 보여 주었다. 퇴근한 남편에게도 자랑했다. 어린아이가 된 기분이다. 누구나 할 수 있는 만세를 할 수 있다고 자랑하는 어른이라니.

여전히 몹시 아프다. 팔을 들면 겨드랑이와 가슴 근육이 찢어지게 아프다. 겨드랑이 쪽 피부는 아예 감각이 죽은 모양이다. 내 피부가 아니라 돌덩이처럼 느껴진다. 아침에 일어나면 어깨가 떨어져 나가는 것처럼 아픈 것은 여전하다. 방사선과 의사가 팔을 만세를 할 정도로 올리지 못하면 치료를 할 수 없을 것이라고 엄포(?)를 놓은 것이 먹혀들었다. 그의 말을 들은 다음부터 아픔을 참고 운동을 했으니까.

딸이 모자를 사다 주었다. 머리칼은 손만 닿아도 빠진다. 온 집안이 내 머리칼로 뒤덮일까 봐 잘 때도 모자를 쓰고 잔다. 그래도 아침에 일어나 보면 베개가 온통 머리카락투성이다. 머리를 박박 밀어야 하나? 가발을 사야 할까. 오늘은 심장 초음파 검사를 하러 간다. 아무 일도 없어야 할 텐데.

나를 울리는 사람들　　　　　　　　10

　지도교수님이 메일을 보내오셨다. 그분의 메일을 읽으면 늘 울컥한다. 지난번에도 쏟아지는 눈물을 주체할 수 없었다. 메일뿐 아니다. 가끔 문자로 평소 당신 모습과 도무지 어울리지 않는 글을 보내오신다. 한 번은 문자로 "잘 있음둥?" 하셔서 웃음이 빵 터졌다. "장하다, 연아 금메달! 이 선생 병도 금메달로 낫기를!"이란 문자도 보내 주셨다.

　처음 뵈었을 때 교수님 인상은 몹시 엄격해 보였다. 까다롭고 철저히 객관적이라 사정 봐주는 법이 없다는 소문이 학생들 사이에서 돌았다. 무엇보다 그분 강의를 처음 들었던 학부생 때의 기억이 머릿속에 강하게 남아 있었다. 젊은 시절 교수님의 목소리는 칼날 같았고, 그 목소리처럼 매사에 대단히 엄격하셨다. 5분 늦으면 강의실에 입장할 수 없었고 리포트도 받아 주지 않으셨다. 어떤 이유도 받아들이지 않으셨다.

몇 십 년 흘렀지만 학생들과 사적인 관계는 도통 맺지 않으신다고 했다. 지금도 대부분의 학생들은 교수님 앞에서 얼어붙어 제대로 말도 꺼내지 못한다. 예전보다 눈빛은 많이 부드러워졌지만, 몸에 밴 카리스마는 여전히 대단해 말 이전에 분위기로 압도하는 것이다. 워낙 엄격해 받아들인 제자가 손에 꼽을 정도라고 해서, 그분 밑으로 들어가려 할 때 과연 나를 받아 주실지 걱정도 많이 되었다.

그러나 교수님의 엄격함은 공적인 부분에 해당될 뿐이었다. 미처 몰랐던 그분의 마음을 교수님께서 써 주신 추천서를 보고 알게 되었다. 가끔 용기를 잃을 때 그 추천서를 보며 용기를 얻곤 했다. 그분은 나의 평소 태도를 객관적으로 적었을 뿐인데, 가능성을 믿어 주신 그 마음이 눈물이 쏟아질 정도로 고마웠다.

병원에서 검사를 기다리고 있을 때 교수님으로부터 문자가 왔다. 병원이라고 답했더니 당신께서 오겠다고 하셨다. 주차장에 자리가 없어서 문밖에서 기다리고 계시던 교수님. 주차 요원이 끊임없이 잔소리를 하는 그곳에서 어떻게 기다리고 계셨는지 모르겠다.

그날 간 곳은 일식집이었다. 수술 받은 제자를 아끼는 마음은 주차장에서도 드러났다. 바람이 몹시 불어 추운 그날, 나를 먼저 올려 보내셨던 것이다. 음식을 먹다가 새우튀김이 나왔다.

"이 선생, 나는 새우튀김 안 먹어. 옛날에는 무척 좋아했는데 의

188

사가 나한테는 좋지 않다며 먹지 말라지 뭐야. 이 선생 새우튀김 좋아하면 내 것까지 다 먹어."

"좋아하는 것을 못 드시면 서운하지 않으세요?"

"아니, 나는 좋아하는 것이 많아. 다른 좋아하는 걸 먹으면 돼."

좋아하는 것이 많다. 그러니 굳이 이것에 연연할 필요가 없다. 좋아하는 다른 것을 먹으면 된다. 그 말씀이 마음에 와 닿았다. 좋아하는 일이 많다. 지금은 좋아하는 이 일을 하고 있다. 이 일을 할 수 없게 되면 좋아하는 다른 일을 찾으면 된다. 교수님은 무심히 말씀하셨지만 그 말이 가슴에 깊이 남았다. 지금 좋아하는 일을 못하고 있지만 다른 좋아하는 일을 하고 있지 않은가.

교수님은 호주 출장길에 사온 코알라 인형과 로열젤리를 건네주시며 말씀하셨다.

"이 선생이 웃을 수 있는 게 뭘까 생각했지. 이 인형을 보면 웃을 거 같았어. 한약을 지어 주고 싶었는데 의사가 안 된다고 해서 많이 생각해 봤어. 예전에 학교에서 600주년 기념행사를 맡았을 때 너무 힘들었어. 피곤이 얼굴로 나타났던가 봐. 그때 총장님이 내게 로열젤리를 한 알 주시는 거야. 그걸 먹으니 몸이 금방 나았어. 그 생각이 나서 이 선생 주려고 사 왔어."

2박 3일의 짧은 출장, 그 바쁜 와중에도 나를 생각하시다니……

11

밥

밥을 먹기 시작했다.
하루 한 끼.
어제 저녁부터
된장국 한 그릇.
먹을 수 있다는 게
얼마나 고마운지.

삭발   12

고개를 든다. 욕조 바닥이 새까맣다. 내 머리카락이다. 머리를
만진다. 머리 앞부분이 민둥하다. 거울을 보기 두렵다. 머리카락이
절반쯤 빠져나간 모습을 견디기 힘들다. 거울을 보지 않은 채 결정
을 내린다.

그래! 빠지는 것보다 자르는 것이 낫다. 빠진다는 것은 수동적으
로 받아들이는 것이지만, 자른다는 것은 능동적으로 내가 하는 행
위니까. 내가 하는 행위는 내 의지의 작용이다. 내 의지로 하는 행
위라면 내가 주도권을 쥐고 있으니 훨씬 견디기 쉽다. 아니, 내가
해내는 것이므로 받아들이기 쉽다. 딸을 불렀다.

"엄마 머리 좀 잘라 줘."

아이는 말없이 가위를 가져온다.

"여기서 자르면 추울 거야. 방에서 잘라 줘."

침대 끝에 엎드려 머리를 내민다. 바닥에 신문지를 깔고 아이가 머리를 자른다. 사각사각. 머리칼이 신문지 위로 떨어진다.

거울 속에 낯선 내가 있다. 덜컹 가슴이 내려앉는, 도무지 익숙해지지 않는 저 모습은 아무리 보아도 나 같지 않다. 거울에 비친 옆모습과 뒷모습을 바라본다. 한 번도 보지 못했던 모습의 내가 거기 있다. 의외로 뒤통수는 납작하지 않지만 예쁘지도 않다. 애써 밝은 표정을 끌어올리고 나와 딸에게 묻는다.

"엄마, 스님 같지 않니?"

딸은 말이 없다.

"왜, 엄마 멋지잖아. 지금 아니면 언제 이렇게 삭발해 보겠니."

부작용　　　　　　　　　　　13

4월 13일, 두 번째 항암주사를 맞은 뒤 식욕을 회복하기까지 딱 일주일이 걸렸다. 먹기만 해도 살 것 같았는데 이제는 아픔에 시달린다. 수술한 지 두 달이 지났는데도 수술한 곳이 아프다. 팔은 이제 자유자재로 잘 움직인다. 만세는 쉽게 하고 풍차 돌리기도 곧잘 하지만 겨드랑이에 딱딱한 골판지를 넣은 것 같은 느낌은 여전하다. 요 며칠 동안 유난히 아파서 짜증이 났다. 오늘 아침, 잠이 덜 깨었는데도 꽈배기 꼬듯 꽈악 조여드는 느낌에 울고 싶기도 했고 화를 내고 싶기도 했다. 문득 거꾸로 해보면 오히려 낫지 않을까 하는 생각이 들었다. 아픈 쪽 팔을 힘껏 뻗어 풍차 돌리듯 돌렸다. 아픔이 훨씬 덜하다.

밤마다 몇 번씩 속옷을 갈아입어야 할 정도로 흐르던 땀이 줄어 몸이 많이 회복되었나 싶었는데, 어젯밤 다시 땀에 흠뻑 젖었다. 수시로 열기가 느껴지고 그때마다 땀이 쏟아진다. 허리 통증도 계속되고 있다. 겨우 두 번 항암주사를 맞았을 뿐인데, 얼굴과 손이 한여름 내내 땡볕 아래서 김을 맨 농사꾼처럼 시커멓다.

무엇보다 괴로운 것은 구내염과 잇몸 통증이다. 잇몸 속에 바람이 든 것처럼 속절없이 아프고 아주 작은 자극에도 피가 나기 일쑤다. 치실을 사용하면 피가 묻어 나온다. 몸을 움직일 때마다 뚝뚝 소리가 나고 손가락에서도 뚝뚝 소리가 난다. 온몸의 윤활액이 말라 버린 모양이다. 신경을 쓰지 않으려 해도 관절 통증이 오면 어쩔 수 없이 신경이 쓰인다. 다리 움직이기는 왜 그렇게 힘들담.

구토는 많이 하지 않았다. 의사가 처방해 준 구토 억제제와 식욕 촉진제는 절반가량 그대로 남아 있다. 머리에 불긋불긋 발진이 났다가 사라지기를 되풀이한다. 머리칼이 없으니 속이 환히 들여다보인다. 그동안 제대로 먹을 수 있는 것만도 감사했는데, 이제는 먹을거리 챙기는 것도 지친다. 대머리라서 더 움직이기 싫다. 남들 눈보다도 나 자신이 싫다. 모자를 써도 소용없다. 모자는 머리카락이 있을 때 써야 예쁜 법. 모자를 써도 머리칼이 없다는 것이 훤하게 드러난다.

좋은 점이 있다면, 대머리가 된 뒤 아주 부드러운 바람도 놓치지 않게 되었다는 것. 내가 움직일 때 얼마나 많은 바람이 이는지, 바람의 방향이 제각각 느껴진다. 하지만 공부도 못하고 책을 읽어도 도움이 되지 않으니 계속 우울하다.

공허한 위로　　　　　　　14

　왜 암에 걸린 걸 몰랐냐고 묻는 사람들이 있다. 정기검사 꼬박꼬박 다 했고, 아파서 병원에 갔고, 왜 아픈지 검사하느라 여기저기 돌아다녔다고 설명을 해도 여전히 왜 몰랐냐고 묻는다. 병원에서 이런저런 검사를 받았노라고 하면 왜 그따위 병원에 갔냐고 한다. 지친다. 이젠 화가 나서 쏴 주고 싶다. 당신은 당신 몸 구석구석을 다 알고 있느냐고. 심지어 내 앞에서 자랑 아닌 자랑을 하는 이들도 있다. 내가 아픈 걸 보고 겁이 나서 검사했더니 자기는 정상이더라고. 그래서 어쩌라고?

　무력감에 빠진 나에게 밥도 못하고 돈도 못 벌면서 삐쳐 있느냐고 말하는 이도 있다. 생각나는 대로 마구 말하는 사람들이 정말로 있다. 하긴 하나님의 징벌이라고 말한 사람도 있었으니까. 이런 수술을 받았다고 하면 다른 수술이 더 좋다고 말한다. 이 수술과 저 수술이 어째서 다르고, 내 상태는 이래서 이 수술을 해야 했다고 설명해 주어야 한다.

그들은 결과만 안다. 모든 일은 결과가 나오기 전에는 불확실하다. 악성 종양과 양성 종양은 종이 한 장, 머리칼 한 오리 차이다. 악성으로, 암으로 발전할 거라고 누가 미리 알 수 있겠는가. 그들은 이미 암이 되어서 발견된 다음, 진단 결과를 듣고 나에게 왜 그걸 몰랐냐고 다그치며 훈수를 둔다. 결과가 나온 뒤, 수술을 받은 뒤, 책 한 권도 읽지 않고 와서 '카더라' 이야기들을 풀어 놓는 사람들, 자기가 들은 단편적인 정보가 최고인 양 떠들어 대는 사람들.

식이요법을 하라는 소리도 질리게 들었다. 텔레비전에서 한 번 본 식이요법이 만병통치약인 양 말한다. 그들에게 의사는 믿을 수 없는 존재다. 항암요법을 하는 이유와 그 힘든 과정에 대해서 아무것도 모르면서 무조건 식이요법을 들이댄다. 어느 곳에서 하는 프로그램이 좋으니 가 보라고 강요한다.

그들은 그런 말을 위로라고 하는 걸까? 그런 사람들에게는 대체 어떤 식으로 대꾸를 해 주어야 하는 걸까?

무사히 맞게 하소서   15

세 번째 항암주사를 맞으러 간다. 불안과 기대가 범벅된다. 무사히 주사를 맞게 해 달라고 기도하는 마음이 있는 한편, 맞고 싶지 않은 마음도 있다. 고통은 몸에 새겨지는 법. 그간 겪은 고통이 도망하고 싶게 만든다. 그러면서도 백혈구 수치가 낮아 항암주사를 못 맞게 되면 어쩌나 하는 두려움이 항암주사를 갈망하게 만든다.

주사를 맞고 나면 내 몸은 또 어떤 변화를 보일까. 내 식욕은 또 어떤 변덕을 부릴까. 먹지도 자지도 못할 때는, 그저 먹게만 해 달라고 자게만 해 달라고 기도하게 된다. 먹고 잘 수 있게 되면 언제 예전으로 돌아갈 수 있을지 생각하게 된다. 겨울이면 봄을 그리워하듯, 더 나은 것을 간구하게 되는 것이 인간의 심리일 것이다.

지금 산은 초록이 한창이다. 어제 저녁나절 올라가 본 뒷동산은 향으로 그득했다. 수술 받은 뒤 처음 산에 올랐을 때는 매화 향이 흘러내렸다. 그때 5분 거리를 30여 분 동안 올라갔다. 휴가를 나온 아들이 내 팔을 붙잡아 주었고, 다음날에는 딸이 잡아 주었다. 한 걸음 걷고 쉬고 또 한 걸음 걷고 쉬는 그 걸음이 몹시도 답답했을 텐데 고맙게도 아무도 그런 내색은 하지 않았다. 뒤이어 산수유가 피었고 개나리꽃, 벚꽃이 차례로 피어 산을 온통 환하게 만들었다. 비가 몇 번 내린 뒤에는 온통 꽃길이 되어 비단 위를 걷는 느낌이었다. 이제는 철쭉이 사방에서 벙글거리느라 야단스럽다.

어제는 초록 잎들이 앞을 가로막는 듯한 느낌을 받았다. 나무마다 초록 잎사귀를 내밀어 초록 장막이 드리워진 것이다. 산은 볼 때마다 새롭다. 나무들이 내미는 초록 잎이 시야를 가리듯, 삶에서도 위기를 만날 때마다 앞이 막힌 듯한 느낌을 받는다. 하지만 나뭇잎은 강한 생명력의 징조, 꽃을 피우고 열매를 맺기 위한 준비가 아닌가. 위기 또한 새 삶을 만드는 징조, 고통을 겪고 피어나라는 표상이다. 우리는 누구나 자신을 변화시킬 의무와 권리가 있다.

고난에는 반드시 의미가 있다. 내가 겪는 고난은 내 삶을 풍성하게 만들기 위한 위기일 것이다. 항암주사를 맞는 사람들은 갈수록 힘들다고 하는 사람과 갈수록 수월하다는 사람, 두 부류로 나뉜다. 나는 어느 쪽일까?

오늘 항암주사를 무사히 맞게 하소서. 고통 없이, 부작용이 많이 나타나지 않도록 하소서. 수월하게 건너가도록 하소서.

산처럼   16

세 번째 항암주사를 맞고 이틀째, 남편의 권유대로 산에 오른다.
집에 있으면 더 아프다. 아픔만 마주하고 있으면 신경이 곤두서고
기운이 빠진다. 아픔은 변하지 않는 것, 들여다보고 있어도 뾰족한
수는 없다. 주의를 밖으로 돌리는 편이 한결 낫다. 일찌감치 집에서
나와 장작불 설렁탕으로 아침을 먹는다. 뜨거운 설렁탕을 땀 한 방
울 흘리지 않고 먹는다. 못 먹을 줄 알았는데 의외로 먹히는 것이
다행이다.

산마다 키워 내는 식물이 다르다. 사람마다 좋아하는 것이 다르
듯, 기후와 위치와 산을 이루고 있는 흙의 성분이 다르기에 그럴 것
이다. 품고 있는 기운이야 말할 것도 없고.

오늘 갔다 온 예봉산, 갑산에는 유달리 양지꽃이 많았다. 제비꽃은 워낙 흔하다. 애기똥풀이 지천으로 눈에 띠었고 노란 괴불주머니, 현호색도 있었지만 개별꽃이 특히 많았다. 예봉산과 갑산이 갈라지는 갈림길에서 갑산 정상으로 향하는 비탈길은 유달리 급하다. 헉헉대며 오르다 보면 지천으로 피어 있는 꽃이 바로 개별꽃이다. 신갈나무 군락지에서 잘 자란다는 개별꽃은 별꽃보다 키도 크고 꽃도 큰 덕분에 나무 그늘인 주변이 환하다. 그래 봤자 땅에서 몇 센티미터지만 말이다. 어디 그뿐이랴. 드물기는 하지만 각시붓꽃도 볼 수 있다. 키가 작아 몸을 구부리고 고개를 땅에 거의 갖다 대고 보아야 하는 꽃. 진보랏빛 각시붓꽃은 등산로에 피어 행여 오가는 발에 치일세라 안타깝다. 다른 곳은 진작 벚꽃이 졌지만 갑산 등산로 주변에는 이제 벚꽃이 피어 있다. 철쭉도 지천이다. 철쭉 빛깔이 유달리 연해 딸이 고개를 갸웃거린다.

갑산 정상은 해발 545미터. 바람이 기분 좋을 정도로 불어온다. 차지도 덥지도 않은 바람. 정상 같지도 않은 정상에 앉아 쉬는데 벌들이 귓전에서 윙윙거린다. 더운 날씨 때문일 것이다. 날벌레들이 어찌나 많은지 손을 휘저어 쫓느라 애를 먹었고 오르내리느라 땀에 흠뻑 젖었다. 정상 근처 헬리콥터 이착륙장 주변에 나무를 캐간 흔적을 보니 가슴이 저렸다. 흰 비닐 끈으로 표시해 놓은 가지 앞에는 영락없이 구덩이가 패어 있었고 구덩이 안에는 잘려 나간 실뿌리들이 허리를 뒤틀고 있었다.

산을 오르는 길, 내려오는 길은 힘들다. 저 앞에서 먼저 가는 딸을 뒤따라가느라 헉헉댄다. 결코 빠른 걸음이 아닌데도 아이는 금세 멀어져 간다. 다리도 아프고 허리도 아파 한 걸음 떼기가 버겁지만 그래도 포기하지 않는다. 그만두고 싶은 마음이 굴뚝같아도 그만두지 않는다. 양쪽 손이 퉁퉁 부었다. 다리는 더하겠지.

더워서 연방 모자를 벗었다 썼다 하다가 나중에는 '에라 모르겠다' 하고 대머리를 훤히 드러낸 채로 내려왔다. 아무도 쳐다보지 않는다. 드러낸 순간 내 대머리는 당연한 것이 된 모양이다. 호기심이 일더라도 표현하기 어렵겠지. 언제나 문제는 내 안에 있다. 나를 극복하는 것이 가장 큰일이다. 내 대머리를 가장 보기 힘들어하는 사람은 나다.

산이나 사람이나 저마다 품는 것이 다르다. 그렇게 보면 산과 사람의 일생은 크게 다를 바 없는 것 같다. 큰 산은 큰 산대로 작은 산은 작은 산대로, 비를 이기고 눈을 이기며 오가는 이들을 품는다. 찾아오는 생명들을 오롯이 피워내 또 다른 생명들에게 먹이를 주고 기쁨을 준다. 산은 상처를 입어도 제 할 일을 놓는 법이 없다. 등허리가 잘려 나가도, 허리가 깎여 제 모습이 없어져도, 한 뼘이라도 남아 있는 한 철따라 풀과 꽃과 나무를 피워내고 다독이며 벌레와 짐승을 키우며 찾는 사람들을 품는다.

나는 아픈 산이다. 내 안의 무언가는 나를 파고든 암 때문에 부서지고 파내어지고 결국은 죽었으나, 남은 부분들은 온전한 상태로 살아남기 위해 몸부림친다. 나의 뿌리는 깊다. 병든 것들을 걷어 냈으니 나의 몸은 갈등과 투쟁을 거쳐 온전한 상태로 회복될 것이다.

별다를 것 없는 삶이라 할지라도, 다른 이보다 하잘것없는 삶이라 할지라도, 그 안에서 피고 지는 삶은 여전히 아름다운 것. 내가 겪는 일상도 내가 느끼는 계절도, 자연도, 여전히 아름다운 것. 철따라 다른 향을 풍기는, 여전히 의연한 산처럼 살고 싶다.

두려움 마주하기 17

학교에 갔다. 암 진단을 받은 뒤, 4월 3일 종시를 보러 갔을 때를 제외하고 '정상적인' 학교 행사에 참여한 것은 처음이다. '정상적인' 행사란 다른 사람들을 만나는 일, 가족이나 병과 관련된 사람이나 병원 종사자가 아닌 보통 세계 사람들을 만나는 일을 말하는 것이다.

일반 세계, 누구나 당연하게 여기는 그 세계의 사람들과 나는 이제 여러 모로 다르다. 보이지 않는 내부의 변화는 감출 수 있다 해도 외모의 변화는 어쩔 수가 없다. 첫째 머리칼이 없고, 둘째 몸집이 많이 불었다. 체력을 키워야 해서 많이 먹고, 피곤하면 안 되니까 움직이지 않은 결과다. 이런저런 연유로 인해 사람들을 만나는 것이 무척 꺼려졌다. 생각 없이 내뱉는 사람들의 말이 가슴을 찔렀다. 나는 그들을 만나는 것이 두려웠다.

　나뿐만 아니라 많은 유방암 환자들이 아프지 않은 사람들의 세계와 만나는 것을 두려워한다. 아파 보지 않은 사람들의 말이 비수가 되어 아픈 사람들을 찌른다.

　"왜 그렇게 까매? 해변가라도 갔다 왔어?" 이런 일상적인 인사말조차 상처가 되곤 한다. 항암제는 일종의 독이다. 그 독의 여파로 주사를 맞은 사람들은 피부가 까매지고 체모도 빠진다. 머리칼뿐만 아니라 눈썹까지 모두 빠지니 극히 가벼운 말에도 상처를 입곤 한다. 신체 변화는 시일이 지나면 회복된다지만 수술 상처는 그대로 남아 두고두고 마음을 아프게 한다. 상처는 의기소침해지는 또 다른 원인이 된다.

　그 외에도 치료 중에는 여러 가지 이유로 사람을 기피하게 된다. 부족한 인간이라는 우울증에 빠져 전화마저 피하게 되는데, 전화를 받지 않거나 문자에 답을 하지 않았다며 기분 나빠 하는 사람들도 있다. 암은 불치병이 아닌 난치병이라지만, 처음 암 선고를 받은 사람이 받는 충격은 이루 말할 수 없이 크다. 운이 좋아 초기 선고를 받는다 해도 최소한 5년은 치료를 받아야 하는 병이다. 나는 초기도 아닌 3기이니 더 말할 것도 없다. 전이될까 전전긍긍하며, 언제 재발할지 모른다는 두려움에 떨어야 하는 것.

　병은 사회 활동을 막아 버리고 스스로 쓸모없는 사람이라는 느낌이 들게 한다. 그 나락에 빠진 심정을 모르고 앓아 보지 않은 이들이, 문자에 답을 안 하고 전화를 안 받는다고 탓한다. 조금만 생각해 보면 이해할 수 있는 일일 텐데. 남이 어떤 처지에 있는지 조금도 생각하지 않는 바쁜 사람들, 정상인 사람들은 그리 탓하는 것이다.

게다가 환자가 활동을 멈춘 동안 그/그녀가 몸담고 있던 세계에서는 무수한 변화가 일어난다. 일상이 바쁜 만큼 변화의 폭도 크다. 환자들은 자신이 활동하던 때와 현재의 차이를 극복하는 것이 버겁게 느껴진다. 환자의 두려움은 자신의 변화를 느낌으로써 시작된다. 그 변화를 의식하지 않을 수 있다면 좋으련만, 그것은 불가능하다. 변화를 받아들이고 적응하는 수밖에 없다. 적응은 선택할 수 있다. 어쩔 수 없이 적응할 것인가, 기분 좋게 씩씩하게 적응할 것인가. 어차피 살아가는 내내 변하는 것이 삶이 아니던가.

우리는 죽기 직전까지 계속 변한다. 변화는 젊은 세대들만의 것이 아니며 외부적인 것만도 아니다. 변화는 온갖 방향에서 온갖 형태로 이루어진다. 살면서 고난을 겪은 사람은 깊어지고 커진다. 그 고난을 기분 좋게 받아들이거나 그 변화를 딛고 일어선 사람들이 성공한 사람들이다.

학교 행사는 간단한 것이었다. 주의사항과 앞으로의 계획을 듣느라 모두 바빴던 탓에 아무도 내게 신경을 쓰지 않았다. 물론 옆에 앉은 몇몇 사람은 내 변화를 눈치 챘을 테지만, 겉으로는 거의 티가 나지 않았을 것이다. 염려나 적의의 시선을 보내는 사람은 없었고 격려나 위로도 없었다. 다들 자기 일에 바빴다.

일상은 그렇다. 주어진 한 힘껏 살아야 하기에 남의 일에 신경 쓸 여가가 없다. 예전의 내가 그랬듯이. 아무도 나의 변화를 바라볼 만큼 한가하지 않다는 사실을 깨달을 때, 그들이 내게 주의를 기울이지 않는다는 사실을 인식할 때, 사람들을 만나는 두려움은 사라진다.

그럼에도 숙제는 남았다. 해야 할 일이 있다. 해야 할 일은 무력감에서 탈출하게 해 준다. 나를 일으켜 세워 준다. 해야 할 일, 그것이 일상의 좋은 점이자 또한 나쁜 점이다. 어떻게 조절하느냐에 따라 독이 되기도 하고 약이 되기도 한다. 조절할 수 있을 때 해야 할 일에 대한 두려움은 사라지고 변화에 대한 두려움 또한 사라진다.

항암주사 18

엊그제 채혈하고 엑스레이를 찍었다. 백혈구 수치를 검사해서 수치가 낮으면 항암주사를 맞을 수 없다. 정상 백혈구 수치가 6000~8000인데 4000 이하면 감염 위험이 높기 때문이다. 항암약은 암세포를 죽이는 독이다. 약 자체가 독성이 있어서 백혈구 수치가 낮으면 감염될 위험이 있다. 그래서 암 환자들은 항암주사를 제 날 짜에 맞을 수 있게 되기를 바란다. 적당한 체력이 있어야 항암주사도 맞을 수 있다.

주사를 맞는 것은 별일 아니다. 맞고 난 뒤가 큰일이다. 이 주사는 기운을 돋우기는커녕 고통, 참담한 고통을 준다. 그렇기에 몸 상태가 좋은, 온갖 반응이 정상일 때 주사를 맞을 수 있다. 주사를 맞으러 갔다가 백혈구 수치가 부족해 맞지 못하고 돌아서는 환자는 비참한 마음에 눈물을 왈칵 쏟기도 한다. 멀리 포항에서 차를 타고 올라온 한 여인은 여섯 시간 걸려 주사를 맞으러 왔는데 주사를 맞을 수 없다는 소리를 듣고 울면서 내려갔다고 했다.

그들은 항암주사가 암세포를 죽이리라고 믿는다. 나 역시 그렇게 믿는다. 수술로 없애지 못한 암세포들을 항암주사가 확실히 없애 줄 거라고, 나는 이 고통을 통해 새로 태어날 거라고.

두 번째 주사를 맞고 고통을 받던 그때, 이 방 저 방 떠돌던 그때, 머릿속에서 고통으로 내려가라는 소리가 들렸다. 고통 밑바닥까지 내려가라는 그 소리는 다시 태어나고픈 내 소망이었다. 답답한 내 삶을 모두 끊어 버리고 새로운 사람으로 다시 태어나고 싶다는, 언젠가 내 삶에 계기가 다가와 주리라는 소망이었다.

과연 고통은 심했다. 우는 것조차 벅차 소리 없이 눈물만 흘렸다. 이제 그만 아프고 싶어. 이렇게 살 바에는 그만 놓아 버리고 싶어. 그 밤, 끝없이 길던 그 밤. 어쩌면 독약은 항암주사가 아니라 내 안에 갇혀 살아온 내 삶이 아니었을까.

주사를 맞다 보면 혈관에도 문제가 생긴다. 한 번 주사를 꽂았던 곳에 다시 주사를 꽂을 수 없어서 매번 다른 곳을 찾아 주사를 꽂는다. 유난히 혈관이 약한 사람은 팔, 손등 할 것 없이 혈관이 나오는 곳을 찾아 헤맨다. 여기저기 찔러 보는데 당하는 환자는 너무 괴롭지만 어쩌랴. 간호사에게 몸을 내맡기는 수밖에. 다행히 나는 혈관이 좋은 편이라고 했다. 채혈도 쉽고 주사도 쉽게 꽂힌다는 소리다.

그처럼 고통스럽게 주사를 맞고 나면 또 다른 위험이 기다리고 있다. 항암제가 워낙 독한지라 조금이라도 새어 나오면 주위의 피부가 괴사할 수 있다. 간호사들은 피부 괴사에 관해 단단히 주의를 주었다. 피부가 까맣게 되면 즉각 이야기하라는, 그 어조가 어찌나 강한지 정신이 번쩍 들 정도였다. 그런 경험을 한 적도, 본 적도 없지만 피부 괴사라는 말에 가슴이 떨렸다. 묻는 것만으로도 피부가 죽어 버리다니, 독약과 다름없지 않은가. 그런 독약을 내 몸속에 집어넣다니. 내 혈관에 독약이 돌아다닌다니.

딸과 버스를 타고 병원에 갔다. 예약을 했는데도 사람이 많아 자리가 비기를 기다려야 했다. 이곳 간호사들은 환자를 세워 놓지 않는다. 아무리 환자가 많이 밀려도 의자에 앉아 있을 정도만 주사실에 받아들인다. 한 번 의자에 앉은 환자를 밀어내는 법은 없다. 달리 갈 데가 생길 때까지는. 미안한 마음에 '내가 비켜 드릴까요' 하고 물어도 괜찮다고 앉아 있으라 한다. 다음 환자가 기다리면 된다고. 나는 주사를 꽂은 상태이니 꽂기 전인 환자가 기다려야 한다는 것이다.

"많이 붐비네요. 환자가 많아져서 그런가, 간호사 선생님이 좋아서 그런가."

농을 했지만 굳은 표정의 간호사는 별다른 반응을 보이지 않는다.

"환자가 많아서 정신을 못 차리겠어요."

그럴 법도 하다. 항암주사가 아닌가. 조금이라도 잘못되면……. 주삿바늘이 들어갈 때는 조금 아팠다. 약을 집어넣을 때도 은근히 아파 내심 걱정했다. 바늘이 잘못 꽂히면 계속 아프기 때문이다. 다행히 자리를 잡고 앉자 아픔은 이내 멈추었다.

앞에 발을 올려놓을 수 있는 푹신한 안락의자에서 맞는 사람도 있고, 커튼이 둘러 쳐진 침대에서 맞는 사람도 있다. 의자에 앉아 주사를 맞는 이들은 그나마 건강한 편이고, 침대에 누워 맞는 이들은 상태가 심각하다는 뜻이다.

나는 여전히 창문 앞자리. 오늘 세 번째 아드리아마이신과 사이톡산, 구토 억제제를 맞았다. 이 주사를 맞고 나면 소변이 금세 빨간색이 된다. 자꾸 물을 마셔 주어야 한다.

오늘 주사는 한 시간도 걸리지 않았다. 40분 정도. 처음에는 1시간 반, 그리고 40분. 자꾸 줄어든다. 좋은 일이다. 주사를 맞고 일어서면 늘 어지럽다. 마치 둥둥 떠가는 기분. 어리버리한 상태에서 내 발에 치어 넘어질 뻔했다. 딸이 하는 소리를 자꾸 되물어 확인해야 하는 것을 보면 머릿속도 이상해지는 듯싶다.

잘 잔다   19

주사 맞은 지 이틀, 어제도 그제도 잠을 잘 잤다. 밥은 못 먹는다. 산책하고 들어왔을 때 밥 냄새에 비위가 온통 뒤집혀 한동안 고생했다. 과일은 먹는다. 저녁에는 수박 향이 코끝에 감돌아 견디지 못하고 수박을 사 왔다. 한 덩이에 2만 원, 너무 비싸다는 생각에 잠시 망설였다. 들락날락하다가 어쩌면 먹을 게 이거밖에 없을 텐데 싶어서 결국 샀다.

인터넷 유방암 환자 카페 여인들은 닭발을 고아 먹는다고들 한다. 닭발을 사다가 푹 고아서 그 물을 마신다는 것인데, 닭발이라니! 생각만 해도 속이 느글거려 토할 것 같다. 먹고 싶었던 만큼 수박은 맛있다. 딸이 화채를 만들어 고운 유리그릇에 담아 주어 더 맛

있다. 마치 입덧을 하는 것 같다.

　그래도 얼마나 고마운가. 신기할 정도로 몸 상태가 좋다. 아들 덕분인 듯싶다. 4월 21일 아들이 휴가를 나와 7박 8일 동안 집안에만 있었기에 아들 먹을 것을 해 주느라 이런저런 요리들을 했다. 아들이 고기를 좋아하니 고기를 자주 해 먹었고 그래서 나도 모르게 체력이 좋아진 것 아닐까. 부디 이런 상태가 지속되기를.

양구산 곰취   20

금요일에 학교에서 전화가 왔다. 서류를 급히 만들어서 제출해야 한다는 연락이었다. 바로 금요일이 마감이라니. 부탁해서 마감을 월요일 10시로 미루어 놓고 내가 주사를 맞는 동안 딸이 학교에 가서 서류를 받아 왔다. 조교가 또 전화를 했다. 일요일 오후까지 가져오란다. 오래 앉아 있기도 힘들거니와 오랜만에 집중하려니 머릿속이 둥둥 울린다.

일요일 오후 늦게 학교에 가서 조교를 만나고 왔다. 그동안 쉰 탓인지 문장이 엉망이다. 밤을 새워 고쳐서 월요일 아침에 전송했다. 그 일이 내 안의 어딘가를 건드렸던 모양이다. 잠을 자지 못하고 이틀 내내 엎치락뒤치락했다. 고통은 마치 손잡이 달린 나무뿌리 같다. 몸속 깊숙이 묻혀 있다가 무언가 손잡이를 건드리면 줄줄이 딸려 나와 온몸 전체를 헤집고 다닌다.

춥지만 따스한 음식도, 따뜻한 차도 싫다. 담요를 두 개 겹쳐 덮어도 추위가 가시지 않는다. 밥 냄새를 맡지 못해 남편이 밥통을 베란다에 내놓았다. 산책도 힘들어 뒷동산을 세 바퀴 도는 데 거의 한 시간이 걸렸다. 밤새 이 방 저 방 헤매다가 두터운 솜이불을 덮고 간신히 잠들었다. 새벽에 일어나 보니 하루 종일 얼음처럼 차갑던 몸이 정상으로 돌아와 있다.

오전 내내 아예 누워 지냈다. 예전의 그 상태, 몸이 반으로 접히고 턱없이 기운이 딸리면서 모든 냄새가 맡기 싫은 그 상태가 또 찾아왔다. 수박만 먹었다. 딸이 가져다 준 요구르트 한 컵을 마시고 다시 잠들었다. 텔레비전을 틀어 놓고 비몽사몽인 상태로 누워 있는데 벨소리가 울렸다. 택배가 왔다. 보낸 이의 이름을 보니 아들이다. 상자에 '곰취'라는 글씨가 선명하다. '양구에 오시면 10년이 젊어집니다.' 라는 낯익은 선전 글귀와 함께.

아들이 보내준 곰취는 진한 녹색에 크고 싱싱하다. 정말이지 신통방통하다. 이런 걸 어떻게 알았을까. 혼자 다 먹기에는 많을 것 같아 앞집과 나눈다.

"어머, 그 집 아들은 참 자상하네. 군대에서 이런 걸 다 보내고."

앞집 여자가 활짝 웃는 모습이 보기 좋다. 점심에 남편이 삶은 곰취를 한 장 집어 된장에 찍어 먹었다. 향이 입안에 감돈다. 그러나 그 한 장으로 끝. 더 먹을 수 없다. 부디 저녁에는 한 그릇 다 먹을 수 있기를.

구내염　　　　　　　　　　　21

부엌에서 달그락 소리가 들린다. 식탁 위에 포도와 사과가 있고 딸이 싱크대에서 무언가를 하는 중이다.

"포도는 엄마 줄려고 사온 거지?"

"응."

딸의 대답에 아주 당연하게 포도를 방 안으로 들고 들어온다. 침대에 누워 '인간극장'이라는 텔레비전 프로그램을 본다. 여주에서 소 아흔 마리를 키우는 몸이 불편한 여인의 이야기가 나온다.

그림 같은 농장을 갖고 싶었던 여인, 30여 년에 걸친 노력 끝에 꿈은 현실이 되었고 딸들은 부모를 위해 농장을 돌본다. 삶은 다양하기도 하다. 꿈을 가지고 한길로 나선 여인, 평생 꿈을 간직하면서 살아온 여인. 인간극장의 주인공들은 넉넉하지 않은 평범한 소시민들이다. 그럼에도 꿈을 이루는 사람들. 결혼한 여인들이 꿈을 이루는 데는 남편의 이해와 지지가 필수적이다. 젊은 시절 지지와 이해를 얻은 여인들은 얼마나 행복한가.

'꿈'처럼 희망차면서도 아픈 단어는 없다. 꿈은 하루를 알차게 채운다고 달성할 수 있는 것이 아니다. 1분이 티끌인 것처럼, 1시간이 깃털인 것처럼 일상을 차곡차곡 채워 가야 이루어지는 것. 수십 년의 시간 동안 한 세계가 이루어지고 그 세계에 '나'라는 파동이 일렁이게 되면 비로소 꿈이 이루어진다.

미국의 정신과 전문의 조지 베일런트는 《행복의 조건Aging Well》에서 1930년대 말 하버드대학교에 입학한 2학년생 268명의 삶을 72년 간 추적하여 그들의 삶을 단계별로 그려 냈다. 그의 조사에 따르면 20대는 자신의 세계에 들어서기 위해 무한히 노력하는 시기이고, 30대와 40대는 자신의 세계에서 창조적인 역할을 하는 시기이다. 그리고 70대는 의미의 수호자 역할을 맡는 시기이다. 꿈이 이루어지는 시기는, 자신이라는 존재를 그 세계 안에 온전히 채워 놓은 60대, 그 세계에서 굳건해지고 그 세계를 떠나도 좋은 그 시기였다.

어느 한 세계를 스스로 떠난다는 것은 다른 세계로 옮겨 가도 아무 문제가 없을 만큼 한 세계를 관통하고 있다는 뜻이다. 그것은 의미의 문제다. 세상 사는 이치를 깨닫고 있기에 어느 세계에 가도 적응할 수 있으며, 지금껏 이루어 온 세계에서 은퇴할지라도 삶의 의미를 지속할 수 있다는 뜻. 곧 꿈을 이룬다는 것은 삶의 의미를 깨닫는다는 것과 같다. 그처럼 오랜 세월이 걸리는 꿈, 그 꿈을 이루는 데 쏟아야 할 소중한 시간의 티끌들을 자신의 세계가 아닌 다른 세계에 부여해야 한다면, 그것은 얼마나 아픈 일일까.

어느새 포도 접시가 텅 비었다. 그런데도 여전히 몸 안에서 허기가 올라온다. 참을 수 없는 배고픔, 이 느낌이 좀 더 심해지면 울렁임으로 변하고 아주 심해지면 구토로 번진다. 배고픔이 구토와 연결된다는 것을 어떻게 설명해야 할까. 어쩌면 고통과 즐거움의 뿌리는 같은 것이 아닐까. 삶과 죽음이 동전의 양면인 것처럼, 미움과 사랑의 뿌리가 같은 것처럼. 심해지기 전에 다스려야 하는 것은 병뿐 아니다. 사랑도 미움도 심해지기 전에 다스려야 한다. 집착이 되기 전에 증오의 뿌리가 되기 전에. 그래서 영혼을 갉아먹기 전에.

오늘은 뒷동산에 가지 않기로 했다. 처음 퇴원하고 난 다음에는 걷지 않으면 큰일이라도 나는 것처럼 필사적으로 걸었다. 항암주사를 맞기는 하지만 몸 상태는 더 좋아진 것 같은데 다리가 덜덜 떨린다. 봄기운을 쐬어야 하는데. 연두색 커튼처럼 드리워진 나뭇잎들을 생각하면 마음은 당장 그리로 달려가는데 몸은 일어날 염도 하지 않는다. 해가 갈수록 몸과 마음이 따로 논다.

김포에 살 때는 첫 새벽에 곧잘 나갔다. 억수 같은 비, 눈앞이 보이지 않는 안개, 천지 가득한 눈도 아랑곳하지 않았는데. 당장 그 모든 것을 느끼고 싶어서 안달했는데.

절박하지 않은 것일까. 삶이? 내 삶은 내가 가꾸는 것인데? 빈 포도 접시를 들고 나간다. 집 안에 달콤한 냄새가 진동한다. 딸이 오븐 앞에서 한창 사과를 만지고 있다.

"다 됐어?"

"여기 있어. 이거 먹어."

사과를 잘라 설탕물에 재웠다가 계피 가루를 뿌려 구운 사과 과자다. 종잇장처럼 얇고 납작한 과자조각을 집는다. 요즘 내 혀는 자극을 견디지 못한다. 이란 이는 죄다 예민함을 뽐내듯 온갖 음식에 과민반응을 보인다. 시거나 달거나 쓰거나 짜거나 틀림없이 아픔을 내려놓고 가는 것이다. 이러다 이가 다 빠져 버리는 게 아닐까? 이렇게 몸 구석구석 아플 줄 몰랐다. 항암제는 이와 혀마저도 가만두지 않는다. 하루 열 번씩 이를 닦아도 5분만 지나면 도로아미타불, 입안이 텁텁해지면서 염증이 활개를 친다. 혀에는 온갖 형태의 동그라미가 찬란하게 피어서 딸은 보기만 해도 진저리를 친다.

평시의 일상은 그 모든 것이 온전했기에 이루어졌던 것. 모든 것을 제대로 사용할 수 있다는 것은 얼마나 귀중한 일인가. 아픔이 거듭될수록 영혼이 거듭나는 것은 순간순간이 얼마나 소중한지, 일상의 가벼운 몸짓 하나가 얼마나 귀중한지를 깨닫기 때문일 것이다. 또한 아픔이 거듭될수록 겸손해지는 것은 삶이 얼마나 소중한지를 깨달아서일 것이다. 아픔은 그래서 큰 고난이고 큰 변화다.

하루가 너무 빨라　　　22

차 소리가 다르다 했더니 역시 비가 내리고 있다. 일기예보를 찾아보니 오늘 밤부터 큰 비가 내릴 거란다. 하루가 너무 빠르다. 이렇게 살다 그냥 가 버리는 건 아닐까 하는 생각이 자꾸만 고개를 든다. 이렇게 집 안에만 파묻혀 있다가. 전화도 일주일에 두어 번이 전부이고 숲에 가고 싶다가도 그만 시들해지고 만다. 모든 일에서 열정이 사라져 가는 것일까.

두렵다. 아무 일도 못하고 그냥 가 버릴까 봐, 이대로 죽어 버릴까 봐, 무척 두렵다.

23

자연은 위대한 은유

잠시 슈퍼에 들렀더니 가로수와 건너편 공원의 얄팍한 숲에서 건너오는 냄새가 황홀하다. 한창 싱싱한 잎사귀들을 틔워 올려 제 모습으로 키워 낸 나무들이 내뿜는 향기. 모자를 뚫고 들어오는 바람이 따스하다. 비가 와도 춥지 않은 걸 보니 바야흐로 초여름에 접어든 모양이다.

5월은 온갖 색채 중 가장 싱그러운 초록이 풍성한 계절, 차지도 덥지도 않은 바람이 다정한 계절이다. 그래서 '계절의 여왕'이라는 이름이 붙었겠지. 하긴 어느 계절인들 소중하지 않겠는가. 앓는 이에게는 더욱 그렇다. 내일을 모르는 이에게는 더더욱. 그럼에도 앓는 이들이 유독 봄을 사랑하는 이유는 봄이 지닌 의미, 이 계절이 담고 있는 생명력 때문이다.

생명처럼 아름다운 단어가 있을까. 어느 누구도 생명을 만들어 낼수 없다. 아무리 뛰어난 과학자라 해도, 아무리 훌륭한 생물학자라해도 생명 탄생 앞에서는 아무런 힘을 발휘할 수 없다. 봄은 그 생명들이 사방에서 움터 나오는 계절, 허리 구부리고 혹은 무릎을 꿇고연녹색의 여리디 여린 풀잎을 쓰다듬는 이 치고 악한 이는 없다.

모리슨의 《제일 파란 눈》에서 피콜라의 어머니 폴린은 자신이 처음 도시로 떠나던 때를 더할 나위 없이 낭만적으로 회상한다.

"우리가 모두 이리로 이사 오려고 트럭을 기다리고 있던 그때는 밤이었지. 개똥벌레들이 사방에서 날고 있었어. 그것들이 나뭇잎 하나하나 환하게 밝히는 바람에 여기저기서 온통 녹색 띠가 흘러 다니고 있었지. 그게 마지막으로 진짜 개똥벌레를 보았던 때야. 여기있는 벌레들은 진짜가 아니야. 여기 사람들은 그걸 반딧불이라고부르지. 고향에 있는 벌레들은 달라. 하지만 난 녹색 흐름을 기억하고 있어. 아주 잘."

무수한 개똥벌레들이 나뭇잎 위에서 불을 밝히면 여기저기 녹색시냇물이 흐른다. 그것은 앞날에 대한 기대, 도시로 떠나려고 트럭을 기다리는 폴린에게 좋은 일이 있을 거라는 희망을 상징한다.

자연은 훌륭한 은유다. 작가들은 여리고 풋풋한 시절, 생의 초입을 봄이나 초여름에 비유한다. 남편과 프라이팬을 휘두르며 싸울 정도로 거친 여인이 된 폴린은 유일하게 행복했던 그 시절을 돌이킨다.

아직 여름이 되기 전, 남편을 만나기 전, 세상을 모르던 그 시절을.

어디 폴린뿐일까. 아내의 주머니를 뒤져 술 마실 돈을 훔치고 딸을 강간할 정도로 망가진 촐리 역시 풋풋한 시절이 있었다. 그를 키워 준 유일한 혈육, 할머니 장례식 날은 초여름이었다. 촐리는 그날 생전 처음 소녀와 데이트를 한다. 평생을 따라다니는 고통스러운 기억으로 남은 열네 살의 그날, 부드러운 풋사랑과 치욕이 뒤섞인 그 봄날. 그를 좋아해서 몸을 내준 소녀는 죄 없이 굴욕의 원인이 된다. 그 일 역시 봄의 입김, 아프디 아프되 죄 없는 봄의 입김이다.

소설뿐 아니라 실제로도 한 사람의 과거, 특히 어린 시절의 순수함과 풋풋함을 알게 되면 그 삶이 더 아프게 느껴진다. 더구나 그 계절이 봄이라면, 그가 아무리 망나니 같은 삶을 살고 있다고 해도 아프게 여겨지는 것이다. 그것이 봄의 힘이다. 생명의 입김이다.

몇 가지 물건을 산 다음, 슈퍼에서 나와 우산을 쓰고 돌아오는데 눈앞이 훤하다. 몇 년을 보아 온 풍경인데 이처럼 시야가 트이는 것은 역시 가로수의 초록 덕분일 것이다. 아니면 매사 새로움을 발견하기 때문일까? 낮은 곳에서 바라보는 느낌, 내 주위의 모든 것이 무한히 커 보이는 느낌. 삶이 지닌 모든 가치가 황홀할 정도로 생생하다.

봄은 낮은 곳에서 생명을 보게 만드는 막강한 힘을 지니고 있다. 생명이 터져 나오는 아픔, 생명을 향해 가는 안간힘이 내게도 있으므로. 터져 나온 생명, 잎사귀들은 기쁨으로 향을 내뿜는다. 지금 아프지만, 지금 안에 들어앉아 있지만 언젠가 기쁨으로 향을 내뿜을 수 있게 되기를.

'홀딱 벗고' 새

24

비가 내린다. 아니 비는 보이지 않고 빗방울이 나뭇잎 위에 떨어지는 소리가 들린다. 쏴아아. 숲은 바람을 받으며 몸을 뒤챈다. 오랜만이다. 숲에서 빗소리를 듣는 일은 정말 오랜만이다. 간밤에 비가 오고 바람이 불어 노심초사했다. 몇 시간을 달려왔는데 아무것도 하지 못하고 그냥 돌아가는 것만큼 실망스러운 일은 없다. 하늘이 후두두거린다.

문득 화진포에서 보낸 겨울밤이 떠올랐다. 그때 비가 처마를 넘어 유리창까지 들이쳤다. 그때는 아이들이 있어 그나마 이야깃거리라도 있었지만 지금은 다르다. 오래된 부부처럼 심심한 사이가 또 있을까. 게다가 날씨도 춥다. 5월 하순이지만 이불을 둘둘 감고 밖을 내다보았다. 산들이 병풍처럼 둘러선 이곳, 리조트는 사람들이 즐기기 위해 찾는 곳이다. 먹고 마시고 노는 이들을 위한 장소, 쉬는 것조차 일하듯 티를 내며 즐기는 이들을 위한 곳. 스키, 곤돌라, 오락 기구, 골프 코스, 오리 보트, 야외 공연장, 바비큐 식당, 공연장 위에 자리 잡은 거대한 텔레비전……. 현대인들은 쉬는 데도 떠들썩한 장치와 온갖 기구를 필요로 한다. 자연을 찾아 왔다지만 자연은 때깔 좋게 쉬는 데 필요한 배경일 뿐이다.

느낌 없는 밤, 감흥 없는 시간. 혀끝처럼 마음도 깔깔했다. 앓게 된 뒤 모든 느낌이 메말라 버린 것 같다. 고통만이 유일한 감각으로 남아 있는 것은 아닐까. 끝내 방을 나섰다. 이곳저곳을 헤매다가 가장 소란한 곳을 찾았다. 대연회장에서 콘서트가 열리고 있었다. 사람들이 들어찬 그곳에서는 생맥주 냄새가 코를 찔렀고 한껏 마음을 풀어 놓은 이들이 목청껏 노래를 부르며 주어진 시간을 즐기느라 안간힘을 썼다.

술을 마시느라, 좋은 자리를 찾느라, 사회자 말에 대답하느라, 악을 쓰거나 빈 잔을 깨는 사람들 사이에서 망연히 앉아 있다가 방으로 돌아왔다. 내내 잠들지 못해 텔레비전을 틀어 놓고 뭉그적거리다가 이부자리를 끌어 와 창 옆에 누워 귀를 기울였다. 바람이 후두둑거리는 소리. 건조한 내 뼈들이 바삭거리는 소리.

아침나절에도 내내 비가 내렸다. 6시에 눈을 떠 창밖을 내다보다가 다시 누웠다. 비는 오락가락하면서 꼼짝 못하게 만들었다. 오전 내내 뭉그적거리다가 퇴실 시간이 되어서야 나섰더니 비가 그쳐 있다. 구름은 바쁜 일이라도 있는 양 황망히 달려갔고 옷 속으로 들어오는 바람이 차가웠다.

가벼운 마음이었다. 높이 올라갈 마음도, 오래 산속에 있을 마음도 없었다. 그저 산자락에 발이나 한 번 얹어 놓을 생각이었다. 길은 조용히 시작했다. 주의 깊게 찾아보거나 마음먹고 등산로를 찾지 않으면 눈에 띄지도 않을 듯 숨어 있고, 요란한 색을 입힌 안내판도 없다. 그저 흑백의 지도다운 지도가 그려진 안내도가 있을 뿐이다. 병아리 몇 마리가 철망 상자에 갇혀 꼬꼬거리는 창고 마당을 지났다. 반원형으로 몸 굽힌 소나무가 땅에 닿아 있는 모습이 영락없는 입구였다. 지난겨울 내내 바람에 시달렸을 억새밭은 봄에도 희었다.

이내 길이 좁아졌다. 한 사람이 지나칠 만한 너비의 길에서 문득 눈앞에 초록이 사정없이 와 안긴다. 이 초록이라니. 초록은 숫제 위풍당당하다. 땅과 양 옆 공간을 메운 것으로도 모자라 눈앞을 가로막고 하늘을 온통 뒤덮는다. 나무의 몸통만이 유일한 갈색, 젖어서 더 침착한 갈색이다. 좁은 숲길을 올라가는 동안 온몸이 초록으로 물든다. 등에서 물 흐르듯 흐르는 땀도, 얼굴에서 흘러내리는 물도, 내 몸을 휘젓는 들숨 날숨까지 온통 초록이다.

길은 곱다. 다북다북 나뭇잎이 깔려 있어 곱고, 양 옆 납작한 풀꽃들이 올망졸망 피어 있어 곱다. 어디 그뿐이랴. 급한 경사로 몰아치다가도 숨이 턱에 닿아 올라서면 잠시 틈을 주는 듯 다시 온유해지고 또 급했다가 온유해진다. 이처럼 산세가 느긋하니 오르는 이도 느긋하고 마음 편하다. 산이 크면 급하지 않다. 산은 길게 발을 뻗어 오르는 이에게 여유를 허락하고 한켠으로 올라가는 형세를 가다듬는다.

이효석의 소설《산》에서 중실은 산에 들어가 자연의 기운을 만끽하고, 나뭇잎 더미와 열매, 벌꿀로 자족하며 산에 살 것을 다짐한다. 이효석은 인간 세계의 다툼에 경멸을 느끼고 자연의 넉넉함에서 안식을 찾고자 했겠지만, 현재의 우리는 넉넉함이 아닌 생명과도 같은 휴식을 숲에서 구한다. 도처에서 자연을 찬양하는 노래가 들리는 것은 물질적으로 넉넉하되 마음이 넉넉하지 못한 때문일 것이다. 인위적인 체득은 인공의 것이 없을 때는 의미를 갖지 못한다. 인간이 추구한 편안함이 이제 독이 되어 돌아오고 있다.

새 울음이 메아리친다. '홀딱 벗고~ 홀딱 벗고~' 검은 등뻐꾸기의 울음소리는 딱 4박자다. '홀!' '딱!' 하고 나서 '벗!'에서 음이 약간 늘어지다가 '고!'에서 떨어지면서 끊어진다. 대체 누가 저 울음을 '홀딱 벗고'로 들었을까. 처음엔 그저 4박자구나 생각했던 것이 '홀딱 벗고'라고 들린다는 얘기를 알게 된 뒤부터는 영락없이 '홀딱 벗고'로 들린다. 마음에 지닌 것들을 홀딱 벗고 숲에 들어와 있으면 그럭저럭 살 만하다는 뜻일까?

정상이라고 쓰인, 전혀 정상 같지 않은 곳에 올라 숨을 가다듬는다. 옷이 땀에 젖어 불어오는 바람이 차갑다. 산을 찾는 것은 몸을 달래기 위해서지만 소외된 마음을 달래려는 뜻도 있다. 항암주사 부작용으로 내 얼굴은 까맣다. 얼굴뿐 아니라 손과 발도 검고 색소가 뭉쳐 있어 얼룩덜룩하다. 손톱마저 검은데다가 피부는 벗겨지고 눈썹도 빠져나가고 있다. 지금 내 몸은 머리끝부터 발끝까지 새로 태어나는 아픔을 겪고 있는 중이다.

이런 모습을 하고 있으니 사람들을 만나고 싶지 않은 마음이 드는 것이 당연하다. 스스로 세상에서 자신을 소외시키는 아픔, 마음의 아픔이다. 그 아픔의 의미를 되새기는 요즘이다. 아픔은 육체에서 시작되지만 시일이 지날수록 육체보다 마음에서 오는 고통이 더욱 커진다. 육체가 병을 앓으면 스스로 자신을 가두게 되고 그렇게 멀어지면서 소외감을 느끼게 된다. 육체의 아픔은 시일이 지나면 견딜 만하지만 내가 '쓸모없는 자'라는 느낌은 나아지지 않는다.

아플 때는 투병이 일이다. 항암주사를 맞고 난 뒤 며칠은 몹시 힘들다가 좀 견딜 만해지면 자꾸 마음이 급해진다. 조금 일하다가 다시 무리해서 피곤해 하고, 쉬어야지 하다가 조금 나아지면 다시 무리하는 이 어리석음은 쓸모 있는 자가 되고픈 마음 때문이다.

인공의 장소는 경쟁심을 북돋운다. 그곳에서 사람들은 쓸모 있는 자라는 판정을 요구하고 누군가의 인정을 받고자 갈망한다. 산은 그저 주어진 장소에서 묵묵히 존재할 뿐이다. 산에서는 인정을 받을 필요가 없다. 산의 생명들은 누구의 인정도 필요치 않는다. 꽃이든 나무든 곤충이든 자신만의 가치를 스스로 지켜 간다. 홀로 굳건한 산을 오르는 일은 산을 배우고자 하는 마음일 것이다.

오늘 내가 할 일은 기다림을 배우는 것. 조급함을 '홀딱 벗고' 새로 살아 낼 날을 기다리는 일이다. 아픔은 새로 살고자 하는 이가 거쳐야 하는 과정이다. 삶을 깊고 넓게 살아 내고자 하는 이가 내려가는 계단이다. 아픔의 밑바닥에 닿아 본 이는 타인의 아픔을 이해한다. 삶을 보는 눈이 깊어진다. 순간을 충실하게 살아 낼 수 있게 된다. '홀딱 벗고' 삶의 중심부를 살아 낼 수 있게 되는 것이다.

확실한 길을 걷는 이는 없다. 모든 일은 결과가 나온 뒤에 확실해지는 것. 오늘은 기다리자. 기다리고 또 기다리자. 그것만으로도 새로 살아가는 방법을 배우고 있지 않은가.

'홀! 딱! 벗~고!'

검은 등뻐꾸기가 울고 있다.

여행 준비?　　　　　　　25

　김치를 담갔더니 집 안에 마늘 냄새가 진동한다. 밤 12시 2분, 이 시간까지 나댄 건 순전히 내일 네 번째 항암주사를 맞으러 가기 때문이다. 주사 맞으러 가기 전날은 바쁘다. 맞고 나면 꼼짝도 못할 걸 알기에 미리미리 반찬을 준비하는 것이다. 오늘은 알타리김치와 열무김치를 담갔다.

　저녁 먹기 전 슈퍼에 내려갔다. 고기 싸 먹을 상추만 사오려다가 김치가 다 떨어져 간다는 생각에 김칫거리를 사왔다. 딸을 불러 마늘을 까 달라고 했더니 순순히 까 주었고 내친 김에 알타리무도 다듬어 달라고 했더니 고맙게도 다듬어 준 덕분에 일이 한결 줄었다.

　이즈음은 무엇을 하든 오래 버티지 못한다. 알타리무를 다듬다

가도 허리가 아파 한 번씩 일어나 펴야 하고 다리도 저려서 일어나 걸어야 한다. 지난번 항암주사를 맞고 새로 생긴 현상이다. 구내염과 이 아픈 것이 유독 심했고 어깨도 몹시 아픈 것이 운동을 게을리한 때문인지 알 도리가 없다.

하여간 주사 맞기 전날은 긴장하게 된다. 무슨 큰일이라도 되는 양 집안을 치우고 마음 준비를 하게 된다. 해외여행이라도 가나? 하긴 수술 전에도 그랬지. 쓴웃음이 나온다. 내일 검사 때 아무 이상도 없다고 나오기를, 예정대로 주사 잘 맞고 오기를. 아드리아마이신 주사는 이번으로 끝이다. 다섯 번째부터는 도세탁셀을 맞게 된다. 아무 이상 없이 스케줄대로 되어 가기를.

참, 주사를 무사히 맞게 해 달라니. 무슨 이런 기도가 다 있는지.

어디만큼 왔니   26

　4차 항암주사, 네 번째 주사이니 딱 절반이다. 의사를 만나는 시
각은 12시지만 그전에 혈액 검사와 엑스레이를 찍어야 하기 때문에
병원에 10시까지 가야 한다. 그러나 11시에 도착, 늦었다. 집을 나
선 시각도 늦었지만 차도 밀렸다. 엑스레이 촬영을 먼저 하고 채혈
을 끝내고 나니 심란해진다. 얼마나 더 기다려야 하지? 건너편 창경
궁에 가 볼까도 생각했지만 시간이 어정쩡하다. 할 수 없이 책을 읽
기로 한다.

　복잡한 로비에서 벗어나 2층으로 올라간다. 입원했을 때 2층은
한적해서 밤에 내려와 휘돌기 좋았고 시원하게 트인 넓은 공간이
좋았다. 기대는 어긋났다. 로비만큼 붐비지는 않지만 패널로 만든

임시 카운터가 공간을 모두 차지하고 있어서 답답하다. 하릴없이 한쪽 구석 의자를 찾아 앉는다. 책을 꺼내지만 책장이 넘어가지 않는다. 오늘 검사는 아무 이상 없겠지? 갈비뼈 밑 덩어리는 무얼까.

남편에게 전화가 온다. 혼자 왔다고 하니 버스를 타고 오겠단다. 암센터 3층, 예약 시간보다 거의 한 시간 늦게 진료실로 들어간다. 혼자보다는 둘이 좋다. 잊었던 사항도 이야기할 수 있고 의사가 하는 말도 더 잘 기억할 수 있다.

의사는 갈비뼈 밑 덩어리를 진찰하고 초음파를 찍어 보자고만 한다. 항암주사를 밀리지 않고 맞는 것만도 얼마나 다행인가. 네 번째, 빨간 약 아드리아마이신은 이번이 마지막이다. 손발 저림, 메슥거림, 두통, 관절 아픔, 숨참, 탈모, 피부 검변, 피부 벗겨짐……, 그동안의 지독한 후유증도 이제 끝나는 것일까. 다음 도세탁셀의 부작용도 만만치 않다고 하던데.

주사를 맞고 난 뒤 늦은 점심을 먹으러 간다. 본관 13층 레스토랑, 전망은 좋지만 그다지 달갑지는 않다. 음식 탓이다. 아니나 다를까. 곤드레밥이 비위를 뒤틀리게 한다. 자꾸만 메슥거리고 토할 것 같다. 곤드레밥 후유증은 다음날까지 이어졌다. 생각만 해도 속이 울렁거리고 먹은 것이 올라왔다.

항암 다음날은 신경이 곤두선다. 이번에도 지난번처럼 증상이 심할까 아니면 부드럽게 넘어갈까 하는 생각에 내 몸을 세세히 살피게 된다. 아픔을 겪는다고 참을성이 많아지는 것이 아니다. 그 아픔을 어떻게든 피하려고 몸부림치게 된다. 고통의 기억이 세포 구석구석 남아 있어 다시는 경험하고 싶지 않은 마음이 간절하다. 책을 들여다보다가 널브러진다.

저녁나절 보일 씨가 집 앞까지 찾아왔다. 수박을 들고 온 그가 정말 고맙다. 함께 추어탕을 먹으러 갔다. 상도터널 옆, 남원 추어탕은 작년부터 급작스레 친해진 곳이다. 입맛이 까다로운 시아버님을 위해 추어탕을 수없이 사 날랐다. 그다지 좋아하지 않던 추어탕이지만 오늘은 맛있다. 제대로 다 먹었다. 먹고 나면 기쁘다. 이번에는 잘 넘어가나 보다 하는 생각에 안도감이 밀려온다.

그러나, 어김없이 찾아온 후유증. 지난번에 잘 먹었던 냉면도 이제는 싫다. 대체 무엇을 먹어야 할까. 1차 때는 오리 훈제를 두어 번 먹었다. 2차 때는 장어 고은 물을 두 번 마셨다. 3차 때는 집에서 구운 빵을 먹었다. 먹을 수 있는 음식을 생각해 내는 일도 힘들다. 문득 감자 향이 코끝에 맴돈다. 이번에는 감자를 먹어야 할 것 같다.

항암이라는 긴 여정, 투병이라는 길고도 긴 여정, 지금 어디만큼 왔을까.

27   레일바이크

"지금 몇 시지?"

운전대를 잡은 남편이 묻는다.

"8시 15분이야."

"아이쿠! 큰일이네. 네비게이션에 구절리역 9시 58분 도착이라고 나오네."

"레일바이크는 9시 예약이잖아."

"그러니까 큰일이지. 아. 이 일을 어쩐담. 시간 계산을 잘못했어. 시골이니까 한 30분 걸릴 거라고만 생각했는데……. 일단 가보는 수밖에."

남편이 속도를 높인다.

주사를 맞은 지 열흘째인 어제 양구를 찾아가 부대에서 아들을 데리고 나왔다. 참으로 고마운 일이다. 주사를 맞고 나면 일주일은 꼼짝 못하지만 그 일주일이 지나면 언제 그랬냐는 듯 돌아다닐 수 있다.

6월 초순이지만 강원도 정선의 밤과 아침은 추웠다. 우리 식구가 묵은 숙소가 기찻길 바로 옆에 있어서 밤에 몇 번인가 건물 전체가 흔들렸지만, 워낙 피곤했던 탓인지 우리 넷은 아무도 눈을 뜨지 않고 잘 잤다.

저녁을 먹고 내가 제일 먼저 누웠다. 아침에 가장 늦게 일어난 사람은 아들이었다. 아들은 딸과 내가 귓전에 앉아 소살거리며 흉을 보아도 이불을 끌어다 얼굴을 덮을 뿐 미동도 하지 않다가 7시쯤에야 겨우 일어났다. 예정에 맞춰 정확히 8시에 출발했는데 시간을 잘못 계산하다니.

길은 한산하다. 덕분에 내처 달릴 수 있다. 남은 거리는 58킬로미터. 달려도 달려도 네비게이션의 거리는 좀처럼 줄어들지 않는다. 114에 전화를 걸어 구절리역 번호를 알아냈지만 전화에서는 안내 멘트만 흘러나올 뿐 응답이 없다. 8시 35분, 아직 근무 시작 전일까?

남편은 몇 달 전부터 레일바이크 노래를 불렀다. 한 달 전부터 빈 시간을 찾아 예약하고 변경하고 예약하고 취소하고를 되풀이했다. 아들에게도 수없이 일정을 물어 보고 맞추라고 닦달을 했다. 어렵게 한 예약, 빈자리가 딱 하나 남았다고 했고, 오늘이 바로 그날이다.

아이들이 자란 이후로, 중·고등학생이 된 뒤로, 가족이 함께 나

다니는 일은 극히 드물었다. 명절 때 부모님 댁에 인사 갈 때나 함께할까, 저마다의 할 일이 모두를 바쁘게 했던 것이다. 아들이 군에 간 뒤, 면회라는 이름으로 다시 함께 모이기 시작했다. 내가 아프고 나서 그 마음이 좀 더 늘었으니 오늘 외출도 그중 하나, 함께 놀러 가는 일은 기쁘고 귀한 기회이다.

다시 구절리역에 전화를 건다. 다행히 저쪽에서 전화를 받는다. 시간 변경은 할 수 없다면서, 그래도 차례대로 출발하니 9시 15분까지는 여유가 있다며 부지런히 오라고 한다. 분읽기, 아니 초읽기가 시작되었다. 강원도 정선 부근은 험하기로 이름난 곳이다. 건물 옆은 기찻길, 그리고 기찻길 옆은 바로 산이다. 정선아리랑이 공연히 나온 노래가 아니다. 높은 산과 험난한 지형은 지나기 어려운 만큼 사연도 많이 품는다. 험한 만큼 경치는 좋았으나 산이고 물이고 바라볼 여유가 없다. 남편의 시선은 오직 앞으로 향해 있다.

"얼마 남았어?"

남편은 1킬로미터 단위로 묻는다. 1킬로미터가 왜 이리 먼 것일까. 아무리 달려도 줄어들지 않는 것 같다. 굽이굽이 길을 돌고 도는데 전화벨이 울린다. 구절리역에서 확인전화를 건 것이다. 화창하고 맑은 날, 군데군데 서 있는 표지판을 보며 대단하다는 생각을 한다. 사용하지 않는 철로를 이용해 레일바이크라는 기발한 생각을 떠올린 사람들. 레일바이크가 아니었으면 이곳을 찾을 사람들이 얼마나 될까. 9시 10분, 기찻길에서 레일바이크를 타고 가는 사람들이 눈에 띄기 시작한다. 이윽고 구절리역에 도착. 주차장은 차들로

빼곡하다. 우리 식구는 모두 차에서 뛰어내린다. 구절리역은 아주 작다. 아주. 이 역을 시로 노래할 수도 있겠다 싶을 정도로.

철로는 출발하는 레일바이크로 가득하다. 마지막 하나 남은 4인승 레일바이크만 빼고 모두 출발한 상태다.

"부모님은 앞에 앉으세요. 이런 일에선 효도 받으셔야죠."

직원이 안전수칙을 일러 준다. 주의사항을 듣고 화장실에 다녀오는 여유를 부린 끝에 드디어 출발! 그 작은 역, 그 작은 여행, 그 작은 기차, 그리고 그 작은 휴게실. 동화와 같은 느낌.

철로의 경사도는 1도라고 했다. 가만히 있어도 미끄러진다. 터널 속에서는 춥고 철로 위에서는 더할 나위 없이 상쾌한 바람이 불어온다. 건널목에서는 차단기가 내려가고 자동차가 서서 기다려 준다. 철로 위를 달리는 자전거는 강물 위를 지나가고 강물 옆을 따라간다. 공기 속에서 햇살이 반짝이며 흘러내린다. 아이들이 뒤에서 페달을 밟는다. 뒤에서 건너오는, 자글대며 떠오르는 내 아이들의 웃음소리. 한없이 몸이 가벼워진다. 맑은 바람이 몸 안을 휘돌고 또 휘돈다. 소쇄함. 병이 모두 씻겨 내려간 듯싶다.

가족이란 큰일을 겪으면서 마음이 합쳐지는 모양이다. 아이들, 그들의 자람을 보는 것이 나를 지탱해 주는 것이 아닐까. 6월의 첫 주말이 둥둥 떠서 지나간다.

28 산다는 것

그것은 극히 사소한 일에도 안부를 전하는 것.

들기름

오전 9시, 적당히 달군 프라이팬에 기름을 두른다. 들기름 냄새가 향긋하게 퍼지면 녹인 쑥떡을 팬에 올려놓는다. 치이익! 들기름이 쑥떡 주변에서 부글부글 끓는다. 여섯 개의 쑥떡을 올려놓고 잠시 몸을 돌려 걸레질을 하는 동안 쑥떡은 부드러워지면서 노릇해진다. 6시에 일어나 여태 일했으니 배도 고플 만하다.

배고픔은 느닷없이 찾아온다. 앓은 뒤로 생긴 현상이다. 배고픔을 못 견디는 것도 새로 생긴 현상이다. 배고파지면 어쩔 줄 몰라하고 배고프다고 되뇌며 먹을 것을 찾아 헤매는 내 모습이 어린아이 같다. 모든 느낌이 새로워지는 이 현상은 좋은 것일까.

온몸으로 찾아드는 고통뿐 아니라 감정마저 낯설다. 그것에 정확한 이름을 매기지 못해 어리둥절해 하는 것은 둔해진 탓인지 아니면 많은 것을 잊어버리거나 잃어버린 탓인지 알지 못한다.

병든 이에게도 삶은 온전히 남아 있다. 일을 그만 두었다고 해서 삶이 사라진 것은 아니다. 병들었다고 해서 삶도 병들란 법은 없다. 불편해지고 느려졌지만 삶은 충실히 가고 있는 중일 것이다. 마음의 조급함이나 바람과는 상관없이 제시간이 되어야 다음 단계가 나타나고 겪을 만큼 겪어야 눈이 열린다.

산에 들면 어우러짐을 느낀다. 빠르고 느림도 없다. 제각기 속도를 지킬 뿐. 어우러진 삶이란 서로를 기억하는 일일 것이다. 팔을 뻗어 안부를 전하고 소소한 소식에 기뻐하고 하루를 버틸 기운을 얻는 것. 아픔을 건디는 기운은 배려에서 나온다. 가뭄 끝, 비 맞은 나뭇잎이 살랑거려 나 여기 있어요 하듯.

몸을 돌려 젓가락을 꺼낸다. 잘 구워진 쑥떡을 집어 접시에 올려 놓는다. 들기름으로 구운 쑥떡은 고소하고 향긋하다. 살짝 쌉쌀한 기운이 감도는 녹차와 더불어 마신다. 조화는 눈으로만 즐기는 것이 아니다. 조화는 혀로도 즐기는 것. 잘 이룬 조화를 맛볼 때 혀는 황홀하다.

들기름의 참맛을 알게 된 것은 오래되지 않았다. 참기름의 착 달라붙는 고소함과 다른 들기름의 민둥민둥한 낯선 맛에 익숙해지기까지, 참맛을 알게 되기까지 수십 년이 걸렸다. 나이를 먹어 가며 오래 익은 된장과 청국장이 혀끝에 살갑게 감기듯, 먹을수록 깊어지는 풍미를 느끼듯, 들기름의 비릿한 맛도 고소함으로 깊어졌다. 나이를 먹어서야 알게 되는 맛은 진득한 친구처럼, 깊은 산처럼 짙다.

쑥떡은 작은 시누이가, 들기름은 인터넷 카페의 지인이 보내 준 것이다. 들기름은 처음 뚜껑을 여는 순간부터 달랐다. 진한 고소함이 폭발하듯 터져 나와 집 안이 향으로 그득해졌다. 침이 절로 감돌았다. 그 향에 반해 나물에도 부침에도 일쑤 들기름을 사용한다. 들기름이 암 환자에게 좋다는 사실을 나중에야 알았다. 고마운 마음이야 이루 말할 수 있을까. 이렇게 즐길 때마다 돌이키는 것 외에.

30 몸이 아프다고
삶도 아픈 건 아니야

병을 앓으면 일상에서 소외된다. 평소 속해 있던 세계, 사회생활에서 소외되는 것이다. 사람은 노동으로 자신의 가치를 인정받고 그 대가로 자신의 가치를 느낀다. 미국의 노예해방론자인 프레더릭 더글러스의 《노예의 이야기Narrative of the Life of Frederick Douglass, an American Slave》를 보면 노동의 대가로 돈을 받고 감격하는 미국 흑인의 이야기가 나온다. 자유 노예, 혹은 도망 노예들은 너무나 당연한 그 대가에 감격한다. 노예 시절에는 아무리 열심히 일해도 대가가 없었다. 그들은 이제 그 귀한 돈을 받는다. 대가는 자신이 가축이 아니라 한 인간이라는 상징인 것이다.

환자들은 노동시장에서 밀려난 느낌, 내 삶은 가치가 없다는 생각에 우울하다. 주변 사람들의 편견 어린 시선이 더 상처를 입힌다. 중병에 걸린 것은 죄의 대가라는 응보의 논리, 환자의 행실이나 마음가짐이 나빴다고 단정하는 '천형天刑'의 논리, 태어날 때 장애 혹은 병에 걸렸다면 부모에게까지 그 원인을 돌린다. 물론 이 논리는 억지다. 모든 병에는 원인이 있다. 그 원인이 알려지지 않았을 뿐이다. 스트레스가 만병의 근원이라는 말은 육체적 원인을 찾아내지 못했다는 뜻인 한편 육체와 정신이 밀접하게 연관되었음을 뜻하기도 한다.

소외되었다는 느낌은 존재 가치에 대한 의문이다. 아프다고 해서 반드시 가치가 없는 것일까? 아프면 아픈 대로 할 수 있는 일이 얼마든지 있다. 《의미 없는 고난은 없다Being Well When We're ill》의 저자 마르바 던은 유방암을 앓았고 다리를 절었으며 한쪽 눈은 실명하고 다른 쪽 눈은 거의 보지 못하는 상태에서 신장투석을 받으며 하루에 11번 약을 먹어야 했다. 그런 그녀가 자신의 경험을 책으로 펴내고 강의를 함으로써 많은 사람들에게 살아갈 용기를 주고 있다. 내가 아는 유방암 환우 한 명은 직장을 그만두고 난 뒤 자신이 가치 없는 사람이라는 느낌에 시달렸지만, 집에 머물면서 그동안 소홀하던 집안일에 신경을 쓰면서 여태 해 보지 못했던 새로운 경험을 하게 되었다고 말했다.

할 수 있는 일은 많다. 책을 읽거나 산에 오르거나 텔레비전을 보거나 동네 주변을 돌아보거나……. 몸이 좀 더 회복되면 더 힘든 일도 가능하다. 다른 이들을 위로하는 일도 할 수 있다. 그러나 무엇보다 귀한 일은 자신의 삶을 돌아보게 되는 것이다. 병중에는 생각이 깊어진다. 바쁜 일과 때문에 밀어 두었던 생각들. 깊은 병을 앓은 사람이 겸손해지는 것은 자신에게 도움을 준 사람과 사물들에 감사하는 마음을 느끼기 때문이다. 살아 있다는 사실 하나만으로도 충분히 감사한 마음.

병중에는 고마운 일이 많다. 살아가느라 바빠 알지 못했던 일들에 시선을 돌리고 매사 깊어지는 경험을 한다. 때로는 그 경험이 다른 세계로 방향을 틀게 만들기도 한다. 몸은 아프지만 삶은 아프지 않다는 것은, 앓는다고 해서 삶이 일그러지거나 모자라지 않다는 뜻이다. 삶은 언제나 온전한 모습을 하고 있다. 산에 있는 나무들, 그중에는 병든 나무도 있다. 나무가 병들었다고 해서 자연의 일부가 아닌 것은 아니다. 나무가 병들었다고 자연이 나무의 존재 자체를 버리는 것을 본 적이 있는가.

돈으로 환산할 수 있는 것만 생산적인 일은 아니다. 내 삶에 대한 기여도 생산적이며 내 가족과 주변인들을 격려하는 일도 생산적이다. 그러나 무엇보다도 내가 내 삶을 충실히 살아가는 것이 가장 생산적이다. 질병은 삶의 한 부분일 뿐이다. 몸은 아프지만 삶은 아프지 않다. 삶은 언제나 온전하다. 그 삶을 아름답게 지켜내는 것은 내 몫이다.

푄 현상   31

학창 시절 사회 시간에 우리나라의 등뼈를 이루는 산맥이 동과 서를 갈라놓아 푄Föhn 현상을 일으킨다고 배웠다. '푄', 묘한 울림을 주는 그 발음 때문에 잊히지가 않는다. 푄 현상을 일으키는 산맥의 중심에 설악산이 있다. 설악산은 '악산'이다. 높아서 오르기 힘들어 '악惡산'이고 바위가 많아 '악岳산'이다.

그 설악을 넘는 여러 길 중에 대표적인 것이 한계령과 미시령이다. 고등학교 때 설악산으로 수학여행을 갔고, 그 뒤에도 몇 번 설악산에 갔다. 그때는 한계령을 넘었다.

속초에 갈 때는 미시령 고개를 넘었는데, 지금은 미시령 터널이 생겨 시간이 많이 줄고 편해졌다. 터널은 마음 조일 필요가 없어서 좋았다. 아들을 면회하고 돌아오는 길, 옛 미시령 고갯길과 미시령 터널로 가는 갈림길 앞에서 남편이 제안했다.

"옛길로 가볼까?"

급하지 않은 걸음이었다. 딸도 고개를 끄덕이기에 옛길을 올랐다. 그야말로 올랐다. 내 발이 아닌 차로 오르는데 경사가 뭐 그리 대단하겠느냐마는, 그래도 올라가는 동안 긴장하지 않을 수 없었다.

옛길은 차량 소음이 들리지 않을 정도로 적막했다. 오르는 차도 내려오는 차도 거의 없었다. 길가는 버려진 듯 낡아 쓸쓸하기조차 했다. 얼마나 올랐을까. 마침내 정상, 미시령에 다다랐다. 정상에는 늘 휴게소가 있기 마련이다. 한계령에서는 휴게소에 들러 아래 경치를 구경하는 맛이 꽤 쏠쏠했는데, 이곳은 달랐다. 미시령에서는 경치를 볼 수 없었다. 정말이다. 구름이 잔뜩 끼어 가리고 있어서 아래가 보이지 않았다. 저 밑 산 아래에서 구름이 뭉클거리며 올라왔다. 물론 착각이다. 구름은 그 자리에 머물러 있을 뿐인데 흩어져 번지는 것처럼 보이는 것이다. 옛길을 탈 때는 해가 쨍쨍했는데 올라오니 전혀 날씨가 달랐다. 와아! 소리를 지르며 달려갔다.

바람이 불었다. 추웠다. 6월 19일, 여름이 한창이었다. 아침에 한 음식이 낮이면 쉬어 버리는 때, 장마 예보를 듣고 떠나온 참이었다. 그런데 우리는 미시령 고개에서 치올라오는 구름을 내려다보며 추워서 웅크리고 있었다. 몇 주 전 갔던 마패봉은 해발 927미터였다. 정상에는 햇볕이 쨍쨍 내리쬐고 있었고, 나는 땀으로 몇 번 멱을 감았다. 미시령은 826미터지만 몸으로 느끼는 온도는 확실히 달랐다.

구불구불 올라온 길도 한몫 했을 터였다. 길도 길이지만 이곳이 훨씬 더 높게 느껴진 것은 구름 탓이다. 하늘 위에 있는 구름, 그 구름 위에 내가 있다. 구름이 슬슬 스며들 듯 다가오고 있다. 손에 잡힐 듯, 바람에 날리듯. 내 안이 아닌 내 밖에서 떠도는 구름.

구름은 그저 물방울일 뿐이다. 그러나 그런 과학적 사실이 신비감을 앗아 가지는 못한다. 인체가 피와 살로 이루어진 유기체라는 사실이 인체에 대한 감탄을 없애지 못하듯, 산이란 흙과 바위와 나무와 풀로 이루어진 덩어리라는 사실이 산에 대한 감탄을 막지 못하듯, 구름이 극히 가벼운 물방울이라는 사실을 알면서도 하늘 위에 올라와 있다는 환상에 빠진다. 구름이 산을 휘감을 때 그 느낌을 어떻게 표현할까.

내려가는 길은 올라올 때보다 더 경사가 급했다. 구름이 시야를 가릴 듯 달려들었다. 푄~, 발음을 해 보면 꼬리가 길다. 기억 속에서 사라진 줄 알았던 '푄'이란 단어가 혀끝에 맴돌았다. 높은 산을 중간에 두고 이쪽저쪽의 날씨가 다른 현상. 삶에도 푄 현상이 있을 것이다. 하나의 산맥을 경계로 삶이 달라지는 분수령이 분명 있을 터이다. 이쪽은 구름마저 오르지 못하지만 저쪽은 해가 쨍쨍한 곳, 구름이 떨구는 눈물방울만 넘으면 하늘이 환한 그곳. 삶은 끊임없이 변하므로, 내 삶에도 분명 그런 분수령이 있을 터이다. 삶과 자연은 서로 잘 맞는 한 쌍이니까.

32 초록 장막

다시 또 퉁퉁 부었다. 무리했던 것일까. 건강한 이에게 등산은 취미지만, 암 환자에게 등산은 살고자 하는 투쟁이다. 투쟁이라 하니 너무 거창하고 비감하지만 사실이다. 살아남기 위한 오직 하나의 방안으로 산에 들어가는 사람도 있다. 그처럼 비장하지는 않더라도 암 환자에게 산은 몸을 여는 곳, 몸의 독을 빼는 곳, 정기로 목욕하는 곳이다.

암 환자가 산에 가는 이유는 크게 두 가지다. 첫째 체력을 기르고, 둘째 숲에서 피톤치드를 쐬기 위해서다. 건강한 사람도 숲에 2시간만 있으면 'NK 세포' 지수가 15퍼센트 상승한다고 한다. NK 세포는 내추럴 킬러Natural Killer, 곧 '자연 치유'를 뜻하는 혈액 속 면역 성분이다. 숲을 거닐다 보면 암에 대항하는 두 가지를 얻을 수 있으니 암 환자에게 산은 그야말로 축복인 셈이다.

올해 초까지만 해도 산의 느낌을 몰랐다. 산을 좋아하기는 했으나 내 성격처럼 물에 술 탄 듯 술에 물 탄 듯 흐리멍덩할 뿐 정확한 느낌을 꼬집어 낼 수 없었다. 산을 자주 가지 않는다는 뜻이기도 했다. 자주 가지 않으면 그 특징을 알 수 없다. 늘 보는 것만으로는 알 수 없는 일들이 그 안에서 일어나고 있다.

숲을 걸으며 바람에 나뭇잎이 살랑거리는 광경, 빛이 나뭇잎 위에 쌓여 잎맥이 푸르게 살아나는 광경, 풀꽃들이 아래에서 고개를 들고 솟아오르는 모습, 몇 년이고 쌓인 나뭇잎을 밟는 느낌, 나뭇잎 사이로 하늘이 점점 열리는 모습……, 산의 모든 것을 느낀다. 어디 그뿐이랴. 매주 갈 때마다 산은 달라진다. 풀잎이 솟아오르고 참꽃 마리가 활짝 웃고 은방울꽃이 댕글거리고 홀아비꽃대가 솔질하듯 흥얼거리며 초롱꽃이 고개 숙이는 그 차례가 줄줄이 눈앞에 떠오르고, 함박꽃이 얼마나 청순한지 알게 되면 산은 그 자체로 걸작이라는 생각을 하지 않을 수 없다.

산은 인간이 줄 수 없는 것을 준다. 바람이 한 번 불 때마다 얼마나 살이 떨리는지, 그 느낌이 얼마나 맵고 시원한지 겪어 보지 않으면 도저히 알 수 없는 것이 숲 속의 일이요, 숲 속의 풍경이다. 요즘 숲은 초록이 물결친다. 아니 초록이 장막을 이룬다. 고개를 들어도 초록, 고개를 숙여도 초록, 옆으로 돌려도 초록이다. 세상이 오직 하나의 색만으로 이루어지면 눈과 마음을 막지만 초록만은 예외다.

그득해질수록 시원해지는 빛깔이 초록이다.

산속에서는 모든 것을 내려놓게 된다고 한다. 산에 들면 모든 것을 잊고, 산속에 있는 사물들에만 집중하게 된다는 말일 게다. 아니 차라리 산의 일부가 된다는 말일 게다. 한 걸음 한 걸음 걸을 때마다 나타나는 나무들, 풀들, 꽃들, 그리고 새 울음. 혼을 앗기지 않을 수 없는 그 모든 존재는 산의 것.

어제 갔던 용대산은 원시림처럼 깊었다. 길은 계곡을 따라 이어졌고 그 길은 줄곧 그늘이었다. 이 편이건 개울 건너편이건 숲은 햇살 한 점 들이지 않았다. 나무 아래는 깊고 또 깊었다. 초록이 깊어지면 검은 그늘이 된다는 사실이 환상처럼 다가왔다. 산길은 계곡을 따라 이어졌다 끊어지더니 기어이 사라졌다. 되돌아올 수밖에 없었다.

계곡 옆길을 걷는 동안 대화를 하려면 소리를 질러야 할 정도로 물소리가 요란했다. 언제 있었는지 알 수 없는 장마로 나무들이 통째로 쓰러져 물속에 잠기거나 길을 막았고 흙더미들이 길옆으로 흘러내려 발걸음은 조심스러웠다. 어디서도 보지 못한 초롱꽃이 흔했고 함박꽃이 한창이라 눈은 한껏 호사를 누렸다.

산에 갔다 오면 몸이 편안하다. 피곤과 편안함은 다르다. 피곤은 육체의 느낌이지만 편안함은 육체 속 육체의 느낌이다. 지금 내 몸을 퉁퉁 붓게 한 것은 피로일까 독일까? 팔, 다리, 고관절, 쑤시지 않고 저리지 않은 곳이 없지만 몸은 더할 나위 없이 편안하다. 산의 정기로 온몸을 헹궈 낸 덕분이다.

목요일에 5차 항암주사를 맞으러 간다. 이번에는 주사약이 도세탁셀로 바뀌고 주사를 맞는 시간도 늘어난다. 잘된다면, 피 검사에 이상이 없어 예정대로 맞는다면 하루 입원해 주사를 맞을 것이다. 이제껏 맞은 아드리아마이신은 심장에 부담을 많이 준다고 했다. 지금 뼈마디가 아프고 퉁퉁 부은 것도 아드리아마이신의 부작용 탓이다. 도세탁셀은 근육통이 심하다고 한다. 우울증으로 고생하는 이들도 많다. 다른 부작용은 겪어 봐야 알겠지만, 이제껏 그랬던 것처럼 이겨내야지. 아니, 함께 잘 버텨야지.

33   클라라 하스킬, 소름이 돋다

한 여인의 이야기에 눈길이 멈추었다. 루마니아 출생의 유대인
피아니스트 클라라 하스킬.

루마니아 부카레스트 출생. 처음 빈에서 성악을 공부하고 뒤에 파
리음악원에서 알프레드 코르토, 가브리엘 포레에게 사사했다. 졸업
후 유럽 각지에서 독주자로 활약하는 한편 루마니아의 바이올리니
스트인 조르주 에네스코, 첼리스트인 파블로 카잘스와 함께 협연도
하고 만년에는 아르튀르 그뤼미오와도 협연하였다. 단정하고도 섬
세한 뉘앙스가 넘치는 그녀의 연주의 특징은 특히 모차르트와 슈만
의 작품 해석에서 발휘되었다.

백과사전에 소개된 그녀에 관한 기록이다. 지독히 객관적인 이 기록은, 읽는 이에게 아무런 감흥을 주지 못한다. 기록은 한 사람의 공적인 생애를 말해 줄 뿐이다. 공적인 생애, 능력과 업적은 무수한 톱니바퀴 중 하나일 뿐이다.

사람이 살아가는 데는 수많은 고뇌가 따른다. 살며 기뻐하며 사랑하며 울며 고통에 시달린다. 기쁨과 즐거움이 삶의 긍정적 면모라면, 슬픔과 고통은 부정적 면모다. 그러나 아이러니하게도 기쁨보다는 고통이 그 사람을 비범한 생애로 끌어올린다. 고통을 뛰어넘을 때 사람은 무한한 능력을 발휘하는 것이다. 하지만 그 고통이 평생 안고 가야 할 장애라면 어떨까. 그것도 정상에 올라설 무렵 갑자기 얻은 것이라면.

병은 생을 다양한 방식으로 바꾼다. 혹자의 삶은 일그러지고, 혹자의 삶은 방향을 바꾼다. 혹자는 타인을 위해 살아가고 또 다른 누군가는 예전의 삶을 그대로 이어간다. 찰리 채플린은 하스킬을 만나고 다음과 같이 말했다.

"나는 살면서 진정 천재라고 말할 수 있는 사람을 세 명 만났다. 한 사람은 아인슈타인, 한 사람은 처칠, 그리고 나머지 한 사람 누구보다 현격히 뛰어난 두뇌의 소유자는 바로 클라라 하스킬이다."

하스킬은 겨우 여섯 살에 모차르트의 피아노 소나타를 한 번 듣고 외워서 연주했다. 열한 살 때 빈의 음악 전문대학인 콘세르바토

르에 입학하여 열다섯 살에 졸업했다. 게다가 하스킬은 아름다웠다. 그런 그녀가 1913년 열여덟의 나이에 뼈와 근육, 세포와 세포가 붙어 버리는 세포경화증에 걸렸다.

18세, 빛나는 나이, 삶이 막 피어오르는 나이다. 그 나이에 불치병에 걸린 여자아이의 마음은 어땠을까? 그녀는 4년간 깁스를 한 채로 누워 있어야 했고 결국 꼽추가 되었다. 신을 원망하고 자신의 삶을 저주하며, 아름다웠던 삶, 원래의 삶을 절망의 양식으로 삼았다. 그러나 하스킬은 연주를 단념하지 않았다. 그녀는 활동을 재개했고 예전의 인기를 회복했다. 그러나 곧 2차 세계대전이 터졌다. 유대인인 그녀는 파리를 떠나지 않으면 안 되었다. 그리고 찾아온 뇌종양.

그녀의 상태는 심각해서 언제 죽을지 가늠할 수 없었다. 푸르트벵글러는 그런 이유로 그녀를 외면했으나 카라얀은 달랐다. 1956년 1월, 카라얀은 오스트리아 잘츠부르크에서 하스킬과 협연했고, 듀엣으로 피아노를 연주했다. 러시아 피아노의 거장 타티아나 니콜라이예바가 하스킬을 본 것은 바로 그때였다.

"그녀의 몸은 뒤틀어졌고 회색 머리칼은 헝클어져 있더군요. 그녀는 마녀처럼 세상을 바라보았어요."

회색 머리칼의 꼽추 여인, 게다가 종종 죽은 사람처럼 창백해지는 여인. 니콜라이예바는 새로운 토스카니니라고 불리는 카라얀의 연주회에서 추한 마녀를 본 것이다.

"다시 한 번, 도입 부분은 아주 잘 지휘되었고 관현악단은 아주 잘 연주했으나 특별히 영감을 주지는 않았다. 다음에 일어난 일은 전혀 예상치 못한 것이었다. 클라라 하스킬이 손을 건반 위에 얹자 눈물이 내 뺨 위를 흘러내렸다. 나는 여태 들은 적 없는 가장 위대한 모차르트를 찾아낸 것이다. 그녀의 설득력과 자력이 얼마나 강한지 곡이 다시 시작되었을 때 모든 것이 바뀌었다. 외양은 전혀 매력 없었지만 그녀의 자연스럽고 유려한 연주가 마술처럼 관현악단과 지휘자를 바꾸어 놓았다."

하스킬은 말년에 아르튀오 그뤼미오와 연주 여행을 다녔는데 브뤼셀 여행이 마지막이 되었다. 그뤼미오와의 연주를 위해 브뤼셀에 도착한 그녀는 계단에서 내려오다가 굴러 떨어져 병원으로 옮겨졌고 그곳에서 숨을 거두었다. 매번 연주가 끝날 때마다 "오늘도 살아서 연주를 마치게 되었습니다."라고 감사했다는 그녀. 말년에 하스킬은 이렇게 말한 바 있다.

"나는 행운아였습니다. 나는 항상 벼랑의 모서리에 서 있었어요. 그러나 머리카락 한 올 차이로 한 번도 벼랑 아래로 굴러 떨어지지는 않고 피할 수 있었다는 것, 그래요, 그것은 신의 도우심이었습니다."

그녀의 일생을 읽으면 소름이 돋는다. 삶에 대한 의지와 일에 대한 정열로 병마를 이겨낸 그녀. 클라라 하스킬의 삶은 '몸은 아파도 삶은 아프지 않은', 바로 그것이었다.

제4부
불과 얼음의 이중주

통증을 물리치는 건
사람이 사람을 생각하는 마음이다.
살아나게 하는 마음.

0   준비

도세탁셀을 맞으려면 4주 동안 준비해야 한다.

잘 먹어야 하고 매일 30분 이상 땀 흘리며 운동해야 한다.

몸을 따뜻하게 유지하되 열이 38도가 넘으면 곧장 응급실로 뛰어가야 한다.

주사 맞기 하루 전날, 진료 시간 2시간 전에 병원에 도착해 두 가지 검사를 해야 한다.

1시간 정도 기다려 의사를 만나 7분간 진찰받고 다시 기약 없이 기다린다.

2시간 동안 간호사와 또 다른 의사를 만나 주의사항을 듣고 주사 맞을 일정을 잡고, 집으로 돌아와 아침저녁으로 18알의 약을 삼킨다.

낮 병동은 12시간밖에 운영하지 않는다.

오전 8시 아니면 오후 2시에 입원.

담요와 따뜻한 옷을 지참할 것.

과민반응과 쇼크를 조심할 것.

주사는 4시간 동안, 혹은 5시간 반 동안 침대에 누워서 맞는다.

가지 않으면, 연락하지 않으면 100만 원짜리 주사약은 폐기된다.

환자 개인에게 맞추어 조제한 약이므로.

아, 그리고 기타 상세한 정보는 환자가 알아서 구할 것!

한 번 항암주사를 맞으면 구석구석 안 아픈 곳이 없으니 이 과, 저 과 병원 출근은 기본사항.

병원만 다녀도 지루할 날이 없다.

1   중심은 굳건한가

6월 25일, 종일 주사를 맞고 돌아오니 저녁이다. 어디선가는 비가 오신다는데 집 안에는 열이 그득하고 내 몸에도 열이 그득하다. 진료비를 계산한 딸이 눈을 동그랗게 뜬다. 주사약 값만 130만 원에 가깝다. 그래도 보험이 되니 얼마나 다행인지. 허셉틴은 몇 천만 원 한다는데. 다행히 허셉틴은 안 맞아도 되지만.

오늘 주사는 6인용 병실에 입원해서 맞았다. 앞의 세 사람 중 두 사람은 나처럼 대머리다. 한눈에 봐도 동지인 걸 알겠다. 세 가지 주사를 맞는 내내 책을 읽었다. 나탈리 골드버그의 《뼛속까지 내려가서 써라Writing Down the Bones》, 2003년도에 초판이 발행되고 2009년도에 3판이 발행된 책이다. 그동안 얼마나 많은 사람들이 이 책을 읽었을까. 지은이는 20여 년 동안 선禪 수행을 해 오고 있다고 한다. 소설이든, 삶이든 한 사람이 가진 신념과 철학은 그 사람의 삶을 빛나게 한다.

중요한 것은 '나'라는 중심이 탄탄해야 한다는 것, 그것이 근본이다. 나를 사랑하고 솔직해야 하며 벌거벗어야 한다. 중심이 굳건해야 삶이 빛난다. 내 중심은 굳건한가? 내내 그 생각에 매달렸다. 저자는 자신의 근거로 돌아가는 것이 자신을 가장 잘 알 수 있는 방법이라고 말한다. 그렇게 할 수 있을까?

병은 탄탄하고 굳건해 보이던 일상을 순식간에 허물어뜨렸다. 살아간다는 것, 존재한다는 것 외에는 아무런 의미가 없다. 오직 받아들이며 살아갈 뿐. 모든 것은 받아들임 위에서 비로소 시작한다. 나를 받아들이면 생은 사랑스럽다. 나를 받아들이면 내 존재는 충분한 가치를 지니게 되고, 그것은 곧 관계의 신뢰로 이어진다. 누군가는 죽음을 분리 불안이라고 했다. 신뢰받고 있고 신뢰를 주는 사람은 분리를 두려워하지 않는다.

옆에 누워 계신 할머니는 작년 10월에 치료가 끝났다고 하신다. 머리칼은 금세 자라더란다. 변비가 심해져서 병원에 왔더니 완치가 되었는데 이상하다며, 혹시 모르니 치료를 받든지 주사를 맞으라고 했단다. 앞의 환자는 김해에서 기차를 타고 왔다고 한다. 주사 맞으며 아이들과 전화하는 품이 아이들 학원을 챙기는 모양이다. 마음 놓고 앓지도 못하다니.

저녁밥이 나왔다. 밥 냄새가 병실에 가득하다.

"병원 밥 잘 먹혀요?"

"잘 먹혀요. 기차 타고 가야 하니까 먹어 두어야지요."

말을 걸자마자 냉큼 대답하는 품이 몹시 심심했던 모양인데 어쩌자고 아무도 말을 하지 않고 있었을까. 나도 참. 책 읽지 말고 이야기나 할 걸. 다들 할 이야기가 많았을 터인데. 나는 저녁밥을 신청하지 않았다. 치료를 끝낸 어느 환자는 병원이 있는 혜화동 쪽을 바라보는 것조차 싫고, 혜화동 음식도 질색이라고 하더니 내가 그런 모양이다. 병원 밥은 물론이고 13층 레스토랑 음식도 싫고 그동안 내내 잘 먹던 편의점 김밥도 싫다.

백혈구 수치 올리는 주사와 다른 약을 받아들고 돌아왔다. 잘 지나가야 하는데.

얼굴이 붉다

—도세탁셀 하루

2

이제껏 이런 일이 없었는데 몸속에서 열이 난다. 체온은 오히려 낮은 편이다. 어제는 35도 오늘은 35.9도. 움직이지 않아서 그런 것일까? 어제 저녁도 오늘 아침도 냉면을 먹었다. 먹는 동안 불편했지만 다행히 아무 일도 없다. 의사 소견서와 임상기록 일지를 들여다본다. 빈혈은 거의 정상으로 돌아왔다. 수치가 무엇을 뜻하는지는 모르지만 헤모글로빈 수치만 보아도 안심이 된다.

저녁에는 백혈구 주사를 맞아야지.

3

한 사람을 기억하는 일

—도세탁셀 이틀

아파서 잠이 깼다. 어깨며 가슴이며 근육이 온통 졸아드는 느낌. 아파 움켜쥐고 절절맸다. 왜 이리 아플까. 신음하듯 말하니 남편이 항암주사 탓이 아니냐고 한다. 그렇지. 도세탁셀의 주된 부작용이 근육통이다. 먹으라는 약을 살핀다. 위장 보호제, 면역질환 보호제, 구토 억제제, 철분제, 진통제, 약이 또 한 움큼이다. 진통제를 먹었다. 두어 시간 괜찮더니 다시 아프다. 어깨, 가슴, 무릎, 발목, 등, 허리 할 것 없이 무차별적으로 아프다. 여기저기서 열이 나고 수술 부위는 쿡쿡 쑤신다. 근육이 이대로 쪼그라드는 건 아닐까 싶다. 일순간 발목에 열이 확 올라 겁이 났다. 감각이 없어서 발을 디딜 수 없었다는 사람도 있더니 내가 그럴지 모르겠다.

시아버님 기일이라 묘소에 다녀왔다. 비 오는 이천 호국원. 사람들이 제법 많았다. 나는 차 뒷좌석에 누워 흔들리면서 '지금 배를 타고 있는 거야' 하고 되뇌었다. '그래서 어지러운 거야. 그래서 멀미하는 거야. 나는 지금 배를 타고 있어.' 작은 꾀가 차 타는 일을 무사히 해내도록 만든다. 얇은 이불을 덮고 누워 이동하는 일이 점점 익숙해진다.

이천 호국원의 정면 언덕은 온통 개망초 천지다. 망자를 기억하는 데 개망초처럼 좋은 꽃이 있을까? 나라를 망하게 해서 망초라는 이름이 붙었다고 하지만 자세히 들여다보면 고운 꽃, 우리 산하 어디에나 널려 있는 흔한 그 풀꽃.

우산을 썼지만 들이치는 비에 옷이 제법 젖었다. 유골 앞에서 딸과 남편은 묵념을 했다. 사람들은 그 앞에 서서 기도를 하기도 하고 이야기를 나누기도 했다. 우리처럼 간단한 제물을 차려 놓고 묵념하는 이들은 보이지 않았다. 시아버님 유골 자리는 높아 이동 계단을 끌어다 놓고 올라가야 한다. 좁아서 셋이 간신히 섰다. 남편이 관리자를 기다리는 동안 딸과 먼저 내려왔다.

"엄마는 화장해 주라. 아니 엄마는 수목장이 좋아."

평소 생각이 무심코 흘러나왔다. 다행히 오는 동안 잠이 들었다. 집에 들어오니 싸늘하던 몸이 금세 더워졌다. 다시 두통과 근육통 시작.

4

열이 춤춘다

─도세탁셀 사흘

'대상관계 이론' 강의를 들었다. 굳이 예습을 하지 않아도 되는 편한 강의, 필요한 강의라 마음은 즐겁지만 몸이 말썽이다. 어찌나 아픈지 진땀이 뻘뻘 났다. 지하철 타러 계단을 내려갈 때는 난간을 잡아야만 했다. 발에 힘이 없어 금방이라도 쓰러질 것만 같았다. 차를 몰고 갈까도 생각했으나, 얼마 전 감각이 없어 접촉사고를 냈던 일이 있어 포기했다. 허공을 딛는 느낌이니.

다른 곳으로 주의를 쏟으면 덜 아프지 않을까 했는데, 그 생각이 틀렸음을 깨닫는다. 어깨는 물론 등도, 허리도, 발도, 다리도 심지어는 목구멍까지 아프다. 근육들이 각기 '나 여기 있소' 하고 비명을 지른다. 아드리아마이신은 속을 뒤집더니 도세탁셀은 근육을 뒤

집는다. 머리까지 뒤집는지 머리도 지끈지끈 아프다. 집에 오니 딸이 병원에서 전화가 왔다고 전해 준다. 많이 아프냐고 묻더라고 한다. 아프다. 많이.

아침에 진통제를 먹고 나갔는데 효과가 두어 시간이나 갔을까. 열이 오르면서도 추워서 강의실 에어컨을 껐다. 점심에 사람들과 함께 혀가 데일 듯 뜨거운 콩나물 국밥을 먹었다. 다들 덥고 뜨거워 애를 먹었지만 내게서는 땀이 한 방울도 나지 않았다. 오후 강의 때는 뒤편에 따로 마련된 공간에 누웠다. 비몽사몽 아픔에 시달리다 잠든 나를 다른 이가 와서 깨워 주었다.

오는 길도 천천히, 천천히. 사람들은 난간을 붙잡고 계단을 오르는 나를 이상한 듯 쳐다보았다. 지하철 타는 게 이렇게 힘들 줄이야. 다리 전체에 열이 확확 돌아다닌다. 그래도 체온은 오히려 낮아 오늘도 35.9도. 다리가 끊어지는 것 같다. 다리도 허리도 펴지지 않아 구부정하다. 발바닥이 아파 걷기가 힘들다. 진통제 두 알을 삼킨다. 소용없다. 다시 열.

5

내 안의 불
─도세탁셀 나흘

부작용으로 화장실에 자주 간다. 바로 눈앞에 있는 화장실, 겨우 네 걸음인데 거기까지 가기가 그리 힘들다. 내딛는 걸음마다 열이 확확 오르고 발바닥이 너무 아프다. 종아리와 발목이 온통 불에 휩싸여 있다. 혀가 아픈, 새로운 경험도 한다. 혀 근육이 아프다. 심지어 코까지 아프다. 윗입술 끝이 갈라지고 상처들이 새로 생긴 듯 쿡쿡 쑤셔 댄다. 골반 쪽도 몹시 아프다. 골반은 아드리아마이신을 맞을 때도 아팠다. 백혈구 주사 때문일 것이다. 병원에서는 척추 뼈에서 백혈구 생성을 하니 그곳이 아플 것이라고 이야기해 주었다. 밤에도 연방 깨다 잠들기를 되풀이한다. 가만히 누워 있었다. 일어나기도 힘들다.

꿈쩍 못하자 남편이 녹차와 만두를 준비해 침대까지 갖다 준다. 삶은 밤을 까서 옆에 놓고 자꾸 녹차를 끓여 준다. 찬 음료와 찬 음식이 몹시 당기더니 이번엔 모든 것이 바뀌어 찬 음료와 음식은 생각도 하기 싫다. 남편은 마지막으로 녹차를 옆에 갖다 놓고 출근했다. 누워서 책을 읽는다. 이리저리 수십 번 몸을 돌려 가며 책을 읽는다. 어떻게 하면 덜 아플까. 어깨와 등, 배와 목, 머리가 어떻게 하면 덜 아플까. 오늘 할 일이 있는데.

아프다고 하소연하고 싶어지는 것을 보니 어지간히 마음이 약해졌나 보다. 울고 싶다. 이런 마음, 부작용도 알고 기간도 알고 지나가는 것도 알지만 아픔은 여전하니, 이제 내 상태를 인정하려는 것일까. 상실감, 해야 할 일이 있는데 돌아갈 수 없다는 상실감일까.

마음은 온전한데 몸을 마음대로 사용할 수 없는 이들의 심정은 어떨까? 몸의 아픔과 마음의 아픔은 동일한 걸까? 보이지 않는 흔적으로 일상을 사로잡는 그 상처들. 정신적 상처가 깊은 사람들은 현실을 받아들이지 못해 온갖 방법으로 현실에 셀로판지를 씌운다. 성장 과정에서 겪는 아픔들, 살아오면서 겪은 아픔들……. 나의 아픔은 어떤 것이었을까.

6

인어공주처럼
―도세탁셀 닷새

걸을 수 있다는 것은 축복이다. 잘 수 있다는 것 역시 축복이다. 동작 하나하나에, 근육 하나하나에 고통을 느끼지 않을 수 있다는 것은 얼마나 큰 행운인가.

인어공주는 발을 얻었지만, 그 발은 그녀에게 고통을 주었다. 발을 디딜 때마다 칼로 찌르는 듯한 고통, 새로 태어난 근육이 땅에 닿을 때 엄청난 아픔을 맛보아야 했다. 우리가 때로 낯선 것에 아픔을 느끼는 것도, 받아들이기 힘들다는 뜻이다.

내 발은 익숙한 땅을 딛지만 고통을 느낀다. 수십 년간 걸어온 땅을 디디면서 고통을 느끼는 것은, 그 압력을 받아들이는 내 안의 압력이 변했기 때문이다. 내 안의 압력, 약물로 인한 열기와 장력이 어디로 가야할지 모른 채 제멋대로 위력을 발휘하고 있다.

뼈마디가 저리다

—도세탁셀 엿새

7

계속되는 설사.

허리를 펼 수 없다.

앉지도 서지도 눕지도 못하는.

8

꿈
—도세탁셀 이레

간밤에 꿈을 꾸었다. 청소를 하는 꿈이었다. 쓰레기를 치우듯 아픔을 치우는 오늘이기를. 아프지 않기를. 땀을 얼마나 흘렸는지 베개가 흠뻑 젖어 있다. 오늘이 며칠인지 물어 본다. 벌써 금요일이란다.

배가 불룩한데도 화장실에 갈 수가 없어 멍하니 눈물을 흘렸다. 딸이 내 몸을 일으켜 화장실에 데려다 주고 만두를 쪄서 침대에 가져다주었다. 아이가 등에 손을 넣어 일으켜 준 덕분에 간신히 앉아서 만두를 두어 개 먹었다.

너무 아파서 예약을 잡았다가 다시 전화해서 취소했다. 이 정도면 견딜 만하다. 어제는 얼마나 아팠는지 몸이 부들부들 떨렸다. 119를 부르려고 몇 번을 전화기를 들었다 놓았다 했는지. 병원에 전화를 걸어 아프다고, 너무 아프다고 이야기했더니 간호사는 약국에 가서 타이레놀을 사다 먹으라고 했다. 다음에는 더 강력한 진통제를 달라고 해야겠다.

일주일 내내 아프기만 했다. 하는 일 없이 침대에 누워 아프기만 했다. 남편과 딸이 챙겨 주는 밥과 약을 먹으면서 아프기만 했다. 이대로 삶을 마감하지는 않겠지. 이렇게 산다는 건 어떤 것일까.

9

"허리가 펴지네."

남편 등쌀에 억지로 팥죽을 먹었다. 어제 저녁 내내 그토록 못마땅하던 팥죽이다. 먹고 싶은 걸 묻기에 팥죽을 사 오랬더니 남편은 팥과 국수를 사와 죽인지 풀 덩어리인지 알 수 없는 음식을 끓여 놓았다. 권유에 못 이겨 먹기는 했으나 눈물 날 정도로 서운했다. 그렇잖아도 혀가 둔해져 음식이 뜨거운지 더운지 분간을 못한다. 맛있는 걸 먹어도 시원찮은데 이런 풀 덩어리를 먹으라고 하다니.

남편은 혀는 까다롭지만 음식 솜씨는 형편없다. 평생 받아먹기만 하던 사람이니, 그 솜씨는 차라리 안 먹느니만 못하다. 차라리 팥죽을 한 그릇 사오는 게 낫지 않느냐고 했지만 묵살 당했다.

먹기 싫은 음식들을 강권할 때는 짜증이 더럭 난다. 엊그제까지

는 밤 한 상자를 삶아 놓고 그걸 먹으라고 강요했다. 몇 개는 먹을
수 있다. 그러나 밤이 한 접시를 넘어 가고, 냉장고에 가득 들어차
있다면 생각이 달라진다. 요즘 밤은 맛도 없는데. 계속 갖다 놓고
먹으라고 강요하는 걸 보니 밤 삶는 일에 재미가 들린 모양이다. 팥
죽도 제맛이 안 나 먹지 않겠다고 했더니 거의 밤을 새워 가며 먹으
라고 권한다. 새벽에 일어나 화장실에 가는데 어느새 쫓아와 먹으
라고 들이댄다.

가까운 슈퍼만 갈 수 있어도, 아니 음식을 할 수만 있어도 좋으련
만. 성의를 봐서 짜증은 낼 수 없지만, 내지도 않았지만, 마음속으
로 화가 치솟는다. 몸을 움직일 수 없으니 불편하기 짝이 없다. 배
가 너무 고프다. 눈물 날 정도로 고프다. 풀 덩어리 죽을 먹고 일어
나는데 남편이 말한다.

"오늘은 허리가 펴지네?"

그러고 보니 그렇다. 일주일 내내 허리를 펴지 못하고 기역자로
구부린 채 다녔다. 화장실에 갈 때도, 혼자 밥을 먹을 때도 구부린
채였다. 디스크 수술을 받고 허리를 펴지 못하던 엄마처럼, 평생 논
일과 밭일을 하신 할머니들처럼. 허리를 펼 수 없는 그 아픔이 다시
오지 않기를 바란다. 저리면서 온몸으로 번져 가는 그 통증, 생각도
하기 싫다.

10 멀치 칼국수

— 도세탁셀 여드레

방에 누워 있는데 희미하게 냄새가 난다. 김칫국인 것 같기도 하고 콩나물국에 김치를 만 것 같기도 한 냄새. 딸이 냉장고에 있던 콩나물국을 먹나 보다. 뜨끈한 콩나물국에 잘 익은 알타리김치를 얹어 먹으면…… 아, 그럴 수만 있으면 얼마나 좋을까.

부엌으로 나와 보니 딸은 없고 냄새는 여전하다. 딸의 방문을 연다. 딸은 모니터 앞에 앉아 대접에 담긴 국을 먹고 있다.

"그거 뭐니? 엄마도 먹고 싶어."

"이걸 어떻게 먹어. 새로 끓여 줄게."

"아냐, 엄마가 덜어 먹을게."

딸이 일어나 밖으로 나온다. 대접에 담긴 것은 멀치칼국수. 구불거리는 면이 아직 덜 익은 것처럼 보인다. 냉장고에서 김치를 꺼내 앉는다. 멸치칼국수라지만 라면은 라면이다. 라면을 언제 먹었었지? 기억이 아득하다. 결국 멸치칼국수 면을 내가 다 먹었다. 다시 끓여 먹으라는 내 말에 딸은 고개를 흔든다.

"하나 끓이면 다 못 먹어."

딸은 떠먹는 요구르트를 꺼내 들고 제 방으로 들어간다. 싱크대로 가 설거지를 한다. 그러고 보니 설거지도 할 수 있다. 오늘부터 허리를 펼 수 있게 된 덕분이다. 익숙하던 모든 일이 새삼스럽고 고맙다. 설거지하고 돌아서는데 한 가지 생각이 머리를 스친다.

"냄새를 맡았네!"

냄새와 맛은 삶을 풍성하게 한다. 비 오는 날 물 냄새는 그 옛날 책 읽던 골방의 기억을 떠오르게 하고, 김칫국 냄새는 학교 가느라 바빴던 겨울 아침을 불쑥 솟아나게 만든다. 그때는 멸치 넣고 끓인 김칫국이 무슨 맛인지 아예 몰랐는데. 무한히 그립게 하고, 무한히 배를 고프게 하는 냄새들……

항암주사 부작용 중 하나가 맛을 잃는 것이다. 혀가 아프면서 모든 맛이 한 가지로 통일된다. 뜨겁거나 뜨겁지 않거나. 혀가 느낄 수 있는 감각은 오직 그거 하나밖에 없다. 그나마 대단히 둔해서 몹시 뜨거운 정도라야 느낄 수 있다. 혀에 항상 감돌고 있는 신맛의 느낌, 피의 맛과도 비슷한 그 느낌. 아무 맛도 못 느끼고 아무 냄새도 못 맡는 것은 그 피의 느낌 때문일까? 아픔이 가라앉으면 둔함도 풀릴까?

11

비 오는 날의 퀵 서비스

─도세탁셀 아흐레

벨이 요란하게 울린다. 집에는 나 혼자뿐. 오전 내내, 아니 일주
일 내내 누워 있던 침대에서 몸을 일으킨다. 아직 발목에 열기가 많
지만 걷는 데 지장은 없다. 천천히 걸어 나와 벨 소리가 울리는 송
수화기를 집어 든다. 관리실 아저씨다.

"택배가 왔어요. 가지고 올라가라고 할까요?"

무슨 택배일까? 책 주문한 것은 이미 받았는데……. 어제도 뜻밖
의 택배를 하나 받았다. 부산 사는 작은 시누이가 반찬을 보내 온 것
이다. 시누이는 그동안 내가 어느 정도 아픈지 몰랐던 모양이다. 남
편은 그런 이야기를 할 사람이 아니고 나도 마찬가지다. 이번에 시아
버님 기일을 치르면서 나는 진통제로 버티니 가지 못한다고 양해를

구했더니, 비로소 사정을 안 시누이가 고마운 마음을 먹은 것이다.

오전에 도착한 스티로폼 상자 속에는 갓 담은 얼갈이김치, 소고기, 오이지무침과 떡이 들어 있었다. 모처럼 얼마나 맛있게 밥을 먹었는지. 고마운 마음에 울컥했다. 물론 마비된 혀는 맛을 전혀 느끼지 못했지만 제대로 된 반찬인지 아닌지는 알 수 있는 것.

옷을 챙겨 입는다. 물건을 받으려면 문을 열어야 하니까. 없어진 가슴이 드러나지 않도록 겉옷을 걸쳐 입는다. 몸이 땀으로 흠뻑 젖어 옷 입기가 영 거추장스럽다. 열이 나지만 덥지는 않다. 열이 자꾸 올라서 계속 하드만 찾게 된다. 냉동실에는 내가 먹을 하드, 단팥이 든 하드가 가득하다. 아들이 사다 넣은 것이다.

몸이 덥지는 않아 이 여름에 이불을 깔고 덮고 지낸다. 모자도 쓴다. 아드리아마이신을 더 이상 맞지 않으니 머리칼이 무수히 자라고 있지만 그래도 대머리는 대머리다.

띵동! 나름대로 한껏 빨리 가지만 현관까지 가는데 몇 분이 걸린다. 밖에서 기다리는 사람은 얼마나 답답할까. 어쩔 수 없지. 문을 연다. 튼튼한 우비로 중무장한 아저씨가 비닐봉투를 들고 서 있다. 아저씨는 비닐봉투와 함께 퀵 서비스 명함을 건네준다. '택배가 아니라 퀵 서비스네. 누가 보낸 거지? 급한 물건일까?' 희고 튼튼한 비닐봉투 안에는 작은 플라스틱 그릇이 여러 개 들어 있다. 플라스틱 그릇들도 각각 얇은 비닐봉투로 따로 포장되어 있다. 포장에 적힌 이름, '서울서 둘째로 잘하는 집', 독특하다.

아! 진한 자줏빛, 동동 떠 있는 흰 잣, 팥죽이다. 숟가락도 포장되어 있다. 누가 보낸 음식일까? 그것도 따뜻할 때 먹으라고 퀵 서비스로. 혹시나 싶어 전화기를 찾는다. 아니나 다를까. 문자가 들어와 있다.

"제가 댁으로 단팥죽을 좀 주문해 보냈어요. 삼청동 '서울서 둘째로 잘하는 집'에서요. 한 시간 후 쯤 도착하지 않을까 싶은데 한 번 드셔 보세요."

울컥한다. 평소 생각 깊은 그녀라는 것은 알았지만 이처럼 마음 씀씀이가 자상한 줄 미처 몰랐다. 두 아이 엄마인 나보다 한결 더 어른스럽다. 사람 됨됨이야 나이와 상관없는 것이지만 부끄러워진다. 고맙고도 부끄럽다. 이 마음을 언제 그녀, 영임 씨에게 돌려줄 수 있을까.

한 숟가락 뜬다. 달콤하다. 온몸을 쑤시고 돌아다니던 통증이 고요해진다. 통증을 물리치는 건 사람이 사람을 생각하는 마음, 보잘 것 없는 나를 아껴주는 그 마음이다. 살아나게 하는 마음.

육수 한 잔　　　　　　　　　　　　12

　몹시 지쳐 식당에 들어선 것은 1시 무렵이었다. 겨우 10분간 산에 올랐을 뿐이지만 몸은 이미 물 먹은 솜처럼 축 늘어져 덜덜 떨렸다. 그만큼 지난 일주일이 힘겨웠다는 반증이다. 어제 남편과 함께 포천에 왔다. 차 뒷자리에 이불을 덮고 누워서 달려와 숙소에 들어서자마자 뜨거운 물을 받아 욕조에 몸을 담갔다.

　미리 진통제를 두 알 먹었다. 아픔이 가시지 않아 걷기도 힘들지만 그래도 걷는 편이 낫다. 아무것도 하지 않고 있으면 더 아프다. 매번 걷는 장소를 달리 하는 것도 좋다. 몸이 아닌 밖으로 주위를 돌리게 되니까.

　오전 11시가 다 되어서 느지막이 숙소를 출발했다. 계속되는 설사가 발길을 잡았던 것이다. 이번 주에 온 비로 물이 불어나 물소리가 상쾌했다. 산은 경사가 완만해 걷기 좋았지만 어느 순간부터 한 걸음도 걷기 힘들어졌다.

"걸을 수 있는 것만도 어디야. 욕심 부리지 마."

남편은 그 말로 나를 위로했다. 침대에 묶여 있던 날들은 생각만 해도 진저리 났다. 화장실에도 가지 못하고 눈물만 흘리던 게 엊그제 일인데 지금 이렇게 걷고 있다. 생각하면 감사가 절로 나오지 않는가.

식당에 들어가 자리를 잡고 앉자 노란 옷을 입은 여인이 주문을 받으러 왔다. 고기를 주문하고 나서 일어서는 여인에게 부탁했다.

"저기요. 몸이 안 좋아서 그러는데 뜨거운 육수 좀 갖다 주실래요?"

"네. 준비해 드릴게요."

국물 생각이 간절했다. 뜨거운 국물을 마시면 온몸을 파고드는 추위가 가시리라. 뼈 마디마디 틀고 앉은 뻣뻣함이 풀리리라. 기다렸다. 뜨거운 육수가 오면, 뜨거운 육수를 마시면 이 가라앉는 느낌도 회복되리라. 식당은 많이 붐비지 않았다. 식당 가득 숯불에 구운 고기 냄새가 떠돌았다. 썩 유쾌하지 않은 냄새였다. 한여름의 태양이 밖에서 작열하고 있었다. 빨간 티셔츠를 입은 다른 여인이 다가왔다.

"주문하셨어요?"

"네. 아까 주문했는데 여태 안 나오네요. 우선 뜨거운 육수 좀 갖다 주실래요?"

"아, 아까 주문했으면 다 함께 나와요. 기다리세요."

기분이 나빠지기 시작했다. 몸의 추위와 싸우는 일은 힘겹다. 남편이 지나가던 직원을 불러서 육수를 다시 부탁했다. 젊디젊은 통통한 그가 눈을 동그랗게 떴다.

"뜨거운 육수는 없어요. 찬 육수만 있는데요."

등에 진땀이 배기 시작했다. 언제까지 기다려야 하는 걸까. 냉면집에 가면 뜨거운 육수를 준다. 평소에는 거들떠보지도 않던 육수인데 오늘은 좀 달랐다. 남편은 식사만 재촉할 뿐 이제 육수는 신경쓰지도 않았다. 직원들이 음식을 나르느라 연방 옆을 지나쳤다. 몸이 늘어졌다. 눕고만 싶었다. 아까 그 빨간 옷 여인을 다시 불렀다.

"저기요. 제가 몸이 안 좋아서 그러는데 뜨거운 육수가 없으면 뜨거운 물이라도 갖다 주실래요."

여인은 이내 뜨거운 물을 가져다주었다. 음식이 나오고 반찬들이 상 위에 놓이는 동안 나는 뜨거운 물을 식혀 가며 마셨다.

"어머, 뜨거운 육수."

고개를 들어보니 처음 주문받았던 노란 옷 입은 여인이었다.

"내가 잊어버리고 있었네. 뜨거운 육수 곧 준비해 드릴게요."

그녀는 금방 다시 돌아왔다. 주전자를 들고.

"죄송해요. 제가 잊어버리고 있었어요. 육수 여기 있어요. 무슨 국물인가 하고 보니 설렁탕 국물이네요."

아닌 게 아니라 육수는 뽀얬다. 그래도 그게 어딘가. 나는 그녀가 갖다 준 육수 한 주전자를 혼자 다 마셨다. 두툼한 사기잔에 연방 뜨거운 국물을 따라 마시는 동안 몸은 서서히 나아졌다. 고기보다 육수가 더 나았다.

냉면을 팔고 갈비탕을 팔고 설렁탕을 파는 식당이다. 육수가 없을 리 없다. 마음만 먹으면 뜨거운 육수는 얼마든지 있다. 갈비탕 국물 한 국자, 설렁탕 국물 한 국자가 육수일 수 있고, 냉면 국물을 데워도 뜨거운 육수가 된다. 누군가는 육수를 가져다주지만 누군가는 그 육수가 원래 없다고 한다.

"뜨거운 육수는 없어요. 원래 없어요."

나도 뜨거운 육수를 절실히 필요로 하는 사람들에게 그 말을 외치고 있는 것은 아닐까.

청소

―도세탁셀 열하루

13

집 안 청소를 했을 뿐인데, 그것도 걸레질은 하지 않고 겨우 청소기로 밀었을 뿐인데 이렇게 아프다니. 지독한 약임에 틀림없다.

14   머리칼도 안다

비누가 까맣다. 들여다본다. 머리칼이다. 1센티미터도 되지 않는 짧은 머리칼들이 비누 전체에 묻어 있다. 거품을 씻어 낸 뒤 손바닥으로 머리를 문지른다. 손바닥 전체가 머리칼이다. 그 짧은 머리칼들은 가늘어졌다가 굵어졌다가를 되풀이하고 있다. 폭탄을 맞은 듯 중간 중간 끊어질듯 가늘어졌다가 다시 굵어진 흔적이 두 번. 항암주사를 맞을 때마다 몸이 얼마나 힘들었는지 여실히 보여 주고 있다. 그것도 부족해 기어이 빠졌으니. 머리칼도 아픔을 아는구나.

빗방울 변주곡　　　　　　　　　15

"쉼터 가서 좀 쉴까?"

숲속 생태 탐방로는 비에 젖어 물이 찰방찰방 튄다. 젖은 숲에서
는 나무들이 빨리 다가온다. 빛의 명암이 없어 바로 눈앞으로 대드
는 나무들 때문에 숨이 막힌다. 끊임없이 부스럭거리는 소리가 난
다. 옆에서, 위에서, 아래에서. 젖은 숲에서는 갇힌 느낌이 든다.

토요일, 광릉 국립수목원, 더 아프기 전에 숲에 가야겠다고 나섰
다. 어김없이 자동차 뒷좌석에 홑이불을 덮고 누워서. 오는 내내 비
가 억수같이 내렸고, 계속 내리는 중이다. 비 덕분에 사람들이 많지
않아 호젓하고 마음이 편하다. 노란 노루오줌과 하늘나리가 모여 있
는 화단을 지나 '육림호'에서 내려오는 개울 옆을 지나 쉼터로 간다.

유일한 호수인 '육림호'는 물이 불어 온통 흙탕물이고 물이 내려가는 지점에서는 폭포 소리가 귀청이 떨어져 나갈 정도로 우렁차다. 쉼터에는 지붕만 있다. 가장 안쪽의, 노란 통나무 의자에 앉는다. 다른 의자에는 비가 들이쳐 앉을 수가 없다. 향이 난다. 이토록 오래되었어도 향이 나는 이 나무는 무슨 나무일까. 뼈가 없는 것처럼 몸이 흘러내린다. 어떻게 하면 누울 수 있을까. 좁은 의자 위에서 몸을 이리저리 틀어 본다.

빗소리가 일시에 조용해진다. 우산 속에서 듣는 빗소리는 귀가 멀 정도로 거세다. 탐방로에서 듣던 빗소리, 그 다양한 소리는 간데없고 하늘에서 곧바로 내리치는 소리만이 귀를 가득 채운다. 우산을 접자 빗소리가 조용해진다. 우비를 입은 채로 지붕 밖으로 나선다. 새 소리가 들린다. 바로 앞, 나뭇가지가 흔들리면서 새가 날아 내린다. 아니 새보다 먼저 날아 내리는 생물이 있다. 날개 달린 그것은 새보다 더 작다. 푸드덕거리는 그것을 물고 새가 다시 나뭇가지로 날아오른다.

"여기서 약을 먹을까?"

남편이 우비를 벗고 가방 속에서 진통제를 꺼낸다. 발목에서 불이 올라오고 있던 참이다. 어제, 이틀 전에 주사를 맞았다. 고통이 시작되는 징조다.

"이번엔 미리 먹어 두자고. 선제적으로 약을 먹어야 덜 고생하지."

아픔이 올 때는 아무래도 의기소침해진다. 머리는 줄곧 아래를 향하고 아픔이 어디서 오는지 생각하게 된다. 숲에 오면 아픔이 덜하다. 눈앞을 채우는 광경에 신경을 돌리게 된다. 허공을 걷는 느낌에 헛발질을 하기도 하지만 풍성한 향과 힘찬 도랑물 소리, 다양한 색채에 주의를 앗기게 된다. 방울 같은 계수나무 잎사귀들, 예쁘고 호화찬란한 고사리 종류에도 시선이 간다. 작은 웅덩이에서 헤엄치는 무당개구리를 들여다보느라 한동안 앉아 있게 된다.

남편이 갈아 온 토마토 주스와 떡을 먹고 난 다음 약을 삼킨다. 마약성 진통제다. 지난번 고통을 이야기했더니 의사는 좀 더 강한 약을 주겠다고 했다. 이번에는 더 아플 거란다. 약효가 쌓여서 더 아파진다고 했다. 근육통 이완제와 진통제와 항생제와 지사제와 정장제와 위 보호제와 비타민과 철분약, 그리고 백혈구 주사. 약이 한 움큼이다. 그만큼 증상이 많고 다양하다는 뜻이다.

엊그제 진료실에 들어가 차례를 기다리는 동안 앞에서 진료를 받고 있는 환자의 아픔이 내 아픔보다 더 아프게 다가왔다. 커튼 밖으로 그들의 말소리가 고스란히 흘러나왔다.

"암이 뼈와 폐로 전이되었어요. 뼈 통증을 줄이는 약을 드릴게요."

언제나처럼 의사는 컴퓨터를 보며 말을 하고 있을 것이다. 전혀 감정이 담기지 않은 그녀의 목소리에 뒤이어 남자의 느릿한 목소리가 물었다.

"지난번에 쓴 그 약은 다시 쓸 수 없나요?"

"이미 쓸 수 있는 항암 주사약은 다 쓴 상태예요. 더 써서도 듣지 않으니 소용없어요. 방사선은 맞을 수 있는지 알아봐 드릴게요. 그게 고통을 좀 줄일 수 있다면 해 봐야죠. 뇌로 전이가 될 수도 있어요. 정신을 잃으면 응급실로 빨리 오세요. 안녕히 가세요."

"물어볼 게 있어서 적어 왔는데요. 뼈 스캔한 결과는 어떻게 되었습니까?"

"제가 지금껏 설명 드린 게 바로 그거예요. 뼈로 전이가 되었고 그 통증을 줄일 수 있는 약을 드린 거잖아요. 안녕히 가세요."

재촉하듯 내뱉는 '안녕히 가세요' 때문에 더 이상 말을 이을 수 없었던 것일까. 커튼이 열리고 할아버지와 할머니가 나왔다. 보고 싶지 않았지만 보지 않을 수가 없었다. 바싹 마른 할아버지와 키 큰 할머니. 그들에겐 아무 표정이 없었다. 실감이 안 나는 모양이다. 나 역시 그랬는데.

전이는 암이 다른 곳으로 옮겨 간 것이다. 뼈, 폐에 이어 뇌까지 전이가 된다면……. 재발했다는 소식을 듣고 우는 환자들을 종종 보았다. 스물여섯, 한창 나이에 유방암에 걸려 치료를 받은 지 2년, 상견례를 하고 결혼 날짜까지 잡았는데 재발되었다는 소식에 나락으로 꺼져 내리는 듯 비명을 지르는 여인, 그리고 함께 가슴 아파하는 의사의 이야기도 들었다.

친한 사람이라고 해서, 병을 잘 아는 의사라고 해서 내 아픔을 온전히 알 리 없다. 유방암에 걸린 한 여인은 가장 친한 친구라고 생각했던 이에게 "너는 암까지 걸려서 아직도 겸손하지 않네."라는 말을 듣고, 그 친구와 연을 끊었다고 했다. 겸손이라니. 무엇이 그리 못마땅해서 그런 소리를 했을까. 의아했다. 암에 걸렸으니 겸손해야 한다는 사고는 어디서 나온 것일까?

겸손은 삶에 대한 태도이다. 겸손은 상대를 대하는 태도가 아니다. 겸손은 자신의 한계를 깨닫고 있는 이의 태도이다. 아픔을 겪은 이가 겸손해지는 것은 자신의 한계를 깨닫기 때문이다. 병은 사람을 가리지 않는다. 아무리 철저하게 몸을 돌보아도 병은 찾아오며, 아무리 부자라 하더라도 병을 비켜갈 수 없다. 고통의 경중은 빈부나 지위를 가리지 않으며 시간을 가리지도 않는다. 의학이 아무리 발달해도 병 앞에서 인간은 무력하다. 과학이 아무리 발달해도 천재지변 앞에서 무력한 것처럼.

병을 앓다 보면 자신이 얼마나 무력한 존재인지 깨닫게 된다. 짓쳐 드는 아픔은 진통제의 힘을 빌어도 소용없다. 아픔 앞에서는 그어느 것도 통하지 않으므로 진정 겸손한 이는 극한의 고통을 겪어본 사람일 것이다.

생명 있는 모든 것을 사랑하는 마음이 겸손이다. 모든 사물 위에 내리는 빗소리가 저마다 다른 것은 생명의 무게가 저마다 다르기 때문이다. 빗소리가 교향곡인 것은 생명이 내는 소리가 저마다 다르기 때문이다. 빗속에 노래하는 새들이, 빗방울 무게에 흔들리는 풀과 꽃들이, 모처럼 물 넘치는 웅덩이에서 짝짓는 무당개구리들이 제각각 아름다운 것은 그 생명들이 자기에게 주어진 삶에 충실하기 때문이다.

우산을 접어 비닐봉지 속에 넣는다. 산림박물관 안에는 정적만 가득하다. 쉰 살 먹어 삶을 끝낸 나무 앞에 선다. 먹먹하도록 아파진다. 살아 있으므로 해낼 수 있는 일은 소망인가.

16 팔불출

식탁 위에 책이 놓여 있다. 엊그제 딸이 내려놓고 간 것이다. 무심도 했다. 내 고통에 겨워 신경 쓰지 못했는데, 오늘 들춰 보니 딸의 그림이 있다. 이거 내 그림책이라고 말하고 가면 좀 좋을까. 며칠 동안 식탁 위에 그대로 놓여 있었으니 아이가 드나들면서 얼마나 서운했을까. 내가 누워 있는 동안 식구들 모두 지친 나머지 신경이 날카로워져 짜증을 부린 탓이다. 내가 누워 있으면 집안도 엉망, 식구들 기분도 엉망이 된다. 하여간 미안해진다.

팔불출이라 그런가. 딸의 그림을 보니 입이 떡 벌어진다. 그 색감이라니. 내 딸이지만 정말 대단하다. 온몸의 우울이 순식간에 사라진다!

왜 이리 빠를까? 17

병원에 검사하러 간다. 내일 저녁 8시 반에 의사를 만나니 금, 토, 월요일 중 어느 날 항암주사를 맞겠지 싶다. 지난 주사의 효과가 아직 가시지도 않았는데 다시 주사를 맞을 때가 된 것이다. 진통제를 안 먹고 견딘 게 겨우 사흘인데 벌써 주사 맞을 때라니.

아드리아마이신은 주사를 맞고 이틀 정도 뒤부터 효력을 발휘하기 시작해 짧으면 일주일, 길면 열흘 정도 지나야 아픔이 가셨다. 처음 맞을 때 몹시 힘들었으나 그때는 수술한 지 얼마 되지 않아 그럴 거라고 생각했고 두 번째부터는 다소 아픔이 덜했다. 한데 도세 탁셀은 강렬한 고통이 오래 간다. 진통제, 그것도 마약성 진통제를 먹어야 하는 고통. 그러고도 낫지 않는 고통……

293

손발이 저린 것은 물론, 아침이면 한동안 움직여 주어야 몸이 비로소 가동을 한다. 온몸이 막대기로 변한 느낌. 움직일 때마다 관절이 삐걱거리는 소리가 들린다. 고개를 돌릴 때도 역시 그그그 소리가 난다. 하루 종일 퉁퉁 부어 있고 몇 킬로미터를 걸어도 부기가 빠지지 않는다.

우화羽化   18

오늘은 뒷동산 오르는 게 늦었다. 햇살이 불화살처럼 목덜미에
와 얹힌다. 아침 7시 30분이니 그럴 만도 하다 싶지만, 그게 아니다.
오늘 날씨가 특별히 뜨겁다. 뜨거울 뿐 아니라 습하기도 하다. 말
그대로 숨이 콱 막힌다. 경사를 올라 나무 계단 앞에 서서 잠시 숨
을 가다듬는다. 온몸으로 번지는 뻣뻣함과 아픔을 견디면서 언제쯤
이 계단을 쉬지 않고 오를 수 있을지 생각한다.

계단 초입에 노각나무가 서 있다. 한동안 열심히 옷을 벗던 나무는
이제 더 이상 허물을 벗지 않는다. 나무 밑에 수북이 쌓인 껍질들, 30
센티미터는 될 법한 껍질들은 편지지로 써도 좋을 듯싶다. 그 앞에서
쉬었다가 다시 오르기 시작한다. 나무 계단에 매미 허물이 보인다.

계단 위에도 계단 옆에도 매미 허물이 있다. 매화나무가 양옆에 서 있는 계단 끝까지 오르면 둥치에 매미 허물이 붙어 있는 나무들이 나타난다. 열대여섯 개의 허물들. 간밤에 새로 우화했는지 매미 한 마리가 꼼짝도 하지 않고 나무에 붙어 있다. 땅에는 구멍, 구멍들.

허물을 벗는 일은 노력을 필요로 한다. 새 살을 보이는 일이요, 새 형태를 보이는 일이다. 식물은 제 몸을 불리려고 허물을 벗고 곤충은 제 형태를 바꾸려고 허물을 벗는다. 껍질을 벗는 일, 그것은 제2의 삶을 살고자 예전의 자신을 버리는 것이다. 새로운 삶을 위해 과거를 온전히 버리는 일이다. 나비는 탈피를 위해 혼신의 힘을 기울인다. 나비의 탈피를 돕고자 껍질 한 귀퉁이를 잘라 주면 나비는 쉽게 고치에서 빠져나오지만 피가 돌지 않아 날개가 제대로 자라지 못해 결국은 죽는다고 한다. 우화는 온전히 제 힘으로 해야 하는 것이다.

우화란 살아남으려는 필사적인 몸부림이다. 오늘, 이 덥고 습한 날 퉁퉁 부은 채로 뒷동산에 올라 헉헉거리며 걷는 나는 어떤 허물을 벗고 있는 것일까.

뜨거운 옥수수   19

찌는 듯 더운 날, 문을 꼭꼭 닫아걸고 앉아 있는데 현관 벨이 요란하게 울린다. 현관 유리문을 열고 나가니 열기가 냉큼 달려든다. 연한 갈색 옷을 입은 우체부 아저씨가 딸의 이름을 확인하고는 상자 두 개를 건네주신다. 송장에는 군에 간 아들 이름이 적혀 있다. 무얼까? 무언데 두 개나 보내왔을까. 상자가 뜨겁다. 달려온 길이 얼마나 뜨거웠기에 종이 상자마저 이렇게 뜨거울까. 거실로 가져와 과도로 봉한 테이프를 자른다. 뚜껑을 펼치니 초록 껍질, 갈색 수염이 달린 긴 타원형 물건이 나온다. 옥수수다. 크고 실한 옥수수가 가득, 두 상자다. 아들은 부대 안 우체국에서 옥수수를 사서 부쳤을 것이다. 지난번 곰취를 보냈을 때처럼.

두 상자라니, 좀 많다. 이걸 어떻게 할까 잠시 생각하다가 앞집으로 간다. 벨을 누른다. 앞집 아줌마는 집을 비울 때가 많지만 혹시나 싶은 것이다. 다행히 인기척이 나고 문이 열린다. 검은 곱슬머리에 나보다 키가 작고 약간 통통한 그녀는 외출 준비를 완전히 갖추고 있다. 나를 본 여인의 얼굴이 환하게 바뀐다.

"아들이 옥수수를 보내왔는데 좀 드리려고요."

"그 집 아들은 참 자상한가 봐요. 지난번에도 곰취를 보내더니 군에 가서 엄마 생각하고."

교회 카페에 봉사하러 간다는 예쁜 아줌마는 언제나처럼 환하게 웃는다.

"우리도 먹을 사람이 없어요. 조금만 주세요."

앞집에 옥수수를 나눠 주고, 동생에게 문자를 보낸다.

"아들이 옥수수를 보내왔어. 가져가."

군에서 받는 월급이 얼마나 된다고. 제 쓸 것도 부족할 텐데. 아들이 보내온 마음이 덥다.

울부짖던 여인 20

"어떻게 해! 어떻게 해! 나 어떻게 해!"

금방 진료실에서 나온 여인이 소리를 지른다. 여인 옆에 있던 두 사람이 그녀의 팔을 붙든다.

"나 어떻게 해! 나 유방암 0기래. 나 어떻게 살아!"

여인은 고함을 치고 옆에 있는 사람들은 어쩔 줄 모른다.

"어, 유방암 0기면 아무것도 아니야. 내가 아는 사람은 유방암 4기 인데 멀쩡하게 잘 살아. 까짓 거 약 먹고 치료하면 돼. 암이 별건가."

옆에 있던 뚱뚱한 남자, 얼룩무늬 셔츠를 입고 배가 불쑥 나온, 팔 굵은 남자가 걸걸한 목소리로 말한다. 그래도 여인은 들으려고 도 하지 않는다.

"나 어떻게 해!"

의자에 앉아 진료를 기다리던 이들이 모두 쳐다본다. 그러거나 말거나 그녀는 소리 지르며 우느라 정신이 없다. 이곳에 있는 사람들은 모두 유방암 환자들이다. 당장 나만 해도 3기가 아닌가.

그동안 수많은 환자들을 만났다. 삭발한 머리 탓에 사람들은 내가 암 환자임을 쉽게 알아보았다. 정기 진료를 기다리는 사람들은 항암주사의 부작용을 일러 주고 몇 일째가 가장 힘든지 알려 주기도 했다. 가슴을 부분 혹은 모두 절제했던 그들, 이상하게도 내가 만난 사람들은 다들 3기였다.

그들은 하나같이 침착했는데 지금 이 여인은 0기라는 사실에 절망하며 저렇게 울부짖고 있다. 사실 울부짖는 그녀가 신기해 보였다. 나는 어땠지? 나는 실감하지 못했다. 내가 유방암이라는 사실을 듣고도 아무런 감흥이 없었다. 아니, 멍했다. 암은 생각하지 못했던 복병. 누군들 그 의미를 단번에 알겠는가.

자신이 아프면 타인을 생각할 여유가 없어진다. 그것은 누구나 마찬가지일 것이다. 그러기에 관절염 환자가 "암은 수술이라도 하잖아. 나는 수술도 못해."라고 하소연하고, 암 수술한 환자에게 "돈만 더 내면 흉터를 조그맣게 해주는 곳이 있어."라며 성형수술을 권하고, 항암주사로 고통 받으며 운동하는 환자에게 "천천히, 천천히 하세요."라고 사뭇 비밀이라도 일러 주는 것처럼 충고하는 것일 게다.

진료실 앞에서 자신이 0기라고 천지가 떠나갈 듯 울부짖던 여인, 그녀의 절망은 크고도 깊었다.

"아들 환영" 21

다른 등산객은 모두 모자를 쓰고 있었다. 머리칼 수북한 그들은 모자를 쓰고 머리칼을 박박 민 나는 모자를 쓰지 않았다. 등산객들은 나를 쳐다보지 않는다. 힐끗거리며 내 쪽으로 고개를 돌리고 유심히 쳐다보는 사람은 없다. 물론 여전히 묘한 눈초리로 쳐다보는 이들은 있지만, 그래도 신경 쓰지 않는다.

예봉산에서 운길산, 수종사 쪽으로 넘어가는 길을 잠시 올랐다 내려오는 길이다. 새재고개에서 옹달샘 약수터와 갈림길을 지나 산중턱 빈틈에 앉아 잠시 땀을 들이고 내려왔다. 계곡에서는 고기 굽는 냄새와 더불어 아이들 외침이 요란하다. 길에서 내려다보니 웃통 벗은 아저씨들이 보인다. 누군가 얌전히 놓고 간 쓰레기 봉지도 길 한 곁을 차지하고 있다.

어제 주사를 맞았다. 이번에는 통증이 빨리 찾아왔다. 주사를 맞으면서 통증이 시작되어 진통제를 먹었다. 돌아오는 길에 병원 냉장고에 백혈구 생성 주사를 두고 와 다시 찾으러 가는 소동도 벌였다. 그리고 오늘, 집보다 밖에 나오는 편이 나을 것 같아 산을 찾았다.

새벽까지 비가 내렸는지 길이 축축하다. 그래도 오를 때보다는 땅이 많이 말랐다. 오를 때는 숨이 차지만 내려올 때는 그나마 낫다. 숨이 차다고 이야기했더니 의사는 그럴 리 없다며 황급히 순환기내과 진료를 잡아 주었다. 아마도 도세탁셀 탓이 아닐까.

같은 산을 몇 달 동안 찾다 보면 그 변화가 한눈에 들어온다. 봄내내 예봉산 올라가는 길은 양쪽이 너른 들판 같았다. 지금 그 들판은 하나도 없다. 풀들이 허리 높이까지 자라 헤치고 들어갈 수도 없다. 닭의장풀들이 기세 좋게 자라고 고마리들이 꽃봉오리를 내민다. 노랑물봉선들과 억새들, 돼지풀, 누리장나무와 사위질빵, 그리고 아직 그 이름을 모르는 수많은 나무들.

그늘이 아닌 길은 훅훅 열기를 내뿜는다. 몸이 다시 땀으로 젖는다. 다리에 힘이 빠져 덜덜 떨리지만 이 정도만 해도 얼마나 고마운지. 산에 오면 몸이 편하다. 시내에서는 30분도 버티지 못하고 온몸이 파김치가 되지만 산에서는 몇 시간이고 버틸 수 있다. 인간의 몸이란 얼마나 오묘한 것일까. 피톤치드니 NK 세포니 하는 과학을 동원하지 않아도 몸은 숲의 가치를 절로 안다. 나는 자연이다. 나는 자연의 일부, 아픈 자연이다. 모든 것이 온전한 상태로 있으면 그게

어디 자연이겠는가. 태어나고 자라고 병들고 회복하고 늙는 것, 그
것이 자연의 모습인 것을.

마음이 급한 것은 아들 때문이다. 휴가 나오는 아들이 3시 30분
쯤 집에 도착할 텐데……. 산에 오를 때 식당 앞에 차를 세워 두었
는데 식당 주인이 차를 빼라고 전화를 하는 바람에 마음이 더 급하
다. 식당에 들러 점심을 먹을 테니 주차시킬 수 있게 해 달라고 양
해를 구했다.

돼지고기 바비큐를 파는 식당이다. 계곡 옆 나무 밑에 탁자가 놓
여 있다. 메뉴를 보니 밥집이 아니라 술집이다. 나무 그늘 밑 탁자
에 자리를 잡고 고개를 들어 보니 나무로 만든 새집이 얹혀 있다.
탁자는 얼마나 오래되었는지 철심을 박아 갈라지려는 나무를 얽어
놓았고 의자는 뒤로 넘어갈 듯하다. 벌레 한 마리가 열심히 이슬 맺
힌 유리컵을 타고 올라가고 있다. 우리 역시 저 벌레 같을 텐데. 언
제 어떤 일이 생길지 모르고 현재에 열중하는.

해물파전이 나온다. 오징어 두어 조각, 홍합 한 점, 파와 고추, 그
리고 기름 범벅. 묵은 김치와 양파 장아찌와 간장. 해물은 흔적만
있네. 콩국수를 서둘러 먹어치우고 일어선다. 2시 40분. 집에 가면
아들이 와 있지 않을까. 아침에 나서기 전 '아들 환영'이라고 인쇄
해서 현관문에 붙여 놓고 나왔다.

누구나 집에 오는 마음은 한결같을 것이다. 나를 믿어 주고 응원
하는 가족들이 있는 곳, 내 존재가 쉼을 얻고 내 존재가 살아갈 가치
가 있다고 믿어 주는 곳, 내 머리칼을 밀어 주고 감각이 없는 내 발

바닥을 마사지해 주며 나를 부축해 화장실에 데려다 주는 딸이 있는 곳, 고등학교를 자퇴하고 5년 내내 집 안에 박혀 있던 딸에게 너를 믿는다고 말했던 곳, 거대한 배낭에 토마토 주스와 옥수수와 물과 배와 돗자리와 신문지를 넣어 와 쉴 자리를 마련해 주는 남편이 있는 곳, 군에 간 아이가 우체국에서 옥수수를 사서 부치는 곳, 완전하지 않고 온전하지 않은 부모와 아이가 서로 상처 입히고 아프게 하지만 언젠가는 그 안에 있는 마음을 깨닫는 곳이 바로 집이다.

아, 그리고 내가 늙어 감을 깨닫는 곳. 아프면서도 벌떡 일어나 집에 올 아들을 위해 먹을거리를 장만하며, 먼 훗날 각자 자기 삶을 살다가 간혹 들르는 아이들을 위해 또 이렇게 하고 있겠구나 하고 깨닫는 곳.

춘천에서 시험을 치른 아들은 5시가 넘어서야 집에 왔다. 대문에 붙여 놓은 분홍 빛 '아들 환영'과 현관문에 붙여 놓은 파란빛 '아들 환영' 쪽지를 떼어 내며 아들이 들어왔다.

종일 22

앉아 있기도 힘들다. 혀가 아파 먹을 수가 없다. 입맛은 엉망. 언제쯤 음식 맛을 알 수 있을까.

23 신경질

연일 이어진 더위로 집안은 후끈하고 비에 젖은 신발 냄새로 골치가 지끈거린다. 지난주 산에 갔다 온 남편 신발, 아이들 신발, 슬리퍼들이 제멋대로 현관을 가득 차지하고 있다. 퇴근한 남편이 집에 들어서자마자 대뜸 큰소리를 지른다. 남편은 더위에 지쳤고 일주일 내내 누워 있는 내게 죽을 해 먹이느라 지쳤다.

일어난다. 기어가 신발을 정리해서 신발장에 넣고 방향제를 갖다 놓는다.

만일 남편이 아팠더라면 나도 남편처럼 신경질을 부렸을까?

비 오는 날, 부침개가 그립다　　　24

　밖을 보니 나가고 싶어졌다. 일주일 내내 집 안에서 거의 종일 누워 지냈다. 가슴이 답답하고 아픈 탓에 될 수 있는 대로 움직임을 자제하다 보니 더 답답했다. 아픔도 아픔이지만 먹는 일도 보통이 아니다. 남편이 사다 주는 죽은 한계가 있다.

　파는 음식에는 도무지 정성이라고는 담겨 있지 않아 금방 질린다. 남편이 해 주는 음식도 한계가 있다. 사 오는 죽을 거들떠보지 않자 남편이 노량진 수산시장에서 전복을 사와 죽을 끓였는데, 전복이 거의 토막 수준이다. 거짓말 살짝 보태 주먹만 한 전복 살이 돌아다녔다. 어디 그뿐이랴. 모든 음식을 싱겁게 먹어야 한다고 믿는 남편이기에 죽에 간 자체를 하지 않았다. 사 온 죽보다는 낫다고 해도 먹느라 혼이 났다. 반찬은 단무지 세 쪽, 그것도 물에 담근 단무지. 냉장고 그득한 김치와 그 맛있는 깻잎장아찌는 어쩌고 제일 싫어하는 단무지를 귀한 음식이라도 되는 양 내놓는 것인지. 아무리 배가 고프고 허기져도 그것만은 먹기 싫었다. 남편이 가자마자 단무지를 쓰레기통에 처박아 버렸다.

음식을 담는 그릇도 불만이다. 국그릇에 가득, 간신히 넘치지 않을 정도로 담아 주는 것이 마음에 안 든다. 내가 얻어먹으러 온 사람도 아닌데. 어떤 음식이든 제 그릇에 적당히 8부나 7부 정도 정갈하게 담아야 제맛이 난다. 거기에 간을 맞출 국간장도 보이지 않는다. 내가 남편에게 그렇게 해 준 적이 있느냐 말이다.

아무리 남자와 여자가 다르다지만, 이런저런 일이 쌓이니 서운하다 못해 화가 났다. 내 몸을 내 마음대로 건사할 수 없으니 이렇게 서러울 수가 없다. 이건 숫제 음식 횡포다. 하긴 남편에게 제대로 된 음식을 기대하는 것 자체가 하늘에서 별 따기 만큼이나 힘든 일일 것이다. 결혼 생활 25년 동안 남편은 음식을 해 본 적이 없다. 지난번 끓여 준 팥 풀떼기에 이어 이번이 두 번째다. 라면은 끓일 줄 알지만 남편이 끓여 준 라면을 맛있게 먹어 본 기억이 없다.

사실 지금 나는 혀가 마비되어 맛을 느낄 수가 없다. 그나마 내가 해 주는 음식을 식구들은 불평 없이 먹지만 나는 불만이 많다. 천천히 떠 넣거나 마구 몰아넣거나 해서 말 그대로 먹어치운다. 맛을 느끼는 즐거움이 사라졌다. 여름이면 아침마다 감자를 강판에 갈아 신 김치와 양파, 파를 썰어 넣고 메밀가루를 섞어 부쳐 먹었는데,

그렇게 해 먹은 지가 언제더라.

비가 오는 줄 몰랐다. 잠깐 망설이다가 그냥 운동장으로 향한다. 아이들 세 명이 비를 맞으며 야구를 하고 있다. 평소대로 운동장을 돈다. 답답한 가슴을 달래려고, 또 운동을 하면 숨찬 증상이 나아질 것이라는 기대를 안고. 빗줄기가 굵어진다. 더 이상 버티면 안 될 것 같다. 돌아서니 비구름이 한눈에 들어온다. 내 집, 아파트 위로 비구름이 가득 내리누르고 있다. 세상이 달라진다. 차들이 도로에 들어찬 답답한 부도심이 비에 젖은 산이 된다.

한동안 넋을 잃고 바라본다. 빗줄기가 더 굵어진다. 안 되겠다. 집에 들어가야겠다. 들어가서 부침개를 해야지. 기어이 동네 마트에 들러 오징어와 파를 사고야 만다.

25 미련퉁이

어제부터 진통제를 안 먹었다. 겁도 없이. 종일 그럭저럭 견딜 만했다. 손발 쑤신 거야 으레 그러려니 했고, 목 아프고 혀 아픈 것은 때로 찾아오는 고통이니 그때만 견디면 되려니 생각했다. 아침에 일어나니 손가락이 약간 부어 있고 저렸다. 그냥 괜찮다 싶어 견뎠다. 종일 한 일이라고는 빨래 개고 무와 깻잎을 사다가 깍두기와 깻잎김치 담은 거밖에 없는데…….

다리가 퉁퉁 부어 있고 발은 계속 저리다. 온몸이 부어 있다. 어깨와 팔은 어찌나 조이는지 들어올리기가 고통스럽다. 쏙쏙 쑤신다는 느낌을 실감하다 못해 진저리친다. 혹시나 하고 약 봉투를 뒤졌다. 근육통 약이 있다. 10일분.

한 알 삼켰다. 물을 마시고 상을 펴고 컴퓨터를 연다. 설마! 이렇게 약효가 빠를 수가. 발바닥 아픔, 손가락 아픔이 온전히 사라진다. 어깨 통증도 많이 완화되었다.

미련퉁이 같으니라고!

26 마지막 항암주사

아침, 알약을 삼켰다. 항암제 부작용을 방지하려고 먹는 약이다. 어제 저녁에도 이 약을 먹었다. 16개나 되는 알약을 넘기느라 물을 세 번이나 마셨다. 내가 미련한 탓이다. 아무리 작은 약이라 해도 그 많은 걸 한꺼번에 삼키려고 덤비다니.

이 약들이 싫다. 이 약을 먹은 뒤 맞아야 할 항암주사가 싫고 두렵고 아프다. 항암제를 맞으면 발끝부터 머리끝까지 어느 한 곳도 빼지 않고 고통이 찾아올 것이다. 이빨과 혀와 목이 들뜨고 조여들 것이며 쑤시듯 아플 것이다. 발바닥이 5센티미터쯤 두꺼워져 걸어도 내 발이 아닌 것 같을 것이다. 1시간 정도 걷지 않으면 종아리는 하루 종일 당기고 아플 것이다. 무엇보다도 항암주사를 맞은 지 3

주가 지나도 여전히 맹위를 떨치고 있는, 그 손발 저림.

몸은 그 고통을 남김없이 기억하고 있다. 이 약은 그 고통으로 가는 전초전이다. 그래서 부작용을 막아 주는 이 약이 기실은 고마우면서도, 그 고통을 상기하기 싫어 한꺼번에 삼키는 미련한 짓을 한다. 그나마 다행인 것은 이번 주사가 마지막이라는 것. 이 주사가 영원한 마지막이 되기를 기원한다. 열렬히.

다시는 고통을 맛보고 싶지 않다. 항암주사로 인한 고통, 암이라는 것을 알게 된 순간, 그 뒤 찾아온 억울함과 분노와 미칠 듯한 심정을 다시는 겪고 싶지 않다. 몸과 마음이 겪었던 그 나락으로 다시는 떨어지고 싶지 않다. 세월이 지나면 그 순간 얻은 것들에 감사하게 될까? 아마도 그럴 것이다. 고난의 의미가 무엇인지 깨달았으니까.

사람은 살아가면서 누구나 고난을 겪는다. 그 고난의 형태는 다양하다. 암 같은 난치병이거나 사업 실패 같은 경제적인 어려움, 혹은 이혼 같은 관계의 어긋남일 수도 있다. 고난의 형태가 다양한 만큼 그 결과도 사람에 따라 다르다. 고난을 겪으며 주저앉는 이가 있는가 하면 일어서는 이도 있다. 고난을 겪은 뒤 삶을 더 어두운 눈으로 보고 경제적으로 더 어려워지는 사람들도 많다. 하지만 외적으로 내리막길을 걷는다고 해서, 내적으로도 그런 것은 아니다. 그 과정에서 얻는 교훈과 삶의 의미, 그것은 쉽게 얻을 수 있는 것이 아니다.

책들은 고난을 축복으로 돌린 사람들의 이야기를 하고 있었다. 대체 아픔에서, 슬픔에서, 고통에서, 실패에서 무슨 의미를 찾았다는 거지? 읽고 또 읽었다. 실패를 딛고 일어선 사람들, 고통에서 일어선 사람들, 자랑스럽게 혹은 겸손하게 나는 이렇게 암을 이겨 냈노라고 말하는 사람들. 그런 이야기들을 읽고 또 읽으면서 찾아내려 애썼다. 그들은 어떻게 해서 의미를 찾았을까. 어떻게 고난을 이겨 냈을까.

자신이 겪은 일들을 담담하고 치열하게 묘사하는 그들의 이야기에서 내가 깨달은 사실은, 고통은 스스로 의미를 부여하기 나름이라는 것이다. 어떤 이는 암을 친구처럼 생각했다고 하고, 다른 이는 암으로 인해 자신의 삶이 정반대로 바뀌었다고 했다. 모든 것을 내려놓으라 하는 이도 있었고, 살아야 할 이유를 설정하라고 말하는 이도 있었다. 각자 표현하는 바는 모두 달라도 그들에게는 공통점이 있었다. 바로 자신을 소중히 여기라는 것.

고통에 의미를 부여하는 것은 고통을 가치 있게 만든다. 고통을 헛되이 흘려버리지 않으려고 안간힘을 다하느냐, 아니면 그저 육체의 고통으로만 여기느냐의 차이. 스스로 고통을 가치 있게 만들려고 하는 마음가짐과 몸가짐이 고통을 가치 있게 만든다.

삶의 의미는 살아 있는 내내 변한다. 지금 내가 겪고 있는 고통이 내 삶의 의미를 새롭게 만들어 줄 것이다. 내 고난은 기회가 될 것이다. 고난을 겪고 있는 모든 이들이 고통을 기회로 삼기를, 나 역시 그럴 수 있기를⋯⋯.

고통은 육체만의 것일까 27

며칠 전 일이다. 저녁, 아니 밤 10시경이었다. 종일 더위에 시달리다 공원에 나갔더니 다소곳한 잔디 언덕에 사람들이 자리를 펴고 앉아 있었다. 보통은 잔디가 아니라 의자에 앉는다. 해서 그 할머니들은 대번 눈에 띄었다. 한두 명이 아니라 열 명은 넘는 듯싶었다.

모두 가볍고 화사하게 차려입어 거무스레한 어둠 속에서 빛났다. 돗자리 위에는 먹을 것과 마실 것들이 놓여 있었고 가끔 손짓이 어우러져 한껏 흥거운 기운이 배어 나오고 있었다. 웃음소리가 자글자글 굴러다니는 것 같았다. 할머니들을 지나쳐 공원 운동장을 열 바퀴 돌았다. 한 시간쯤 걸렸을까? 다 걷고 보니 할머니들은 여전히 그 자리에 계셨다. 문득 나도 저 자리에 끼고 싶다는 마음이 들었다. 여러 사람과 웃을 수 있는 자리에 가 본 지가 너무 오래되었다.

늦은 시간까지 함께하는 걸 보니 할머니들은 오래도록 서로 마음을 나눈 사이인 모양이었다. 오랜 시간의 교류, 혹은 마음 통함이 서로를 다독였을 것이다. 살아오는 동안 그들이 함께 나눈 삶의 조각들이 서로를 서로에게 끌어당겼을 것이다. 삶이 평화롭고 순조롭기만 했다고 누가 자신할 수 있을까. 살아남은 자에게는 모두 다른 이야기가 있다.

삶이 각각이듯이, 고통이 모두에게 각각이듯이 암 역시 각각이다. 의사들이 말하는 증상이나 치료 방법은 비슷하지만 원인은 천차만별이며, 부작용도 그에 대응하는 방법도 모두 다르다. 그래서 의사들은 가장 중요한 것은 마음가짐이라고 말한다. 암의 원인으로 스트레스를 지목하는 이들이 많은데, 이 또한 마음가짐과 무관하지 않다. 그동안 내가 왜 고통을 겪었는지, 왜 암을 앓게 되었는지를 생각하면서 마음가짐이 그리 만들었다는 결론에 도달했다. 몸에 나타난 증상은 의사가 알겠지만, 진짜 원인을 아는 사람은 환자 자신이다. 나의 병이고, 내 삶이니까. 내 삶의 진정한 모습은 나 자신만 알고 있으니까.

대학 2학년 때였던가. 몹시 추운 날 한밤중에 엄마가 나를 깨웠다. 마당에 절여 놓은 배추가 얼어 버릴까 걱정된다는 것이었다. 새벽 2시, 아랫집 마당에 내려가서 배추를 헹구었다. 언니와 오빠는 집에 없었고, 동생과 막내는 자고 있었지만 엄마는 아예 깨울 염을 하지 않으셨다. 자다 말고 일어나 엄마가 하라는 대로 할 아이는 나

316

밖에 없었다. 나는 고분고분한 아이, 착한 아이였던 것이다. 나 또한 그랬다. 엄마 혼자 하실 생각을 하니 도무지 마음이 편치 않았다. 배추를 다 헹구고 나니 신발 밑에 살얼음이 붙어 있었다. 뒷정리를 해야 했던 엄마는 물론 나보다 훨씬 더 추웠을 것이다.

동생과 같은 해에 대학에 입학했다. 잘 다니던 직장을 그만두고 공부라니, 엄마는 노골적으로 싫어하셨다. 돈 벌어 집안 살림 보태지, 돈 벌어 시집이나 가지, 무슨 공부냐는 그 구박은 대학 졸업할 때까지 계속되었다. 아버지 등골을 빼먹는다고 생각하신 것이다. 그 소리를 듣는 게 지겨워서 졸업하자마자 결혼했는지도 모르겠다. 염증이 났으니까.

결혼한 뒤에는 시부모님을 모시고 살았다. 남편은 우리가 얹혀산 거라고 이야기한다. 신혼 때였다. 열이 올라 밤새 뒤척이다가 새벽이 되니 몸이 축 늘어져 일어날 수가 없었다. 밥을 해야 하는데 일어나지 못하겠다고 했더니 남편이 화를 버럭 냈다.

"죽으려면 부모님 아침 챙기고 죽어!"

한 마디 하고 돌아눕는데 눈물이 날 정도로 서운했다. 결국 일어나서 아침을 챙겼다. 미련했다. 내 몸은 내가 돌봐야 하는데 남편 한 마디에, 며느리라는 이유로 아픈 몸을 질질 끌고 아침을 했다. 그런 일들이 어디 한두 번이었겠는가. 시어머니는 내가 밖에 나갔다 조금 늦게 들어오면 자리를 깔고 눕는 분이었다. 6시에 저녁을 차려야 하는데 5시 반에 들어온 것이 영 마음에 안 드셨던 거다.

시간이 흘러 다소 여유를 얻은 뒤에도 내 삶은 변하지 않았다. 아이들을 키우고 남편 뒷바라지를 하고…… 분가해 나와 살면서 좋아하는 책을 들여다볼 시간을 가질 수 있게 되었지만 변한 건 없었다. 아무리 책을 읽어도 뜬구름일 뿐이었다. 위안에 지나지 않았던 거다. 내가 하고픈 일이 무엇인지도 잊었다. 너무 시간이 많이 흘러버렸다. 내가 무얼 하고자 했는지도 알 수 없었다. 혼자서 해낼 수 있는 일이 있으리라고 생각도 못했으니까.

나 자신보다 남을 먼저 배려하는 성격이 내 생각과 바라는 바를 드러내지 못하고 살아오게 만든 것이다. 겁이 많았다. 사랑받지 못하면 어쩌나, 나 혼자 살 수 있을까, 내가 일을 해낼 수 있을까 하는 두려움. 여자는 혼자 살 수 없다는 생각. 그런 두려움이 그 자리에 주저앉게 만들었다. 내 삶을 타인에게 얹어놓는 생활, 남편의 어깨 위에 내 삶을 올려놓고 남편이 잘되기만을 바라는 삶. 남편이 잘되면 나도 보람 있을 거라고, 나는 집안에서 남편의 뒷바라지를 하고 남편의 능력에 맞추어 살면 된다는 생각. 남편은 공무원이다. 벌이는 많지 않았지만 상관없었다. 희망이 있었으니까. 하지만 그 희망도 시간이 흐르면서 점차 사라져 갔다. 나는 늘 그 자리에 머물러 있으면서 어떻게 하면 내 아이들을 잘 돌볼까, 집안 살림을 잘할 수 있을까 골몰했다. 그게 사랑받는 방법이었고 배워 온 그대로였다.

내가 나를 사랑하지 않았기 때문에, 내가 내 생각을 표현하지 않고 살았기 때문이다. 나 자신의 소중함을 깨닫지 못했기 때문이다. 어떻게 해야 할지 몰랐다. 분란이 일어나는 것이 두려웠다. 남편 말처럼 나 하나만 참으면 집안이 조용하다는 생각. 그것이 잘못이라는 것을 지금은 안다. 희생은 타인이 희생이라고 여길 때 희생이고 고마움이 될 수 있다. 강요에 의한 희생은 무시와 굴욕에 지나지 않는다.

그런 생활이 답답증을 불러왔다. 언제부턴가 가슴에 돌을, 바위를 얹은 것처럼 답답했다. 남편과는 도무지 이야기가 통하지 않았다. 나는 그동안 당한 설움이 있었고 남편은 시어머니가 절대적으로 도덕적으로 옳은 존재라고 믿었으니까. 이해한다. 시어머님은 나름대로 힘든 삶을 살아오셨고 남편은 곁에서 그 삶을 지켜보았으니까. 남편은 어머니에게 효도해야 한다는 생각이 강했고, 그 생각을 나름대로 실천했다. 그에게는 자신의 생각이 있고 삶이 있다. 그 삶에 기대면 안 되는 것이었다. 남편의 삶이 내 삶마저 이끌어 가리라고 의지해서는 안 되는 것이었다. 내 삶은 남편의 삶이 아니니까.

번역학원에 등록했다. 돈 드는 게 겁이 나 온라인 강의를 듣고 그 인연으로 책을 한 권 맡았다. 몇 권 번역을 했지만 발전이 없었고 번역 일도 생각처럼 들어오지 않았다. 일을 쫓아다녔지만 돌아오는 소리는 좋지 않았다. 번역대학원에 들어가기로 마음먹었다. 등록금이 겁나 남편 몰래 원서를 넣었고 합격했다. 그때 딱 한 번 남편의 돈을 썼다. 물론 나중에 다 갚았지만. 그건 순전히 남편이 예전에 했던 말이 머릿속에서 떨어지지 않았기 때문이다.

"내가 번 돈을 왜 당신이 써?"

번역을 해서 등록금을 댔고 학자금 대출도 받았다. 석사과정이 끝났는데도 앞이 보이지 않았다. 여전히 내 소심함이 문제라는 걸 알고 있었지만 공부를 더하고 싶다는 욕심도 생겼다. 그게 내가 하고픈 일이었을까? 단계를 뛰어넘으면서 성취감도 느꼈다. 강의 시간에 내 말에 귀를 기울이는 학생과 선생님들을 보며 난생 처음 희열을 느꼈다. 결국 박사과정에 진학하기로 결심했다. 다행히 이번에는 등록금을 신경 쓰지 않아도 되었다.

여전히 살림에는 충실했다. 시어머님은 "너 번역하다가 곯아 죽는다."고 하셨고, 동갑인 시누이는 "언니 박사 학위보다 오빠 반찬이 더 중요해."라고 말했다. 두 사람이 유별난 것은 아니다. 그들은 배운 대로, 본 대로 이야기한 것일 뿐이다. 아팠던 내게 "여기서 죽지 말고 시댁 가서 죽어라." 하시던 친정어머니도 마찬가지다. 그래도 한 마디도 못했다. 그렇게 배웠고, 그렇게 자랐고, 그렇게 무시당했으니까.

고통을 너무 잘 참아서 병이 깊어질 수도 있다. 자기 몸에 무관심하니 병이 치유할 수 없을 정도로 진행되고 깊어지는 것이다. 다른 일에 우선순위를 두기 때문에 자신을 뒤로 미루어 놓는 것이다.

그건 사랑받기 원했기 때문이다. 사랑은 자기희생으로 이루어진다는 믿음, '이렇게 하면 아버지가, 남편이, 다른 사람이 나를 사랑해 줄 거야.'라는 생각. 집에서든 직장에서든 여성은 타인의 마음에 들고 싶어 한다. 그렇게 해야 사랑받는 여자라고 배워 왔으니까.

사랑받고 싶은 마음과 나 자신 사이에서 끊임없이 갈등했다. 사랑받기를 원하는 마음이 모든 걸 견디게 만들었고 그렇게 해서 나를 짓밟았다. 그것이 결국은 병으로 나타났을 것이다. 병은 참기만 했고 원하는 것을 알지 못했던 자신, 부모가 요구하는 것, 남편이 요구하는 것, 아이들이 요구하는 것만을 우선시했던 나 자신으로 인해 온 것이다. 낮은 자존감, 내가 사랑스러운 존재이며 소중한 존재임을 깨닫지 못하던 그 삶에서 벗어나지 못했기에 병이 왔다는 것을 깨달았다. 나 자신을 가엾게 여기고 사랑해야 한다는 것을 이제는 안다.

암은 삶에서 쉴 기회를, 생각할 기회를 준다고 한다. 그 말은 곧 암이라는 병이 깊기에 강제로 일상을 멈추어야 한다는 뜻이다. 일상의 멈춤은 치료뿐 아니라 왜 아픈지를 생각하는 기회, 삶을 뒤돌아볼 기회, 삶의 목표를 다시 설정하는 기회를 가져다준다. 의식의 뿌리까지 내려가 자신이 살아온 근거를 뒤집어 보는 기회이기도 하다.

어디 암뿐일까. 시련을 이겨 낸 사람들은 누구나 그 과정을 거쳤을 것이다. 나름대로의 방식으로 시련을 이겨낸 것이다.

나는 '털어내기'라는 단어에 이끌렸다. '털어내기'란 마음속에 있는 생각들을 표현하는 것이다. 나는 표현하는 방식으로 글을 택했다. 글은 때로 자기변명이다. 좋은 일만 말하고자 하는 자랑에 지나지 않는다. 진정한 털어내기란 자신의 마음 상태를 솔직하게 쓰는 것이다. 아직도 내 안에는 무수한 것들이 남아 있다.

내가 미웠다. 나는 나를 사랑할 수 없는 내가, 자랑스럽지 않은 내가 싫었다. 한편으로는 나를 희생해 사랑받기를 갈구하고, 다른 한편으로는 나를 위해 살고 싶었던 그 갈등의 삶. 보호받고 안주하고 싶었던, 그렇다고 해서 딱히 편하거나 존중받지도 못했던, 결과적으로 이도 저도 아니게 되어 버린 쪽을 택했던 내가 미웠다.

우리 세대의 역할 모델이 있었기에 내 자신이 더 미웠다. 같은 여성으로서 자기 일을 갖고 혹은 용기 있게 자신을 내세우면서 살았던 사람들이 있었기에, 한편으로 자신의 아픔을 나누고 털어내고 있는 여인들이 있었기에, 그들과 같지 못한 나에 대한 미움이 더했을 것이다.

사랑받고자 하는 욕망과 나를 펼치고자 하는 욕망, 그 사이에서 어떻게 하면 제대로 설 수 있을까? 어떻게 하면 내 안의 나를 비판하지 않고 죄책감에 시달리지 않을 수 있을까?

공원에서 유쾌한 시간을 보내고 있는 할머니들은 나와 같은 자의식에 갇혀 살지 않았을까? 자신에게 요구되는 모든 것을 온전히 받아들였을까? 세월이 길어지면서 할머니들은 자신의 세계 안에서 나름대로 고통을 삭이는 방법을 찾았을 것이다. 서로의 아픔을 털어놓고 공유하는 소통은 그 방법 중 하나, 그들 세대에게 주어진 방법이었을 것이다.

나, 그리고 우리 세대는 어떤 방법을 찾아야 할까? 답이 무엇이든 나 자신을 잃지 말고 표현해야 한다는 것만은 절실하다. 살아남을 수 있는 유일한 답일 테니까.

그래도 먹는다　　　　　　　28

혀 전체가 하얗다. 껍질 벗긴 복숭아가 닿아도 아프다. 고구마도 쓰리다. 그래도 먹는다. 모든 음식은 쓰거나 시거나 짜거나 이상한 맛이 나지만 그래도 먹는다. 뱉어 버리고 싶지만 너무 배가 고프다.

그러나 무엇보다 중요한 것은 누워 있지 않다는 것.

얼마나 고마운가. 요즘 줄곧 생각하고 있는 것, 나는 빛, 내 삶에서 고통은 빛을 더 밝히는 기회가 되어 줄 거야.

29 이웃집 여인

군에 간 아들이 휴가차 와 있는 월요일 정오, 점심으로 무얼 먹을
까 궁리하며 냉장고를 열었다. 냉장고는 빈 칸 하나 없이 꽉 차 있
다. 혹시나 싶어 아프지 않을 때 만들어 차곡차곡 넣어 둔 반찬들이
가득이다. 열무김치, 맛있게 익은 깍두기, 깻잎김치, 그리고 배추김
치까지. 문득 눈길이 흰 통에 가 닿았다. 투명한 통 안에 담긴 하얀
국. 며칠 전 넣어 둔 고깃국이다. 국은 굳어서 우무처럼 몽글몽글
덩어리가 되어 있다. 국자로 떠내니 고기가 담뿍 붙은 꼬리뼈가 덩
어리째 냄비 안으로 떨어졌다.

국은 앞집 여자가 준 것이다. 며칠 전 항암주사를 맞고 몹시 고생
할 때, 아침나절 전화벨이 울려 받았더니 그녀였다. 문을 열자 그녀

가 앞집에서 커다란 냄비를 들고 나오고 있었다. 그녀는 엉거주춤 서 있는 나를 밀치고 문 안에 냄비를 들여놓고 비닐봉지를 내 손에 쥐어 주고는 재빨리 가 버렸다. 늘 바쁜 그녀의 일상을 알기에 길게 말을 붙이지도 못하고 냄비를 들고 들어왔다.

부엌으로 가서 냄비를 열었다. 아! 뜨거운 국이 가득, 모락모락 김을 피워 올렸다. 뽀얀 국물 속에 들어 있는 고깃덩어리들, 그리고 흰 뼈. 꼬리곰탕이었다. 그녀는 쇠꼬리를 고아 내게로 통째 가져온 것이다. 비닐봉지 안에는 송송 썬 파와 간 밤이 들어 있었다.

그녀는 몸에 이상이 있다는 걸 알았을 때 가장 먼저 상의한 사람 이다. 어디로 가야 할지 몰라 막막할 때, 일단 가까운 병원에 가서 의사 진단서를 떼고 큰 병원으로 가 보라고 말해 준 사람이 그녀였 다. 사실 그녀와 나는 친하게 지내는 이웃은 아니었다. 서로 무얼 하는지는 알았지만 자주 만나거나 하는 일은 없었다.

내 하루는 24시간만으로는 부족했다. 똑똑하지 못한데다가 너무 늦게 공부를 시작한 탓에 좀처럼 사람들을 사귈 엄두를 내지 못했 다. 공부와 관련된 사람 외에는 아무도 만나지 않았다. 외로웠지만 어쩔 수 없는 일이었다. 내가 아는 아줌마들도 모두 공부하는 사람 들뿐이었다.

이웃집 아줌마란 서로 젓가락 숫자도 알 만큼 속사정에 훤하고, 가끔 남편 흉도 보고 아이들 걱정도 하며 수다 떨 수 있는 그런 존 재일 게다. 분가한 이래 여러 번 이사를 다녔지만 친하게 지낸 이웃 은 없었다. 내 상황 때문이기도 했지만 마음 맞는 수더분한 사람이 없었다. 부동산, 별장 이야기, 남편 자랑, 자식 자랑을 늘어놓는 사람들은 영 껄끄러웠다.

앞집 여자는 좀 달랐다. 그녀는 수더분했다. 화려한 치장도, 자식 자랑도, 재산 자랑도 하지 않았다. 시원스러운 눈매에 도도록한 입술이 예쁜 그녀는 젊은 시절에는 무척 미인이었을 것이다. 그녀는 스스로 배움이 짧다고 말하지만 남이 갖지 못한 특별한 재능을 갖고 있었다. 사람들을 배려하는 재능. 그녀, 이반 엄마는 나를 볼 때마다 경과를 물었고 자기 교회 목사님이 심방을 올 때 나를 불러 기도를 받게 해 주었다. 가족과 병원 관계자 외에 제일 처음 내 대머리를 본 사람도 그녀다. 그녀가 준 오이지, 무말랭이 무침은 맛깔스러웠다. 젊은 시절, 남편과 같은 직장에서 근무하는 군인들을 불러 먹였다는 솜씨다웠다. 그때 외로운 군인들에게 마음 좋은 누님 노릇을 했듯, 지금은 교회에 나가 봉사활동을 하며 외로운 노인들에게 마음 좋은 며느리 노릇을 한다. 그리고 지금 내게 그녀는 마음 좋은 언니가 되어 주고 있다.

5년간 앞집에 살면서 나는 그녀에게 어떤 기억을 심어 주었을까. 삶이 사랑으로 이루어진다는 사실은 누구나 알지만 그 사랑을 나누기는 쉽지 않다. 누군가 자신에게 베풀어 준 따스함이 평생 삶을 지탱하게 만드는 원천이 되기도 한다.

뽀얀 국이 끓는다. 어제 사다 두었던 만두와 떡을 넣었다. 그녀가 준 꼬리곰탕이 떡국으로 변신해 우리 가족의 입으로 들어간다. 그녀의 마음 씀씀이는 따스한 기억으로, 관계로 남을 것이다.

제5부
모나리자와 문둥이

고통이 깊을수록 삶도 깊다.
골짜기가 깊을수록 풍경은 아름답다.

1 　　　　　　　　　　　　　　外출

수술한 지 7개월, 마지막 항암주사를 맞은 지 정확히 한 달째, 아직 방사선 치료가 남았다. 손, 발, 다리가 저리다. 오래달리기를 하고 난 것처럼 허벅지가 아프고 무릎 아래가 퉁퉁 붓는다. 오래 앉아 있다가 일어나면, 특히 하반신이 거의 감각이 없다 할 정도로 저리다. 이 현상이 정상인지는 모르겠다. 오늘 혈액종양내과 의사를 만나면 물어 보겠지만 답을 기대하지는 않는다. 지금까지의 경험으로 보아 그녀가 친절하거나 정확한 답을 해줄 것 같지는 않기 때문이다.

이런 몸을 끌고 외출을 했다. 그동안 외출은 산에 가거나 병원에 가는 일, 그리고 교회에 가는 일 외에는 자제해 왔다. 면역력이 떨어진 상태여서 사람 만나는 게 조심스러웠다. 가뭄에 콩 나듯 도서관에 들르기도 했지만, 그때는 늘 사서의 도움을 요청했다.

이번 외출은 좀 달랐다. 누군가를 만나기 위한 것이니 순수한 외출이라고 할 수 있겠다. 그제는 언제나 나를 다독여 주는 블로그 이웃 영임 씨를 만나 저녁을 먹었고, 어제는 학교에서 이영옥 선생님을 뵈었다. 아픈 동안 나를 뭉클하게 했던 사람들, 아픈 동안에도 변함없이 사랑을 보여 준 이들과의 만남은 반갑다.

병을 앓는 동안 삶에 관한 의문을 내내 품고 있었다. 아픈 중에는 의문이 과할 정도로 심하게 짓쳐 들기 마련이다. 아픔이 온몸을 휘돌 때 의문에 대한 집착은 차라리 구도에 가깝다. 사람마다 삶에 대한 의문을 풀어내는 방법이 다른데, 내가 택한 방법은 산책과 책 읽기였다. 책은 우물 안 개구리인 내가 다른 사람의 생각을 읽는 방편이었고, 산책은 그동안 성급히 지나쳤던 생각들을 되돌아보는 방편이었다. 모든 것이 제자리에 있는 숲을 걸으며 작가들의 생각을 곰삭은 발걸음으로 들여다보게 되었다. 그동안 보면서도 몰랐던 일들, 이론과 문자에 의지해 읽었던 소설 속 내용들이 새삼스럽게 일어나 마음속으로 들어왔다.

내 삶의 발자국들을 더듬어 보면서 어쩌면 나는 현실에서 발을 떼고 살아왔다는 생각이 들었다. 결혼을 하고 아이를 낳고 시집살이를 하고 가난을 겪었는데 현실에서 멀리 떨어져 살았다니……. 그것은 내 성향과도 무관하지 않다. 모든 일이 막연했다. 꿈도 막연했고 생각 또한 막연했다. 구체적으로 하고픈 일이 무엇인지도 선명하지 않았다. 두루뭉술하게 살았던 탓일 것이다. 모든 일에 내 생각을 명확하게 표현하지 못했다. 남을 먼저 배려한다며 내 생각을 저만큼 밀어 놓은 때문이기도 하지만, 어쩌면 그것은 내 생각에 확신이 없었기 때문이었다.

엊그제 만난 두 사람은 현실에 단단히 뿌리박고 있는 듯 보였다. 영임 씨는 한창 자기 세계를 세워야 할 나이인 20대에 어머니 병구완을 맡아 자신의 삶을 어느 정도 희생해야 했다. 그럼에도 그녀는 그 경험을 플러스로 생성해 낸다. 자신의 장래를 희생해 일구어 낸 현재는 가슴 아프지만, 그렇다고 가슴 아프지만은 않다. 그녀는 그 과정에서 많은 지혜와 성찰을 얻었고, 덕분에 성인발달을 연구하는 그녀의 학문은 현실과 맞부딪치는 지점에서 이루어지고 있다.

항암제를 맞고 회복될 때마다 나에게 따스한 격려를 보내 주셨던 교수님, 그 힘든 과정을 무사히 치러내고 그분 연구실에 앉아 있다는 사실이 꿈만 같았다.

"전 처음부터 암을 도전으로 받아들였어요. 생명을 건 도전으로요."

교수님이 주신 차를 마셨다. 언제나처럼 보온병에서 뜨거운 물을 따라 우려 주신 그 차를 몇 잔이고 마셨다. 하고픈 이야기, 해야 할 이야기는 많았으나, 그런 이야기들은 말이 되어 나오지 않았다. 입은 언제나 기대를 배반한다.

우리는 살아가면서 수많은 이들을 만난다. 그중에서 감히 내 병이 도전이었다고 토로할 수 있는 이는 얼마나 될까. 그 만남들이 나를 지탱하고 있다.

살아 있음은 도전이다. 내게 암은 이루 말할 수 없이 큰 도전이다. 생명을 건 도전.

피곤해 2

2시 30분에 외출하여 밤 9시가 넘어 들어왔다. 너무 고단해서 저녁도 먹지 않고 그대로 쓰러져 잤다. 종일 한 일이라고는 병원에서 치료받은 것뿐, 방사선 치료를 받은 다음, 내분비내과에서 진료를 받고 무려 3시간 30분을 기다려 저녁 8시에 혈액종양내과 진료를 받았다. 원래 진료시각은 6시 반이었지만 환자가 밀려서 늦어졌다. 기다리는 동안 어찌나 피곤하던지 의자에서 깜빡 졸았다. 한꺼번에 진료를 받는 것은 좋지만 중간에 비는 시간, 온전히 때워야 하는, 기다리는 시간은 어찌 할 길이 없다.

눕고 싶은 마음이 간절했다. 몸을 등받이에 비스듬히 기대고 거의 누운 자세로 버텼다. 누가 보거나 말거나 상관하지 않았다. 환자가 달리 환자가 아니다. 이 정도 일과를 견뎌 내지 못하니 환자다.
매일 방사선 치료를 받아야 하는데 체력이 이리 형편없으니 어떻게
견뎌낼까. 그나저나 보험 적용이 안 되어서 방사선 치료비는 꽤 비
싸다. 없는 이들은 어떻게 감당할까.

고지가 멀지 않았다   3

오늘 두 번째 방사선 치료를 받는다. CT 촬영을 한 뒤 몸에 그림을 그리고 방사선 치료를 받기 시작했다. 가슴을 고깃덩어리마냥 부위별로 갈라놓은 선은 땀으로 지워져 희미해졌다. 다시 긋지 말라는 주의사항을 들은지라 그냥 두었다. 치료를 받으러 가서 "난 손 대지 않았어요." 했더니 의사가 웃었다. 그들은 새로 금을 긋고 치료를 했다.

방사선 치료는 치료대 위에 가만히 누워 있으면 된다. 치료실에 들어가기 전 치료복으로 갈아입지만 그마저도 치료대에서는 벗는다. 기사가 치료대나 환자의 몸을 움직여 적절한 자리를 잡을 때 환자는 그야말로 인형이 되어야 한다. 의지라고는 하나도 없는 사물이 되어 방사선을 쬐기 좋은 형태로 누워 있어야 하는 것이다.

정작 방사선 치료는 몇 분 걸리지 않는다. 양팔을 위로 하고 치료
대에 누워 있으면 의사가 팔과 몸을 움직여 가장 적절한 위치를 잡
은 다음 가슴에 차가운 판을 덮어 준다. 그리고 환자가 누운 치료대
가 위로 올라가고 옆에 있던 기계가 돌아 위로 올라간다.

여기까지 오기가 얼마나 힘들었나. 항암주사 맞을 때를 생각하
면 방사선은 수월하기 짝이 없다. 아프지도 않고 구토도 나지 않으
며 어지럽지도 않다. 하지만 항암주사 여파는 여전히 괴롭다. 쩔뚝
거리며 뒤뚱뒤뚱 걷는 내 모습이라니. 방사선을 쬐고 난 다음 치료
복을 입은 채로 사람들 사이를 휘젓고 지나와 초음파를 찍었다. 내
과 진료실 앞 의자를 가득 채운 환자들의 시선이 내 뒤를 뒤쫓았다.
시선이 송곳처럼 와 꽂혔지만 모르는 척했다. 어차피 초음파를 찍
으려면 옷을 또 갈아입어야 하니 그 차림 그대로 이동한 것이다.

요즘 내 옷차림은 오로지 편함만을 추구한다. 커다란 바지에 헐
렁한 티셔츠와 카디건, 그리고 모자. 몸이 부어 꼭 맞는 옷은 입을
수 없다. 편한 구두도 신을 수 없어 운동화만 신고, 머리 피부가 아
파 가발을 쓸 수 없어 모자만 쓴다. 덕분에 모두가 나를 바라본다.
눈썹도 하나도 없는, 이런 모습으로 나다니다니.

수술이 1단계라면 항암주사가 2단계, 그리고 방사선이 3단계인
셈이다. 어제 만난 혈액종양내과 의사는 비관적인 말만 늘어놓았
다. 의사 입장에서 자신이 책임질 말은 하지 않는 것이 원칙일 테지
만, 절박한 환자는 의사에게 의지하기 마련인데 조금이라도 긍정적

인 말을 해 준다면 얼마나 좋을까. 주치의와 환자는 동행이라고 생각해 왔다. 6개월 동안 3주마다 한 번씩 보았으니 얼굴도 어느 정도 익었으련만. 항암주사 맞느라 수고했다는 말은 기대하지도 않는다. 다만 검사 결과 아무 이상이 없어서 다행이라는 말쯤은 할 법한데. 애초부터 부정적인 말만 골라 하던 그녀이다. 어제는 여러 개의 림프절에 전이가 되어 떼어 냈으니 다른 장기로 전이되기 쉽다는, 굳이 안 해도 좋을 말을, 너무도 잘 알고 있는 말을 확실하게, 정확히, 틀림없이 못 박아서 해 주었다.

그녀에게 나는 많고 많은 환자 중 한 명일 뿐이다. 아직 좀 더 경과를 두고 보아야 하는 환자이고 그나마 관심을 쏟는 임상실험 환자도 아니다. 어찌 보면 관심이 없다는 것은 그만큼 좋다는 뜻이니 다행이라고 해야 할까. 하여간 의사가 던진 말의 파장은 하루 종일 갔다. "전이가 잘되니……."

나보다 먼저 진찰받던 환자는 전이되었다고 했다. 진료실 안, 커튼 밖에서 흘러나오는 앞 환자의 진찰 결과를 들으며 참담한 심정이었다. 1년 만에 전이라니. 그 환자는 6개월마다 해야 하는 정기 검진을 깜빡했고, 암은 악성이라 급속히 번졌다고 했다. 내 주치의는 항암제에 대한 믿음이 얼마나 굳은지, 숫제 항암제를 생명 연장 약으로 묘사하기도 했다. 하지만 그 항암제도 여러 번은 쓸 수 없다고 못 박았다. 그러고 보니 병원에 정말 오래 다녔다. 이런저런 소리를 어깨 너머로 들었으니.

이대로, 이 속도로 이 상태로 쭉 가자. 고지가 멀지 않았다.

4   의사는 자신이 약이다

"어서 오세요. 팔은 좀 어떠세요?"

"팔의 부기는 빠졌는데 다리가 퉁퉁 부었어요."

"저런, 어디 봅시다."

까무잡잡하고 키 작은 의사의 눈은 동그란데 까만 테 안경마저 작아서 더 작아 보인다. 30여 분을 기다려 의사를 만났지만 의사의 태도 덕분에 기다린 시간이 억울하거나 지루했다는 생각은 조금도 들지 않는다.

유방재활의학과 진료는 두 달 만이다. 그를 찾은 것은 팔의 부종 때문이다. 항암치료가 한창인 6월, 팔이 부어 의사에게 이야기를 했더니 재활의학과 의사와 면담을 잡아 주었다. 의사는 줄자를 꺼낸다. 그는 줄자를 가지고 손등을 재고 팔목을 재고 팔꿈치와 팔꿈치 위를 잰다.

좋은 의사를 만나는 것도 복 중 하나다. 나를 수술한 의사는 명의로 소문나기도 했지만 틀림없이 좋은 의사였다. 그를 만난 시간은 얼마 되지 않고 그가 특별히 나만 우대했으리라고는 생각하지 않지만 그의 눈빛이 그랬다. 환자들은 누구보다 의사의 눈빛에 민감하다. 말투에 민감하고 내용에 민감하다.

유방재활의의 말투 역시 정감이 어려 있다. 부드럽거나 특별히 잘해 준다는 뜻이 아니다. 환자의 말에 귀를 기울여 주고 안됐다는 감정이 배어 있는 어투가 그렇게 느끼도록 만든다. 환자의 아픔에 공감하는 일, 아니 공감은 아니더라도 동정하는 일, 그것이 의사 본연의 자세일 것이다. 그 아픔을 어떻게든 없애 주고자 하는 것이 의사의 소명이고 자세일 터, 이 의사는 의사 본연의 자세에 충실한 의사라는 느낌을 준다. 물론 자세가 전부는 아니다. 증상을 짚어 주고 그에 맞는 처방을 내리는 일 역시 충실해야 할 것이다.

"항암주사는 다 맞았나요?"

"네, 끝났어요. 지금은 방사선 하고 있어요."

"그래서 노래가 나오는군요."

"그럼요. 이렇게 살아 있다는 게 얼마나 기쁜데요."

"항암 부작용으로 전체적으로 부어 있네요. 팔꿈치 아래는 다소 빠졌지만 팔꿈치 윗부분은 아직 부어 있어요. 다리가 부은 것도 항암 부작용이에요. 두 달 정도 지나면 괜찮아져요. 지난번에 제가 마사지하라고 가르쳐 드렸는데 하고 계시나요? 마사지는 꾸준히 하는 게 중요해요. 한 번에 20분 정도 하세요. 약을 드릴게요. 약은 부담이 없나요?"

"네. 괜찮아요."

"약은 금방 효과가 오지 않더라도 반드시 먹어야 해요. 오래 걸려서 효과가 나타나는 약이에요. 부었다 빠졌다 하면서 더 나빠질 수 있어요. 수술로 림프절이 없어졌고 방사선 때문에 또 없어져요. 부종이 지금 약간 와 있는 상태니까 마사지는 꼭 해 주셔야 합니다. 저하고는 석 달 뒤에 만나지요."

몸이 부은 것이 항암 부작용이라는 사실은 책을 읽어 알고 있었다. 종양내과 교수에게는 그런 설명을 들은 적이 없다. 몸이 부었다고 하자 이뇨제를 일주일분 처방해 주었을 뿐. 재활의학과 의사는 증상의 원인이 항암 부작용이라는 설명과 함께 그 부작용을 최소한으로 만들 예방법을 친절히 일러주었다.

오늘 읽은 《암의 나라에서 온 편지Letters from the Cancer Land》에는 "약을 처방하는 의사 자신이 약"이라는 구절이 나온다. 어쩌나 공감이 가는지 그 대목에 줄을 열 번은 더 긋고 싶었다. 의사의 태도가 환자를 주눅 들게도 하고 용기를 갖게도 만든다. 우리 의료 시스템에서는 의사가 직접 환자에게 전화를 걸어 상황을 확인하고 의사와 환자가 더불어 상의하는 것은 어려울 것이다. 그렇다 해도 의사의 태도가 그 자체로 약이 된다는 사실을 환자들은 너무도 잘 알고 있지 않은가.

고슴도치 딸을 위하여　　　　5

딸은 고슴도치였다. 고등학교를 자퇴하고 방에서 나오지 않은 5년간, 아이의 가시는 등뿐 아니라 가슴에도 돋아 있어 부딪칠 때마다 자신을 찌르고 나도 찔렀다. 내가 아파하는 동안, 가시가 아이의 가슴에 더 깊이 들어갔던 것은 아닐까? 내 사랑이, 그리고 남편의 사랑이 때로 아이를 더 깊숙이 찌르는 것은 아닐까? 아이는 그로 인해 더 많은 상처를 입지 않았을까?

엊그제는 딸의 생일이었다. 잡곡밥을 먹지 않는 아이를 위해 따로 흰밥을 했고, 아이가 좋아하지 않는 미역국 대신 육개장을 끓였다. 아이는 여느 때와 다름없이 밤을 새웠는지 아무리 불러도 일어나지 않았다. 오전이 후딱 지나갔다. 나는 방사선 치료를 받으러 병원에 갔고 치료를 받은 다음 학교로 가 책을 빌렸다.

버스를 타러 나오다가 일식집에서 발길을 멈추었다. 딸이 초밥을 좋아한다는 사실이 생각났던 것이다. 가게 유리창에 여러 메뉴가 사진과 함께 붙어 있었고 그 메뉴를 들여다보면서 한참 동안 골랐다. 결론은 '아이리스'라는 이름의 메뉴, 전체 모양이 예뻤다. 붉은빛 도는 생선살로 만든 초밥이 꽃송이, 연둣빛으로 물들인 날치알을 얹은 초밥이 잎사귀인 모양이었다. 아이리스 꽃을 연상하도록 개발한 메뉴이리라. 조심스레 포장한 초밥 도시락을 들고 버스를 탔다. 무릎 위에 올려놓은 초밥에서 따스한 기운이 전해져 왔다.

꽃도 사고 싶었지만 손이 부족했다. 어깨에는 가방, 한 손에는 책이 든 비닐봉투, 다른 손에는 초밥 도시락을 들었다. 날이 따뜻한데다가 책이 무거워 땀이 흘러내렸다. 집 근처에는 꽃집이 없다. '꽃집이 어디 있더라?' 부지런히 머리를 굴리며 버스에서 내렸다. 근처에 초등학교가 두 개나 되니 설마 없을까 생각했는데 정말 없었다. 짐이 무겁기도 하고 병원으로 학교로 나다닌 덕분에 피곤했다. 벌써 어두워지고 있었다.

식탁 위에 짐을 내려놓고 딸을 불렀다. 초밥을 보더니 딸의 표정이 살짝 달라졌다. 딸은 원래 표현이 풍부했다. 소리 높여 노래도 잘했고 학교에서 있었던 일 자랑하느라 바쁜 아이였는데, 5학년 때 담임선생님과 갈등을 겪은 뒤 완전히 변해 버렸다. 담임선생님이 아이를 홀대하고 얕본 모양이었다. 아이가 거짓말을 했다고 몰아붙이던 선생은 나를 보더니 표정이 달라졌다.

"어머, 어머니가 안 계신 줄 알았어요."

선생의 첫마디였다. 일에 바빠 남들처럼 학교에 가지 않았던 게 실수였을까. 충격을 받은 아이는 무표정으로 변했고 학교에 가지 않겠다고 버텼다. 그 힘든 과정을 겨우 추스르고 중학교에 갔는데, 상황은 더 좋지 않았다. 내 아이에게 이런 상처가 있으니 고려해 달라고 부탁했더니 오히려 더 일을 크게 만들었던 그 선생들. 아이는 그때 이야기를 꺼내지도 않거니와 어쩌다 그 시절 이야기가 나오면 이를 간다. 나 역시 그때 생각을 하면 벌벌 떨린다. 아이를 억압하려고 기를 쓰던 두 명의 선생.

"너 같은 건 학교 올 필요 없어."라고 말했던 선생. 그렇게 해 놓고 뭔가 걸렸던지 전화를 걸어 왔다. 졸업식 때 얼굴 돌리고 도망가던 경솔하고 못난 선생들. 그 뒤 아이 웃음을 보기가 힘들었다. 아이는 고집을 부려 실업계 학교를 갔고, 자기 길을 가겠다며 잘 다니던 학교를 자퇴했다.

아이를 사랑한다고 했지만, 부모로서 아이의 앞길을 걱정하는 것이라고 했지만, 어쩌면 부모의 욕심이 아니었을까. 남편은 걱정으로 아이를 괴롭혔다. 나라고 욕심이 없었을까. 아이를 믿었지만, 나의 행복이 아이의 행복이 아니라는 것을 알았지만, 남편의 노심초사를 당해 낼 길이 없었다. 어른이 좋다고 생각하는 삶이 아이에게도 좋은 삶이냐고, 아이를 믿으라고 설득했지만 나 역시 불안하지 않은 것은 아니었다.

딸의 모습을 슬쩍 보니 바지가 엉덩이 부분에 걸쳐 있다. 원래 살이 찐 편은 아니지만 딸은 요즘 더 바싹 말랐다. 암 치료를 받는 동안 나는 항암제 부작용으로 부쩍 살이 쪘고 딸은 부쩍 말랐다. 함께 입던 바지를 입지 못하게 되었다. 나는 바지가 작아서, 아이는 너무 커서. 최근 몇 달 동안 너무 마른 딸, 무엇이 아이의 마음속에 들어 앉아 있는 것일까.

말 한 마디 걸기 어려운 아이였다. 아이가 방에 틀어박혀 있던 5년간 남편은 가끔씩 아이를 불러 놓고 연설을 했다. 두어 시간 넘어가는 그 연설은 괴로웠다. 남편은 아이를 생각해서 하는 말이었지만 아이는 반발했고, 결국 언성이 높아지거나 아이가 벌떡 일어나 제 방으로 들어가 버리는 것으로 끝났다.

자신의 길을 걷는다는 것은 종종 기성세대의 반발을 초래한다. 기성세대는 현재의 가치관에 충실하기 때문이다. 그 가치관은 앞선 세대에게 배운 것이기도 하지만 자신의 삶에서 형성된 것이 대부분이다. 실패하면서 얻은 교훈, 사람들과의 관계에서 느낀 것들을 바탕으로 아이들의 삶에 관여하려 한다. 그것은 간절한 바람이자 내 아이는 실패하지 않았으면 하는 희망이다. 그래서 부모는 아이를 닦달한다.

아픈 동안 '발바닥 마사지 해줘', '가슴 상처 좀 봐줘', '등 밀어 줘' 하고 불러 대면 딸은 군말 없이 와서 마사지를 해 주고 상처를 봐주고 등을 밀어 주었다. 내 머리칼을 밀어 준 사람도, 한밤중 몇 시간 동안 운동장을 함께 걸어 준 사람도 내 딸이다. 다리가 쇠뭉치처럼 느껴지던 그때, 한 걸음 걷고 쉬고 또 한 걸음 걷고 쉬는 동안,

딸은 처음부터 끝까지 내 팔을 붙잡고 있었다.

딸은 변했다. 아마 세월이 지나서일 것이다. 아니면 아픈 엄마가 가여워서일까? 말 한 마디에 화살마냥 튀어나오던 거친 반응은 이제 사라졌다. 가끔 딸은 미소 짓고 소리 내어 웃거나 고개를 끄덕인다. 표정도 많이 밝아졌다. 친척들이 오면 과일을 깎아 내오기도 하고 대답도 곧잘 한다. 그 표정을 보는 것만으로도 얼마나 행복한지.

꽃을 사고 싶었다. 내 아이의 젊음처럼 붉은 꽃을, 꼼짝 않고 자신의 방에서 그림을 그리던 아이의 정열처럼 붉디 붉은 꽃을. 날이 어두워졌다. 피곤으로 몸이 녹아들 것 같았으나 필요 없다고 손사래 치는 딸을 무시하고 집을 나섰다. 노량진은 북적거렸다. 무수한 아이들이 밀려 다녔고 다들 바쁘고 활기차게 걸었다. 자신의 길에 의문을 가지는 이들은 아무도 없는 것처럼.

아이를 믿는 것은 곧 사랑하는 것이다. 믿어서 사랑하는 것이 아니라 사랑해서 믿는 것이다. 그 사랑은 표현해야 한다. 내 사랑 표현은 아이를 스스로 서도록 만들 것이다. 꽃을 샀다. 내 고슴도치 딸을 위하여.

6　　　　　　　　　　　　한밤중의 김치찌개

딸과 함께 모처럼 음악회에 갔다 오니 집안에 기척이 없다. 안방을 들여다보니 어둡다. 컴퓨터는 켜진 채로 남편은 자고 있다. 돌돌 말고 있는 얇은 이불을 잡아당겨 제대로 펴 주었다. 그는 내가 이불을 덮어 주는 것도 모르고 마냥 잠에 빠져 있다. 10시가 좀 넘었긴 하지만 아직 잠들 시간은 아닌데. 이마를 짚어 보니 열은 없다. 어제 저녁 남편이 했던 말이 생각나서, 요즘 공부에 몰두하던 모습이 생각나서 가슴이 덜컹한다. 드디어 몸살이 났나?

"당신 아파?"

"응. 좀 안 좋아."

부엌을 살펴보니 아니나 다를까 밥 먹은 흔적이 없다. 콩나물국도 있고 나물도 있는데. 가슴이 싸아 하다. 뭐가 좋을까. 그래. 김치찌개를 끓여 봐야지. 냉장고에서 김치를 꺼내 썰고 참치 캔을 딴다. 불 위에 올려놓고 보니 두부가 없다. 김치찌개에 두부가 없으면 서운하다. 불을 줄여 놓고 서둘러 아래층 슈퍼로 내려간다.

두부 두 개를 집어 들고 빵 앞에서 한동안 망설인다. 빵 진열대는 숫제 고문이다. 버터롤, 치즈 케이크, 크림빵, 단팥빵, 베이글, 호떡, 머핀……. 어느 것 하나 맛있지 않은 것은 없다. 빵마다 첨가물이 왜 이렇게 많은 거지? 베이글을 집어 들고 살핀다. 그나마 첨가물이 적다는 베이글에도 대여섯 가지가 넘게 들어간다. 할 수 없이 도로 내려놓는다.

그동안 김치찌개는 신나게 끓어 집 안에 진한 김치찌개 냄새가 그득하다. 저녁을 먹었는데도 입안에 침이 고인다. 두부를 넣고 한소끔 끓인다. 붉은 김치찌개와 흰 두부는 환상적인 조합, 찌개 냄비만 달랑 식탁에 올려놓고 밥을 뜬다. 남편을 깨우고 딸도 부른다. 찌개가 순식간에 절반으로 줄어든다. 얼마나 배고팠으면.

함께 산 지가 26년째니 생의 절반을 함께한 셈이다. 그동안 남편이 저처럼 공부에 몰두하는 모습은 보지 못했다. 진작 그랬으면 얼마나 좋을까. 결혼 초기에는 그저 나 혼자 꾹꾹 눌러 참았다. 참다 참다 못해 터진 질풍 같던 시절이 지나고 이제는 어지간히 익숙해졌다 싶은데 밥만은 여전히 내 몫이다. 나이 먹어, 퇴직할 때가 몇 년 남지 않았는데 새로운 부서에 적응하느라 공부하는 모습이 안쓰럽기도 하다. 텔레비전 앞에 붙어서 나는 이렇게 사는 게 최고로 행복하다고 윽박지르던 시절, 수십 년간 책 읽는 모습을 보지 못했는데.

낡은 티셔츠, 결혼 때 산 양복으로 버티는 모습을 보다 못해 옷을 사러 가자고 조르고, 장학금 받은 돈을 봉투에 넣어 슬쩍 찔러 주기도 했지만 남편은 요지부동이다. 낡은 양복을 볼 때마다 가슴이 녹아내리는 것을 그가 알까. 미안한 마음을 남편은 그렇게 표현한다. 아이들을 위해서는 아낌없이, 내 병을 고치는 데도 서슴없이, 그러나 자신을 위해서는 지독한 절약, 아니 아예 쓰지 않는 쪽으로. 지금도 때로 큰소리가 나기는 하지만 그 다툼은 몇 시간 가지 못한다. 그의 마음속에 들어 있는 것이 무엇인지 알고 있으므로.

나는 믿는다   7

"가운데로 올라오세요."

젊은 의사 두 명이 지켜보는 가운데 가운을 벗고 치료대 위에 눕는다. 방사선을 쬘 부분만 열고 가운은 어깨 위에 걸친다. 왼쪽 의사가 자연스럽게 가운을 잡았다가 내가 누우면 다시 몸 위에 걸쳐준다. 방사선을 쬘 부분에 부드러운 판을 덮고 나면 가운을 슬쩍 여며 주는 것이다.

기계가 돌아가고 제 위치를 잡는다. 살짝 불안하다. 두 팔을 벌려 위로 올린 내 자세가 못내 염려스럽다. 혹시 땀 냄새가 나지는 않을까? 어디선가 솔솔 냄새가 올라오지 않을까? 순전히 씻지 못해서 생긴 걱정이다. 방사선을 맞으려고 몸에 선을 그을 때 의사는 연방 주의를 주었다.

"씻지 마세요. 샤워하지 마세요. 땀 흘리면 안 되니까 심한 운동도 하지 마세요."

가을이라지만 햇살은 여전히 따갑다. 조금만 걸어도 속옷이 흠뻑 젖는다. 씻지 않을 수가 없다. 샤워를 아주 살짝 하는데도 보랏빛 선은 영락없이 지워진다. 심한 운동은 하지 않았는데, 겨우 걷기만 했을 뿐인데도 그림이 지워진다. 그때마다 의사는 말없이 그림을 다시 그려 주었다. 그게 벌써 몇 번째다.

오늘도 의사는 다시 그림을 그린다. 기계에서 가느다란 녹색 빛이 내려와 내 몸을 반으로 가르고 의사는 자를 대고 금을 긋는다. 사악사악. 의사가 금을 긋는 소리, 느낌, 냄새. 모든 신경이 그리로 집중된다. 끈질기게 머리를 떠나지 않는 생각. 냄새가 나지 않을까?

의사들이 나가고 나 혼자 치료실에 남는다. 천장에 내 모습이 비친다. 팔을 머리 위로 하고 누운 내 모습. 그러고 보니 여태 방사선 치료를 하면서 내 모습을 온전히 보는 건 처음이다. 오늘로 몇 번째지? 절반이 후딱 지나갔고 스무 번째인가? 이제 얼마 남지 않았다.

이만큼 왔지만, 아침에 김치를 담고 지인을 만나 산책을 하고 다시 치료를 받고 헤어지기 아쉬워 카페를 찾아 앉아 수다를 떨 정도로 체력이 회복되기는 했지만, 그래도 여전히 오래 앉아 있을 수는 없다. 몇 시간만 집중해도 온몸이 바들바들 떨린다. 아픔 때문에 무언가를 포기해야 한다는 것은 얼마나 속상한 일인지. 그것도 꼭 해야 할 일, 내 삶의 한 세계를 닫고 여는 일을.

오늘도 두어 시간 앉아서 쓰다가 온몸을 가시가 훑는 듯해서 결국 그만 두었다. 오늘 하루라면 견딜 수 있으나 앞으로 몇 달 동안 그리 해야 할 생각을 하니 도저히 몸이 견뎌 낼 것 같지 않았다. 길게 보아야 해. 길게. 올해만 살 것은 아니니.

눈을 감는다. 지금은 치료에만 집중해야 한다. 소리가 들린다. 찰칵찰칵. 눈에 보이지 않는 광선이 내 몸에 와 닿는 소리, 아니 그 광선을 빚어내는 소리겠지. 나는 믿는다. 저 광선이 내 몸에 남은 마지막 암세포를 없애 줄 것을. 아니 암으로 변할지도 모르는 세포들에게 겁을 주어 방지해 줄 것을. 내 삶에는 아직 무수한 단계가 남았고 나는 그 길을 착실히 가는 중이다.

고통이 깊을수록 삶도 깊다. 골짜기가 깊을수록 풍경은 아름답다. 정신의학자이자 호스피스 운동의 선구자인 엘리자베스 퀴블러 로스는 《생의 수레바퀴The Wheel of Life》에서 폭풍이 온다고 해서 골짜기를 메워 버릴 수는 없지 않느냐고 묻는다. 이 거대한 폭풍이 지나가면 내 삶의 골짜기는 더욱 아름다워지리라. 무수한 고통의 의미는 그것이리라. 나는 일어선다. 이제 곧. 이제 곧.

8   그들의 쉼터

"막걸리 집 얼마나 가야 있어요?"

저편에서 내려오던 이가 묻는다. 목에 수건을 두르고 배낭을 짊어지고 지팡이를 쥔 그의 얼굴에서 땀이 줄줄 흘러내린다. 사정은 나도 마찬가지다. 숨이 턱에 닿아 헉헉대는 참이니. 잠시 생각한다.

"조금만 가면 있어요."

"고맙습니다."

그의 얼굴이 일순 환해진다. 남편과 나는 예봉산 쪽에서 새재고개 갈림길을 거쳐 운길산으로 넘어가고 있다. 아직 아침이다. 오늘 햇살은 찬란하고 공기는 알맞게 선선하다. 단풍이 굉장하리라는 기대를 안고 많은 사람들이 산을 찾은 모양이다. 사람들이 부지런히 연이어

우리를 스쳐 지나간다. 젊거나 늙었거나 어리거나. 조금 전 우리를 지나간 한 무리의 나이 든 이들의 목소리가 여전히 크게 들린다.

옹달샘에서 물을 마실 때 그 패거리가 거기 있었다. 그들은 등산복 바지가 12만 원이라며 투덜댔다. 우렁우렁대는 그 큰 목소리가 듣기 싫어 샘에서 쉬지 않고 내처 걸었지만 내 걸음이 느린 탓에 그들은 우리를 따라잡았고, 중간에 쉬었는지 20여 분이 지났는데도 여전히 우리 앞에서 가고 있다. 화제 또한 변하지 않아 값비싼 등산화 이야기가 환히 잘 들린다. 남편이 내 팔을 잡는다.

"저 사람들 먼저 간 다음에 가자."

길옆 오르막으로 올라앉는다. 바삭바삭 내 발 밑에서 소리가 부스러진다. 숨을 가다듬는다. 일시에 숲이 고요해진다. 정적에 놀란 다람쥐 한 마리가 바위 위로 포르르 뛰어오른다. 남편이 '쯧쯧' 소리를 낸다.

"다람쥐가 강아지인 줄 알아?"

내 핀잔에도 아랑곳없이 남편은 다람쥐를 부른다. 사람들 한 무리가 지나간다. 다람쥐는 바위 뒤로 사라진다. 그들의 소리가 멀어지고 다시 고요해진다. 숲이 고요한 것은 새들의 울음이 있기 때문이다. 나뭇잎이 떨어지기 때문이다. 바람 한 점 없는데 나뭇잎이 빙글거리며 떨어진다. 나뭇잎은 큰소리를 낸다. 바삭, 바삭, 바삭, 나뭇잎이 떨어지면 숲은 숨을 죽인다. 단풍나무는 화들짝 놀라 선홍빛이 되고 생강나무는 겁에 질려 노란빛이 된다. 가지 사이로 보이는 하늘은 새파란 눈을 크게 뜨고 있다.

여기까지 온 것만 해도 평상시의 두 배 거리지만 오늘은 좀 더 걸어 보자고 마음먹는다. 봄부터 지금까지 계속, 주말마다 예봉산을 오르지만 수종사까지 가 본 적은 한 번도 없다. 늘 다리가 아파 중간에서 포기하고 되돌아갔다. 오늘은 숨은 차지만 다리는 아프지 않다. 옹달샘에 이르면서 쿡쿡 바늘로 쑤시는 듯한 느낌이 왔지만 아직 괜찮은 것을 보니 더 걸어도 될 듯싶다.

"갈까?"

일어선다. 좁은 숲길을 걷는다. 한 사람 지나갈 만한 길이라 앞에서 마주 오거나 뒤에서 앞지르려면 누군가 옆으로 비켜나야 한다. 오늘 산은 붐빈다. 앞에서 오는 이들, 뒤에서 앞지르는 이들.

"여기 막걸리 집 어디 있어요?"

내 앞에 선 여인네가 묻는다. 그 막걸리 집이 꽤 유명한 모양이다. 정확히 말해서 집은 아니다. 새재고개 갈림길, 세종사로 가는 길, 예봉산으로 가는 길, 운길사로 가는 길이 갈리는 그 고개에 텐트가 하나 있다. 아까 오면서 보았을 때 부부가 텐트를 치고 있었다. 야외용 식탁에는 파라솔이 쳐져 있었고 막걸리가 담긴 병이 놓여 있었다.

봄에 처음 예봉산에 오기 시작한 뒤, 내내 그곳에는 텐트가 쳐져 있었다. 사람들은 거기서 잡담을 나누고 잔이 아닌 우묵한 그릇에 담긴 막걸리를 마셨다. 그곳에서는 언제나 웃음소리 혹은 이야기소리가 끊이지 않았다. 먼저 온 사람이 시원한 막걸리를 한 잔 하자고 동행을 불렀고 주인이 마실 만한 사람을 부르기도 했으나 소리가 크거나 강권하는 법은 없었다.

"조금만 더 가시면 있어요."

사실 조금만은 아니다. 어림잡아 30여 분은 걸어야 할 것이다. 그래도 위치를 확인했다는 사실만으로도 여인네는 기쁜 모양이다. 중년의 얼굴에 웃음이 가득 핀다. 그들은 서둘러 발길을 재촉한다. 그들이 원하는 것이 막걸리는 아닐 것이다. 쉼과 여유와 느긋함이 막걸리로 나타난 것일 뿐. 《삼국지》에서 조조는 매실을 언급해 10만 대군의 갈증을 단숨에 없애 버리지 않았던가.

우리는 서두르지 않는다. 산에서는 볼 것이, 들어야 할 소리가 너무 많기 때문이다. 매번 새 오르막이 나타나고 매번 풀잎의 키가 달라지며 나무의 표정이 달라진다. 때로 시냇물은 계곡이 되고 때로 길옆은 꽃 천지가 된다. 아침, 낮, 저녁마다 새 소리가 달라지며 공기의 맛이 달라진다. 그 모든 것은 천천히 걸을 때 다가온다. 멈춰 지켜볼 때, 자리를 깔고 온몸을 대지에 맡긴 채 누워 있을 때, 다가온다. 그것은 틀림없는 선물, 영락없이 주어지는 정직한 보답이다.

산에 오른 사람들은 다양한 이유로 쉼터를 반긴다. 그들에게 막걸리 한 잔은 고된 걸음을 시원하게, 달콤하게 만드는 등산의 절정일 것이다. 나의 쉼터는 커다란 갈참나무 밑, 앉아 있는 동안 나뭇잎이 빙글빙글 돌며 떨어진다. 소리 없는 움직임이 황홀하다. 파란 하늘을 올려다보는 동안 드는 생각, 성급하게 달려온 내 삶의 쉼터는 어디일까? 지금, 아무것도 하지 않는 지금이 아닐까?

9   나는 참 예쁘다

세수에도 절차가 있다. 우선 세면대의 물구멍을 막은 다음 물을 받는다. 그 물이 차오르는 것을 지켜보는 사람이 얼마나 많은지 모르겠다. 그 짧은 시간에 다른 볼일을 볼 텐데, 아마 거울을 들여다보는 사람이 대다수일 것이다.

금요일, 세수를 하려고 거울을 들여다보는데 무언가 이상했다. 뭐지? 다시 거울을 들여다보았다. 눈썹, 눈썹이었다. 내게는 눈썹이 없다. 아니 없었다. 단 한 오리도 없었다. 항암주사 여파로 눈썹이 모두 빠진 지 오래다. 첫 항암주사를 맞고 정확히 2주째 되던 날 머리칼과 눈썹이 모두 빠졌다. 머리칼이 조금 자라면 다시 항암주사를 맞았고 또 빠졌다. 그렇게 여덟 번, 5개월간 3주마다 맞았다. 그래서 고민을 하더라도 쥐어뜯을 머리칼이 없고, 인상을 쓰더라도 찡그릴 눈썹이 없다. 살도 펑펑 쪄서 뭐든 둥글둥글하니 영락없이 인심 좋은 아줌마 인상이다. 마음가짐을 다스리느라 애썼으니.

눈썹을 한 번 밀어 보시라. 자신이 얼마나 달라 보이는지. 매사 둥글둥글한 호인이 될 것이다. 마음도 몸도. 없던 게 당연했던 눈썹 자리에 뭔가 힘이 있었다. 자세히 들여다보아야 보일 정도지만 눈썹 선이 확실히 생기고 있었다. 만져 보았다. 만져질 리가 없지 않은가! 머리는 어떨까? 머리칼도 올라오고 있었다. 반들반들 윤이 나던 머리통이 검어졌다. 물론 여전히 머릿속이 훤히 보이지만. 서둘러 딸의 방에 갔다.

"엄마 눈썹 생기지 않았니?"

딸은 내 얼굴을 유심히 보았다.

"그렇네."

마침 함께 있던 딸의 친구에게 머리를 디밀었다.

"아줌마, 머리 까맣지? 눈썹 생겼지?"

딸의 친구가 고개를 끄덕였다.

"아줌마 예뻐졌지 않니?"

우스개처럼 말하고 돌아섰지만 생각하니 그 말이 맞다. 수술도, 항암주사도, 방사선도 이만큼 견디고 항암주사 후유증으로 오늘도 여전히 아프지만, 오래 걷지도 못하고 띵띵 부었지만 씩씩한 나는 참 예쁘다.

10   방사선 치료 마지막 날

아침이면 늘 집 안을 돌면서 빨랫감을 찾는다. 식구가 벗어 놓은 옷이나 양말 등을 주워 드는 것이다. 빨랫감을 찾으면 세탁기가 놓여 있는 베란다로 향한다. 베란다는 언덕 쪽으로 향하고 있다. 베란다에 나서면 맞은편 아파트 건물과 축대, 그리고 그 위 언덕이 한눈에 들어온다.

빨랫감을 들고 나선 오늘, 춥다. 아, 왜 이렇게 환한 걸까? 고개를 갸웃거린다. 왜 그럴까? 축대 위가 불을 밝힌 것처럼 환하다. 축대 위에 불? 그럴 리가 없는데. 축대 위에는 가로등이 없다. 축대 위는 경사 급한 언덕이고 그곳에는 풀과 나무가 자란다. 그래서 축대 위는 계절마다 다르다.

봄과 여름, 항암주사를 맞아 움직이지 못할 동안 창밖에 보이는 풍경으로 위안을 삼곤 했다. 초록이 바람을 타고 부드럽게 춤을 추거나 폭풍에 휩쓸려 금방이라도 아래로 쏟아져 내릴 듯 나부끼는 광경, 그 풍경의 중앙에 늘 나무가 한 그루 있었다. 나무는 여럿이었지만 시선을 끄는 그 한 그루는 자귀나무였다. 여름이면 분홍빛 꽃을 피우는, 그 자귀나무가 올해는 꽃을 피우지 않았다. 자귀나무의 분홍빛 꽃은 워낙 화사해 멀리서도 눈에 잘 띈다. 해마다 꽃을 피웠는데 올해는 피우지 않아 많이 의아했었다.

올해 단풍이 유난하다고들 말한다. 어제 만난 지인은 "올해 단풍이 미쳤다."고 표현했다. 단풍이 제각각이라는 뜻이라고 했다. 단풍이란 나무들이 제 잎사귀에 더 이상 양분 공급을 거부함으로써 다음 해를 준비하며 나타나는 현상이다. 한 해 잘 키워 온 잎사귀를 죽음으로 내모는 그 현상을 우리는 감탄의 눈으로 바라보는 것이다. 한데 올해는 단풍이 너무도 천양지차라고 했다. 하긴 여태 푸른 잎사귀를 달고 있는 나무들이 많다. 때가 되었는데도 나무들은 아직 나뭇잎을 떨굴 준비를 하지 않은 것이다. 어제 갔던 창덕궁 후원의 나무들도 여태 푸른빛이었다.

그 미친 단풍은 저 축대 위에서도 예외가 아니다. 때가 되었는데도 여전히 축대 위는 푸르고 푸르렀다. 자귀나무도 역시 초록의 일부였다. 그저 풍경의 일부였을 뿐. 한데 오늘, 눈앞이 갑자기 환해진 것은 자귀나무가 완연하게 자태를 바꾼 탓이다. 초록의 일부였던 나무가 갑자기 노랗게 튀어 오른 것이다. 풍경의 일부가 살아 있는 생명이 되어 앞으로 뛰어들 때의 느낌. 나무는 성큼 다가와서 말을 건다. "나 여기 있어."라고. 그러고는 내 안으로 들어와 자리를 잡는다. 그것은 때로 깨달음이고 새 세계가 열리는 느낌이다.

때로 삶은 무수한 기다림으로 나를 풍경의 일부로 만든다. 절정이 도저히 다가올 것 같지 않아 나를 한숨짓게 하고 억눌리는 느낌으로 아프게 한다. 폭우에 휩쓸리게 하고 바람에 가라앉게 만든다. 그러나 그것은 겉으로 드러난 모습에 지나지 않았던 모양이다.

오늘, 오늘은 더 이상 아프기를 거부하는 날이다. 내 삶에서 마지막이 될 날, 오늘의 절정은 방사선을 맞고 진료대 위에서 내려오는 그 순간이 될 것이다. 그렇다. 풍경의 일부였던 자귀나무가 자신의 존재를 드러낸 오늘, 내 하루는 기쁘고 기쁜 날이 될 것이다.

오늘은 방사선 치료 마지막 날. 33번으로 예정되었던 방사선 치료가 5번이나 줄어 28번이 되었다. 그 동안 기다림은 길고도 길었다. 그래도 매번 버스를 타고 병원에 가는 길은 행복했다. 항암주사의 고통을 생각하면 발걸음이 몹시 가벼웠다. 운동하는 느낌으로 병원에 다녔다. 사람들을 만나고 도서관에 가 책을 빌리고 주변을 걷고 차를 마셨다.

오늘이 다가오는 것이 얼마나 좋았던지 이번 주 내내 춤을 추듯 걸었다. 사람들에게 자랑하고 또 자랑했다.

그 기다림은 행복하고도 행복했다.

살아 있다는 것　　　　　　　11

　창밖은 온통 흰 안개다. 저 아래로 점점이 불빛들이 보이고 차 흘러가는 소리가 멀리서 들린다. 높은 산 위로 올라온 듯한 느낌. 우리, 나와 교수님은 평창동의 한 레스토랑에 앉아 있다. 금요일 5시 반, 저녁 먹을 시간인데도 레스토랑은 한산하다.

　마지막 방사선 치료를 받고 서울대 병원의 본관 치료실에서 후문으로 나오는 길은 온통 노랬다. 길 양쪽에 늘어선 은행나무에서 잎이 떨어지고 있는 길을 거의 춤추듯, 뛰듯 내려왔다.

　"야호!"

　만나는 사람들마다 악수를 청했고 "나, 오늘 치료가 끝났어요." 하고 자랑했다. 간호사는 웃었고 수납 카운터에서 진료비를 받고 영수증을 내주던 여인도 활짝 웃음 지어 보였다.

"축하합니다."

내 기쁨에 전염되었겠지만 타인의 축하는 음악처럼 달콤하게 들렸다.

교수님은 병원 문 앞, 창경궁 건너편 길에서 기다리고 계셨다. 치료가 끝난 다음 전화를 하자 교수님은 축하차 근사한 저녁을 사 주겠다며 차를 몰고 병원까지 오셨다. 내게 좋은 일을 사심 없이 같이 축하해 줄 사람이 있다는 것은 얼마나 좋은 일인가. 매번 큰일이 있을 때마다 누군가 나를 격려하고 있다는 생각을 하면 눈물이 멈춘다. 존경하는 사람이 나를 위해 기도하고 있다고 생각하면 상실감이 가라앉는다.

삶에서 사랑만큼 중요한 것이 무엇이 있을까. 존재에 대한 사랑은 업적이나 재능에서 비롯되지 않는다. 존재에 대한 사랑은 삶을 대하는 자세, 삶을 살아가는 태도, 마음가짐에서 나온다.

성북동 수연산방, 대문을 지나 안으로 들어서자 낡은 한옥이 성큼 나섰다. 찻집 정원에 있는 나무에서 거둔 열매들을 끓이고 또 끓여 만든 차가 투박한 찻잔에 담겨 나왔다. 대추차는 검고 짙었으며, 짙은 만큼 달았다. 옛날이 여기저기서 모습을 내밀었고 적절한 운치를 이루었다. 방석과 작은 찻상과 그리고 낡은 집. 대청마루는 차가웠고 툇돌은 높았다. 이곳에서는 모든 것이 제 모습을 갖추고 있었다.

"몸이 먼저야. 지금은 튜닝중이라고 생각해."

내 안에서 풀 한 포기가 흔들렸다. 바람이 일어 막 몸을 굽힌. 어쩌면 나는 논문이라는 벅찬 과정에서, 그 힘든 대면에서 벗어나고 싶었는지도 모른다. 일정대로 달려가고 있기는 하지만 내 안에는 예전의 두려움, 타인에 대한 두려움, 갖고 싶은 것에 대한 두려움이 고스란히 남아 있었을 것이다. 삶에 대한 두려움, 사랑받지 못하는 것에 대한 두려움이 한꺼번에 터져 나와 병이 되었을지 모른다. 내가 나를 사랑하지 못하는 그 고질병이 고약한 입을 터뜨려 나를 삼키러 덤벼들었을지도.

아름다움을 느낄 수 있는 것은, 그 장소를 보존한 이들 덕분이다. 그들의 노력이, 그들이 일구어 낸 목적이 흔적과 자취를 남겨 후대 사람들의 감탄을 자아낸다. 그러나 누구나 다 흔적을 남길 수는 없는 법, 삶에 걸려 넘어지는 이들이 더 많지 않은가. 손에 쥐려 할 때 삶은 미끄러져 나간다. 안개 속으로 자취를 감추어 버린다.

안개는 모든 것을 감춘다. 익숙한 풍경도 안개 속에서는 아름다워진다. 삶이 아름다운 것은 그 안에 있는 것이 무엇인지 모르기 때문일 수도 있다. 삶은 언제나 안개 속에 있다. 안개가 걷히는 것은 언제일까. 안개는 익숙한 것을 멀어지게 하고 추한 것을 아득하게 만든다. 살아 있다는 것은 언제나 아득하다. 살아 있다는 것, 그 아득한 질감.

12 　　　　　　　　　　　　모나리자와 문둥이

"난 건강할 때 눈썹 문신을 해 놓은 덕분에 문둥이처럼 살지 않
아도 돼서 너무 감사하더라고요."

한 유방암 환우가 한 말은 충격적이었다. 그녀는 자신의 선견지
명을 자랑했으나, 자신도 환자이면서 또 다른 환자를 비하하는 그
녀의 말에는 우리 사회의 편견이 고스란히 담겨 있었다. 사실 눈썹
은 살아가는 데 반드시 필요한 신체 부분은 아니다.

그래도 눈썹은 중요한 구실을 한다. 눈썹이 없으면 사람의 얼굴
에서 뭔가 부족해 보인다. 눈썹은 관상을 보는 데도 중요한 요소여
서 숱 많고 짙은 눈썹을 가지면 부자가 된다고들 한다. 눈썹이 외모
의 30퍼센트를 차지한다고 말하는 이들도 있다. 그래서 여인들은

눈썹 그리기에 정성을 들인다. '아미'라는 고운 이름으로 부르기도
하는 눈썹은 사람의 인상을 결정짓는 중요한 역할을 하며 미인의
중요한 조건 중 하나로 꼽는다. 그러니 눈썹 없는 여인이 아름답다
는 칭송을 받기는 어렵다. 물론 예외도 있다. 모나리자의 신비한 미
소와 아름다움은 눈썹이 없다는 이유로 폄훼되지 않는다.

또 다른 눈썹 없는 사람들은 한센병 환자, 바로 문둥이들이다. 그
리고 또 항암치료를 받는 환자, 특히 유방암 환자들도 눈썹이 없다.
유방암은 항암주사의 효과가 좋은 암이다. 그래서 유방암 환자는
대부분 화학요법 치료를 받으며, 그래서 서로를 금방 알아본다. 대
부분 눈썹이 없고 모자를 쓰고 있으므로.

물론 가발을 써서 가리거나 화장으로 눈썹을 그릴 수도 있다. 그
러나 한창 아플 때는 그럴 만한 여유가 없다. 죽음이 눈앞에서 어른
거리는데 무슨 가발이며 화장일까. 그래서 대부분의 환자들은 그냥
다닌다. 한데 그 여인은 눈썹 문신을 해 놓은 것을 보니 건강할 때
도 미용에 관심이 많았던 모양이다.

눈썹이 없으면 그 사람이 달라질까? 모두 똑같은 환자일 뿐이다.
한센병 환자든 암 환자든 자신이 원해서 걸린 병이 아니다. 교통사
고와도 같은 병, 병도 자연의 일부, 삶의 일부, 섭리인 것을. 눈썹이
없는 이를 모나리자로 보느냐, 한센병 환자로 보느냐는 마음가짐에
따라 달렸다. 이왕이면 모나리자로 보는 편이 훨씬 더 낫지 않은가.

눈썹이 하나도 없던 때, 나는 내내 모나리자로 방사선 치료를 받
았다.

13　발톱, 안녕을 고하다

뭔가 이상하다. 다시 들여다본다. 뭐가 이렇게 밋밋하지? 그렇다. 발톱이 없다. 그동안 화려한 색감을 자랑하던 오른발 약지발톱, 그 보랏빛 발톱이 사라졌다. 그동안 내 발톱들은 양쪽에서 알록달록, 색의 향연을 벌였다. 엄지발톱들은 수놓은 것처럼 점점이, 약지발톱들은 온통 보랏빛으로 곱게 물들었다. 인체가 이리 고운 빛을 가질 수도 있구나 하는 생각이 들 정도로 그 색감은 화려했다.

발톱들의 향연! 그런데 왜 하필 보랏빛일까? 항암주사 탓이다. 두 번째 도세탁셀을 맞을 때였던가? 그때 간호사에게 내 발톱이 왜 보랏빛으로 변했냐고 물었던 기억이 나는 걸 보니 아마도 도세탁셀 첫 주사가 발톱의 표정을 바꾸어 놓은 모양이다.

인체는 의외로 둔하다. 암이라는 심각한 병에 걸릴 때까지, 아니 그 무거운 병을 초대할 때까지 몸은 아무 소리도 하지 않았다. 아니다, 아니다. 인체는 항의를 한다. 땀으로 피로감으로 목 아픔으로 두통으로……, 여러 가지 형태로 혹사하지 말라고 항의한다. 당장해야 할 일에 매여 그 항의를 무시한 것은 나이니, 몸이 아무 소리 하지 않았다는 말은 취소해야겠다. 둔한 것은 내 마음이다. 마음가짐이 병을 불러왔으니 몸에게 할 말이 없다. 사실 암은 내 몸의 일부이지 않은가. 몸아, 내 몸아 미안해.

가슴에게 미안하다. 없어져 버린 내 가슴에 대고 얼마나 사과를 했는지 모른다. 내 몸을 무시한 마음 탓에 그 결과를 몽땅 끌어안고 잘려 나간 내 가슴. 결국 내가 나를 사랑하지 않은 탓이다.

그런데 이 발톱이 어디로 갔을까? 언제, 어디서 빠졌는지 도무지 알 수가 없다. 씻다가 빠졌으면 금세 알 텐데. 걷다가 빠졌으면 양말을 벗을 때 따라 나왔을 테고, 자던 중에 빠졌으면 이불 속에 있을 텐데, 아무리 이불을 털어 봐도 나오지 않는다. 워낙 색감이 화려했으니 곧 눈에 띌 것이다. 주인이 싫다고 도망간 발톱은 이 녀석뿐이 아니다. 장차 도망가려고 대기 중인 녀석이 현재 넷, 양 엄지 발톱들은 허공으로 날아갈 것 같고 약지 손톱 역시 붕붕 떠 있다.

아프지는 않으니 그나마 다행이다. 발톱이 이토록 화려해 보기는 내 생애 처음이다. 지금이 아니면 언제 이리 화려해 보랴. 게다가 보랏빛인데. 암은 모험이라지만 참 다양한 경험을 한다. 발톱이 아픔을 죄다 걷어가 주면 얼마나 좋을까.

14   사용하지 않은 그 모든 것을 위하여

"유니야, 엄마 가제 좀 갈아 줘라."

며칠 전 허물이 벗겨진 부위에 가제를 댔다. 겨드랑이 쪽 살갗이 옆으로 벗겨져 벌갰던 것이다. 그동안 좀 나았을까?

하던 일을 멈추고 가까이 온 딸은 옷을 들추고 방사선 맞은 부위를 들여다본다. '많이 착해졌네.' 속으로 중얼거린다. '아깐 손톱도 깎아 주더니.' 내가 어떻게 생각하거나 말거나 딸은 유심히 들여다보고 있다.

"어떠니? 새살이 돋았니?"

유니가 가제를 뗀다.

"아야, 아야야."

사실은 어디가 아픈지도 잘 모르겠다. 아프긴 한데 그 아픔이 어디서 오는지 흐릿하다. 아픔이 너무 광범위해서일 것이다. 유니가 떼어 낸 가제를 보여 준다. 손바닥만 한 가제는 가운데가 젖어 있다.

"이렇게 진물이 나는데 약을 안 주다니."

스무 번째 방사선을 맞던 날, 약을 달라고 요구했다. 그날부터 늘 상처 부위에 덮던 부드러운 고무판을 덮지 않았고 그래서인지 상처는 더욱 검어졌으며 허물이 벗겨지기 시작했다. 연고가 없냐고 물었지만 방사선 기사는 없다면서 주치의가 연고 사용을 싫어한다고 말했다. 그 말은 곧 연고를 처방해 주지 않겠다는 뜻이었다.

"마지막으로 맞는 날 간호사가 주의사항을 줄 겁니다. 그때 이야기하세요."

마지막 날 속살은 더욱 붉어져 보기만 해도 아팠다. 간호사에게 다시 연고 처방 여부를 물었다. 간호사는 컴퓨터를 들여다보더니 연고 처방이 없다고 답했다. 처방이 없다는 건 내 상처가 대수롭지 않다는 뜻이기도 했다.

"그동안 맞은 방사선이 축적되어서 더 심해질 거예요."

간호사 말이 맞았다. 방사선을 맞은 부위는 갈수록 더 검어지고 허물은 더 많이 벗겨지고 있다. 벗겨지는 것만으로 끝나면 좋으련만 진물까지 흘러나오고 있다. 팔을 자꾸 움직이는 겨드랑이 부위라 상처가 덧날 위험이 있고, 림프절을 떼어 낸 후유증으로 상처 부분이 자꾸 조여든다. 오른팔이 더 짧아진 것 같은 느낌이 들 정도다. 그러니 팔을 더 많이 뻗어 주어야 하고 더 많이 움직여 주어야 한다.

사용하지 않는 모든 것은 퇴화한다. 사용하지 않는 근육은 가늘어지고 힘을 잃는다. 사용하지 않는 기계는 녹슬고 부스러진다. 사용하지 않는 사람과 사람의 관계는 엷어져 존재의 개념조차 없어진다. 가 보지 않은 길은 아름답지만 그 길의 실체는 알지 못한다. 알지 못하므로 기대감이 그 길을 아름답게 만든다. 고슴도치처럼 자신을 찌르고 부모를 찔러 대던 딸이 귀찮은 기색 없이 손, 발톱을 깎아 주고 진물 흐르는 상처를 들여다보는 것은, 관계 사용이 잦아져서일 것이다. 우리는 함께 살아오면서 서로 상처를 입었고, 그리고 물러섰고, 다시 다가서는 중이다. 이 아이를 과연 내가 키웠을까? 몸은 내가 키웠지만 마음은 아닐 것이다. 그러므로 우리는 함께 살아왔다고 보는 편이 옳을 것이다.

자신의 아픔에만 열중하던 아이가 내 아픔을 보면서 마음을 누그러뜨렸던 것일까. 아이는 내색하지 않는다. 좋은 일들만으로 강해지는 관계도 있을 테지만 나쁜 일을 함께 겪으며 강해지는 관계도 있을 터이다. 서로 아파한 뒤, 서로 상처를 입은 뒤에 여전히 공감할 것이 남아 있으므로 관계가 더더욱 강해졌을 것이다. 그것은 부모자식이라지만 아이도 나도 한 인간으로서 아픔을 이해하는 과정일 것이다.

관계는 사용할수록 강해진다. 사용할수록 근육이 강해지는 것처럼. 내가 사용하지 않았던, 수많은 것들이 있다. 관계, 사람들, 얼마나 많은 것들이 앞에서 나를 기다리고 있을까? 용기를 내야겠다. 사용하지 않은 그 모든 것을 위하여.

무엇이 나를 기쁘게 하는가   15

유방암 환우 카페에서 한 여인의 소식을 접했다. 겨우 1기, 남편의 전폭적 지원을 받았던 그 여인은 자신의 손으로 생을 마감했다. 자살이라니. 무엇이 그렇게 두려웠을까. 앞으로 살아갈 날이 힘겹게 느껴졌을까? 그녀의 남편은 자신도 대장암을 앓고 있으면서 아내의 머리칼이 빠질 것을 염려해 냉찜질을 해 줄 정도로 열성을 보이고, 아내의 항암 치료를 걱정하며 이런저런 정보를 구한다고 해 부러움을 샀었는데.

초기 유방암 환자의 생존율은 90퍼센트가 넘는다. 그녀는 지금 당장 겪는 고통이 무서웠을까? 수술 후 1개월 뒤에 삶을 마감한 것으로 보아 항암치료의 부작용에 시달리고 있었을지도 모르겠다.

1월에 암 진단을 받고 2월 말에 전절제 수술을 받았다. 3월 말부터 화학요법으로 항암주사를 맞기 시작했고, 8월 말까지 6개월간 고통스러운 부작용에 시달렸다. 아드리아마이신이 속을 온통 뒤집는다면, 도세탁셀은 근육 전체를 뒤흔드는 부작용으로 관절과 신경에까지 영향을 미쳤고 현재도 미치고 있다. 부작용이 어느 정도 가신 9월 말부터 방사선을 맞기 시작해서 11월 초에 치료가 끝났다.

길고 긴 여정, 가장 힘들었던 것은 항암주사였다. 한 번 주사를 맞고 나면 5일간은 꼼짝도 할 수 없었다. 더 누워 있을 수도 없었다. 몇 번 밥을 챙겨 주던 남편은 5일 정도가 되면 영락없이 이런저런 이유로 화를 내거나 트집을 잡았고 나 역시 더 누워 있을 마음도 없어 일어나 움직였다. 제 마음 내키면 챙겨 주던 딸은 말할 것도 없다.

한바탕 바람이 지나가면 관심은 수그러들기 마련이다. 내 몸이 아닌 다음에야 아무리 가까운 배우자라 할지라도 지속적으로 신경 쓰기는 힘든 법이다.

물론 내가 씩씩했던 탓도 있다. 병에 걸린 걸 알고 나서는 각종 정보를 모으기 시작했다. 처음에는 검사, 그런 다음에는 수술, 항암주사와 부작용에 관한 정보들을. 그리고는 몸에 관한 정보뿐 아니라 마음가짐을 논한 책도 읽기 시작했다. 병은 곧 마음이니까.

육체와 정신의 관계는 평상시 건강할 때는 잘 드러나지 않는다. 그 상관관계가 확연히 드러나려면 긴 시간이 필요하다. 갈고 닦은 정신이 온몸으로 드러나기까지 수많은 훈련이 필요하기 때문이다. 하나의 목표를 가진 사람은 평생 그 목표를 이루려고 매진한다. 어려움을 이기고 고난을 겪어 내며 자신을 채찍질하고 다스리는 것이다. 그 채찍질은 육체의 단련일 수도 있지만 십중팔구는 마음의 단련이다.

마음 단련이란 다른 것이 아니다. 하나에 집중하는 것이며 그 길에서 벗어나지 않고 계속 가는 것이다. 내가 좋아하는 일을 10년 이상 지속하면 그 세상에서 나의 세계가 형성되기 시작한다. 그 세계가 내게 영향을 끼치고 그 영향이 몸으로 드러나려면 수십 년이 필요하다. 마흔 살이 되면 자기 얼굴에 책임을 져야 한다는 말도 같은 맥락이다. 그 마흔 살이 한참 전에 지났는데도 여전히 내 세계를 형성하지 못한 나는 부끄럽기 짝이 없다.

내 주위에는 자기 세계를 택하고 흔들림 없이 그 길을 걸어온 이들이 있다. 그들에게 고통은 정신을 단련하는 기회였다. 암을 앓고, 이겨 낸 이들도 많다. 그들은 자신이 해야 할 일이 있다고 믿었고 자신이 설정한 목표를 달성하기 위해 온갖 기회를 활용했다. 병은, 시련은 그들이 삶에 대한 의지를 불태우는 기회가 되었다.

뛰어난 이들은 고통을 기회로 여긴다. 생각해 보면 고통처럼 큰 기회는 없다. 고통은 자신을 돌아볼 기회를 준다. 삶뿐 아니라 죽음을 돌아볼 기회를. 사실 죽음에 대해 생각할 기회는 그리 많지 않다. 무수한 죽음이 일어나지만 그 죽음을 자기 안에 끌어와 보는 경우가 얼마나 되겠는가.

죽음은 끝이다. 적어도 지금까지의 나에게는 그랬다. 그 말은 곧 죽음을 생각할 기회가 드물었다는 뜻이며, 실제로 그 문턱에 이르기는 했어도 죽음을 명상하지는 않았다. 사람들은 늘 되뇌는 생각을 실제 삶에서 실천하지 못하는 경우가 많다. 세계가 좁은 이들은 평생 자신의 세계에 갇혀 살다 가는 것이다.

항암치료라는 긴 여정이 끝나서 기쁘지만 보다 더 기쁜 것은 나 자신의 태도가 바뀐 것이다.

'이제'와 '죽을 때'를 위하여

가톨릭 기도 중에 '삼종기도'라는 것이 있다. 그 기도는 '천주의 성모이신 마리아여, 이제와 우리 죽을 때를 위하여 빌어 주소서.'라는 문구로 끝맺는다. 그 문구를 성모꽃마을, 암 환자를 위한 요양원에 있을 때 배웠다. 아니, 배운 것은 아니다. 어느 순간 그 문구가 내 안으로 들어왔고 그 의미를 깨닫는 순간 내 영혼에 다른 세계가 열렸다.

우리에게 시간은 두 가지, '지금'과 '죽을 때'밖에 없다. '지금'이 흐름이라면 '죽을 때'는 멈춤이다. 다가올 '지금'은 미래, 지나간 '지금'은 과거이다. '지금'이 흐르는 동안 우리는 살아가고, 멈추는 그 순간 내 삶의 의미는 확정된다. 흐르는 동안 우리는 늘 변하고 얼마든지 변할 수 있다. 멈추는 순간, 마지막 그 순간에는 더 이상 변할 시간이 없는 것이다.

흐름과 멈춤에 대한 생각, 그것은 곧 시간과 존재에 대한 생각이기도 했다. 너무 낡고 진부한 그 질문, 그러나 답이 없었던 그 질문. 나는 왜 존재하는가? 나는 왜 여기 있는가?

늘 따라다니는 이 의문의 의미를 알지 못했다. 살아온 과정, 사회적 맥락에서 비롯한 관계적 정체성, 역할에서 비롯한 책임, 그 어느 것도 답이 될 수 없었다. 너무 지난한 문제여서 머릿속 어딘가에 깊숙이 밀어 넣고 더 이상 떠올리지 않았다. 먹고사는 일이, 지금 해야 할 일이 가득한 다급한 일상에서 답이 나오지 않는 그 문제를 돌아볼 겨를이 없었다.

그 의문은 암으로 인해 일상이 강제로 멈추고 나서 풀렸다. 암은 내 일상을 바꾸었다. 쉼과 운동, 그리고 가장 큰 의문을 풀어가는 일상으로. 이 글은 암을 앓는 동안 쓴 글이다. 암을 앓는 동안 나의 몸 변화에 대한 기록이자, 내 마음 변화에 대한 기록이며, 내가 본 환자들에 대한 기록이기도 하다.

모든 일이 진행 중인 상태에서 글을 썼다. 암 진단을 받으면서 썼고 검사를 받으면서, 수술을 받고 나서 썼다. 항암주사로 머리칼이 다 빠져 대머리로 살 동안, 대머리인 채로 등산을 다니고 시장을 다니는 동안에도 썼다. 너무 아파서 손가락 하나 들기도 힘겨운 때도 있었다. 그럴 때는 며칠 지난 뒤, 아픔이 다소 지나간 뒤에 쓰기도 했다. 그러나 이 기록은 대부분 현재 진행형이다.

이 기록은 고통의 기록이기도 하고 치유의 길로 가는 기록이기도 하다. 병을 앓는 몸에 관한 기록, 건강을 어떻게 회복했는지에 관한 기록이기도 하지만 그 과정에서 느끼는 감정들, 생각들에 관한 기록이다.

생각해 보면 내게 격려를 보내 준 이는 무수히 많다. 나의 지도교수인 이영옥 교수님, 앓는 동안 나를 이끌어 준 카이스트의 도영임 교수, 끊임없는 신뢰와 격려를 보내 준 찬영 씨와 난범 언니, 그리고 지인들과 얼굴 모르는 블로그의 이웃들. 그들의 말 한마디가 내게 큰 힘을 주었다.

아, 그리고 내 가족이 있다. 한밤중에도 아무런 불평 없이 엄마를 잡아 준 딸, 평일에는 먹을 것을 만드느라 애쓰고 주말마다 숲에 데려가 준 남편, 군 생활로 떨어져 있었지만 늘 의젓하고 든든했던 아들, 그들은 내 희망의 원천이었다.

조야하고 미숙해 부끄럽지만 어디선가 앓고 있는 이들을 위해, 몸뿐 아니라 마음의 고통을 겪는 이들을 위해 이 기록을 내놓는다. 그들의 '이제'를 위해, '죽을 때'를 위해 빌면서.

2012년 8월

이 명

몸이 아프다고 삶도 아픈 건 아니야

첫판 1쇄 펴낸날 2012년 8월 7일

지은이 | 이명
펴낸이 | 박남희
편집 | 박남주
디자인 | Studio Bemine
마케팅 | 구본건
제작 | 이희수
관리 | 박효진

종이 | 화인페이퍼
인쇄 | 청아문화사
제본 | 정민제본

펴낸곳 | (주)뮤진트리
출판등록 | 2007년 11월 28일 제318-2007-000130호
주소 | 서울시 영등포구 양평동 2가 37-2 양평빌딩 301호
전화 | (02)2676-7117 팩스 | (02)2676-5261
E-mail | geist6@hanmail.net

ISBN 978-89-94015-49-1 03800